btb

Aus Freude am Lesen

btb

Buch

Eine magisch-realistische Familiensaga vor dem Hintergrund der stürmischen Geschichte Prags: Von den Weltkriegen gebeutelt, teilt das Schneiderehepaar František und Nina ein hartes Los. Die beiden sind arm. Nina leidet unter Fresssucht, und František träumt sich immer wieder in eine andere Welt. Als sich Jahre später ihre Tochter Helena in den umtriebigen Dissidenten Cyril verliebt, der eigentlich nur Augen für ihre sensible Tochter Sylva hat, nimmt ein neues Verhängnis seinen Lauf…

Autorin

Tereza Brdečková, 1957 in Prag geboren, studierte an der Hochschule für Film und Fernsehen in Prag. Sie schreibt für verschiedene bedeutende tschechische Wochenzeitschriften und verfasst Drehbücher für das tschechische Fernsehen. 2000 sorgte Brdečkovás Debütroman »Das Jahrbuch des versteckten Gartens« in Tschechien für Furore. Binnen Wochen waren alle Exemplare ausverkauft. Die Autorin lebt in Prag.

Tereza Brdečková

Das Jahrbuch des versteckten Gartens

Roman

Aus dem Tschechischen
von Hana Hadas

btb

Die tschechische Originalausgabe erschien 2000 unter dem Titel
»Šahrazád a Král« bei Argo, Prag.

FSC
Mixed Sources
Product group from well-managed
forests and other controlled sources

Cert no. GFA-COC-1223
www.fsc.org

Verlagsgruppe Random House FSC-DEU-0100
Das für dieses Buch verwendete FSC-zertifizierte Papier *Munken Print*
liefert Arctic Paper Munkedals AB, Schweden.

1. Auflage
Genehmigte Taschenbuchausgabe Mai 2009,
btb Verlag in der Verlagsgruppe Random House GmbH, München

Umschlaggestaltung: semper smile, München
Umschlagmotiv: © plainpicture / Millenium
Satz: Uhl + Massopust, Aalen
Druck und Einband: CPI – Clausen & Bosse, Leck
NB · Herstellung: BB
Printed in Germany
ISBN 978-3-442-73734-5

www.btb-verlag.de

Teil I

Scheherazade

Ende August leuchtet der Himmel nicht mehr im satten Blau, sondern wird von Tag zu Tag bleicher. Im Garten fällt hin und wieder ein Apfel vom Baum, und die Wespen stürzen sich gierig auf ihn. Sylva sitzt auf einer Decke, Cyrils Kopf im Schoß; ihr Sohn verjagt die Wespen mit einem Holzscheit. Cyril wacht davon auf, drückt Sylvas Hand, blickt wie ein kleiner Junge um sich und fragt: »Warum sind die Pflaumen so beschlagen? Sind sie innen etwa kalt?«

»Das fragst du mich? Ausgerechnet *mich*?«

Sylva legt ihre Hand auf seine Stirn, und Cyril schließt wieder die Augen. Das Kind kommt weinend zu ihnen, es hat einen Stachel im Finger. Cyril rührt sich nicht, also nimmt Sylva ihren Sohn in den Arm, tröstet ihn und leckt ihm wie eine Hündin die geschwollene Hand. Sie sind schon lange hier, die Tage glitzern wie Diamanten. Hinter dem Wald gähnt ein Moorsee mit trägem, eiskaltem Wasser, in dem sie ihr Bier lagern. Sylva denkt nicht an Cyril, in die sommerliche Unbeschwertheit ist Unruhe eingebrochen.

Das Kind bettelt: »Erzähl mir etwas. Das vom letzten Mal.«

Sie weiß nicht mehr, was sie das letzte Mal erzählt hat. Cyril schläft wieder oder stellt sich schlafend.

Sylva erzählt ihre unendliche Geschichte, und der Junge unterbricht sie immer wieder: »Nein, nicht so, das letzte Mal hast du sie anders erzählt.«

In dem Moment, als Sylva an eine spannende Stelle kommt, zupft er sie am Ärmel: »An dieser Stelle hattest du immer ein Bonbon für mich.«

»Heute habe ich keins«, entgegnet Sylva, und das Kind fängt an zu weinen. Irgendwann tastet Cyril in seiner Tasche herum und kramt einen Kaugummi hervor. Er teilt ihn, beide kauen und hören Sylva zu.

Ich gehöre Euch, mein König. Gegen Mittag erwache ich, blicke aus dem Fenster ins Tal und sehe, wie Ihr alleine auf den verschlungenen Wegen im großen Garten umherwandelt. Ihr bleibt stehen und schabt an der Rinde eines Baumes. Ihr seid so weit entfernt, dass Ihr mir wie eine Fliege auf dem Handrücken krabbelt, wenn ich die Hand ganz nah unter die Augen führe. Es wandern auch andere umher, aber Euch erkenne ich immer an Eurem Gang und an der übertrieben geraden Haltung, mit der Ihr Eure unzureichende Größe zu verbergen sucht. Ich kann mir Euer Gesicht nicht vorstellen. Das passiert mir immer, wenn ich verliebt bin. Es dauert Monate, bis ich mir die Gestalt, das Gesicht, die Gesten, den Blick und den Ausdruck merken kann, die einen Mann ausmachen. Zudem begegnen wir einander lediglich nachts. Genau genommen erahne ich Eure Gestalt nur und ergänze sie mit dem, was ich zu sehen wünsche.

Wenn Ihr lustwandelt, setzen sich dressierte Vögel auf Eure Schulter. Gerne würde ich Euch begleiten. Doch Ihr weist mich zurück, es gehe mich nichts an, wer Ihr seid, während meiner Abwesenheit. Ihr sagt, Euch wäre völlige Dunkelheit am liebsten, wenn ich Euch überhaupt nicht sähe, wie Psyche – ich könnte durch meinen Blick eine falsche Vorstellung gewinnen. Wenn wir einander eines Morgens begegneten, wenn ich Euch zufällig vom Fenster aus sähe, würde ich Euch nicht erkennen. Diese Vorstellung gefällt Euch. Ihr glaubt, ich hätte die Macht, Euch zu zerstören, so dass von Euch nur eine ge-

sprungene Feder, ein entrolltes Knäuel und feuchter Schnee übrig bliebe. Glaubt Ihr tatsächlich, ich hätte keine Angst?

Ich begreife Euch nicht. Es versteht sich von selbst, dass Ihr von mir nicht hört, was ich mir selbst ausgedacht oder selbst erlebt habe. Ihr würdet nachfragen, wo und wie ich zu solchen Erfahrungen gelangte. Ich muss vorsichtig sein, um die Grausamkeit nicht zu wecken, die in Euch schlummert. Wenn ich also ein Märchen erzähle, achte ich darauf, mit niemandem Mitgefühl zu zeigen, damit Ihr mir nichts vorwerfen könnt. Viel Blut wollt Ihr und Schlüpfrigkeiten.

»Erzähle so, als würdest du nur ein Stück Braten auf den Tisch stellen«, sagt Ihr.

Ich gebe also vor, die Erzählungen berührten mich nicht, als würde ich Euch nichts über mich oder über andere verraten. Jedes Mal aber wundere ich mich darüber, wie gleichgültig Euch jene Menschen sind, von denen ich berichte. Wie wenig habt Ihr doch für deren schillerndes Wesen übrig, wie wenig beachtet Ihr doch deren Art zu handeln! Im Grunde ebenso wenig, wie Ihr mich beachtet. Umso mehr Wert legt Ihr auf die Vollkommenheit der Form und die moralische Erkenntnis. »Der Händler verprügelte seine Frau, und sie waren glücklich bis zum Tode.«

Ihr sagt, man solle so erzählen, dass sich die Leute danach richten können. Wie soll ich wissen, was Ihr wirklich denkt?

Sobald der Tag sich neigt, werden die Schatten länger, und immer zucke ich bei dem Gedanken zusammen, es sei womöglich das letzte Mal, dass ich sie sehe. Von der Terrasse aus beobachte ich die Ornamente der verzweigten, mit Kies aufgeschütteten Wege und überlege, wohin ich die Erzählung führen und wo ich sie unterbrechen soll, wo abschweifen, wann eine neue ansetzen. Und doch werde ich es nicht wissen, ich werde mich nach dem Augenblick richten müssen. Ich warte so lange, bis am Ende des Labyrinths Eure Gestalt aus dem

Dickicht auftaucht. Ihr nähert Euch der Terrasse. Ich gebe ein Zeichen, damit man mich zum Umkleiden geleitet. In wenigen Augenblicken werden wir zusammen sein.

Alexandre

Nach zehn Jahren kehrte Alexandre als Vertreter eines schweizerischen Pharmaunternehmens nach Prag zurück. Er hatte sich lange darauf gefreut. An einen einzigen tschechischen Satz konnte er sich noch erinnern: *Vom sowjetischen Bruder lernen, heißt siegen lernen.* Für den täglichen Sprachgebrauch war dieser Satz natürlich untauglich. Das fand er ein wenig schade, und er schämte sich dafür. Im Landesinneren war vieles renoviert und frisch gestrichen worden, doch die Ritzen der farbigen Fassaden atmeten Armut und Vereinsamung in die Straßen hinaus. Unfassbar, dass dies dieselbe Stadt war, in der er vor Jahren seine Geschichte mit Sylva erlebt hatte. Er begegnete niemandem, mit dem er darüber hätte reden können, er hätte auch gar nicht gewusst wie. Er konnte doch nicht einfach sagen: »*Euer Land sieht heute aus wie eine Attrappe, ich erkenne es aber wieder.*«

Selbst guten Freunden hatte er nie erklären können, was genau ihn hierher zog, warum ihn das Schicksal der Menschen hier so schmerzte und warum er schon Mitte der achtziger Jahre neun Einreisevisa für die Tschechoslowakei besessen hatte.

Auf das meiste, was sich hier getan hatte, war er geradezu stolz, als ob er selbst dafür verantwortlich gewesen wäre. Anderes empfand er als ästhetische Beleidigung und lehnte es ab, so zum Beispiel den geschmacklosen Umbau seines Geburtsortes. Südlich von Prag zeigte man ihm einmal einen Supermarkt, der auf dem Fundort einer heidnischen Kultstätte erbaut worden war. Alle hielten es damals für eine gute Idee. Er blieb stehen, um sich die Stelle anzusehen, und als er um das Gebäude herumging, wurde er auf einmal Zeuge einer Protestversammlung von Ökologen. Auf der hölzernen Tribüne erblickte er zunächst einen kleinwüchsigen Mann und neben ihm plötzlich Sylva T.

Er hatte sie gleich erkannt, obwohl ihr Haar gefärbt war und sie wesentlich dünner und sogar größer wirkte. So etwas kommt vor. Alexandres frühere Frau war nach der Entbindung gewachsen, obwohl sie bereits über dreißig war. Er fragte sich, ob der Mann auf der Tribüne derjenige war, der im Gefängnis saß, als er Sylva kennengelernt hatte. Eine Weile hörte er seiner Rede zu. Außer dem Satz »*Vom sowjetischen Bruder lernen…*« hatte er damals nur noch »*Zum Wohl!*« gelernt, und so verstand er nicht, warum die Leute lachten, als der Mann zu Ende gesprochen hatte.

Nach der Kundgebung hievte sich Alexandre mit Mühe auf das hölzerne Podium hinauf und lud die beiden in die nächste Gaststätte zum Essen ein. Sylva war überrascht, ihn zu sehen, freute sich aber augenscheinlich sehr.

»Letztendlich musste der Zufall eingreifen«, sagte sie auf Französisch.

Sie machte in diesem einen Satz fünf Fehler. Alexandre verbesserte sie alle, wie damals, und beide lachten. Dann sagte er zu ihr: »*Vom sowjetischen Bruder lernen, heißt siegen lernen.*« Im Laufe ihres Gesprächs stellte sich heraus, dass der Redner, Cyril, ihr Mann war. Er erfuhr auch, dass dieser zwar einige Fremdsprachen beherrschte, aber keine davon aktiv sprach. Er hatte sie sich alle selbst beigebracht, damit er Bücher lesen konnte. Er brachte sich die Sprachen bei, indem er die unbekannten Wörter im Wörterbuch nachschlug. Einmal hatte er angeblich das ganze Wörterbuch auswendig gelernt. Fremdsprachen waren für ihn ein Mittel zur Erkenntnis und keineswegs ein Mittel zur Verständigung.

»Es interessiert mich sowieso nicht, wovon Sie reden, also was soll's«, sagte er zu Alexandre.

Das Gespräch geriet ins Stocken. Alexandre hoffte eine Weile, er hätte Cyril falsch verstanden, aber in Sylvas Gesichtsausdruck las er, dass dem nicht so war. Sylva streckte ihre Hand aus, um sein Seidentuch anzufassen, dessen orientalisches Muster bunt war wie die Federn eines Papageis. Nur jemand mit so dunklem Teint wie Alexandre konnte es sich erlauben, ein solches Tuch um den Hals zu tragen. Nur ein so gut aussehender, maghrebinischer Kerl wie er.

»Den habe ich schon seit meiner Kindheit«, sagte er.

»Ich weiß«, rief ihm Sylva ins Gedächtnis. Cyril zeichnete komplizierte Systeme aus Dreiecken auf seine Serviette. Einige davon sahen aus wie kleine Guillotinen. Als Sylva fragte, was Alexandre mache, erklärte er, wovon er lebte: Zwar habe er nie viel von Medikamenten verstanden und sich nicht vorstellen können, sein Geld als ein besserer Handelsvertreter zu verdienen, aber die Arbeit bringe ihm immerhin Freiheit. Die Chefs seien weit weg, eigentlich kenne er sie nicht einmal, und sie seien ohnedies nur an erfolgreichen Geschäftsabschlüssen interessiert. An eine Karriere denke Alexandre nicht, ihm reiche seine Freiheit. Sylva T. und Cyril hatten nun also auch ihre Freiheit. Nach den Zeiten des Umbruchs müsste das eine Genugtuung für sie sein.

Die ganze Zeit über hatte er das Gefühl, dummes und belangloses Zeug zu schwatzen, er stand irgendwie neben sich, aber er hatte keine Ahnung, warum und wie er dorthin gelangt war. Sylva und Cyril waren ihm auch keine Hilfe. Er wünschte sich, sie würden aus irgendeinem Detail herauslesen können, wie tief sein Mitgefühl ihnen gegenüber war, wie schlimm auch für ihn all das war, was die beiden durchgemacht hatten, wie er ihnen die jetzigen Lebensumstände gönnte und gleichzeitig neidete, zumal sie sie nicht automatisch bei der Geburt erworben hatten, sondern durch ihren eigenen Verdienst, und das in einem Alter, in dem man weiß, wie man Chancen zu nutzen versteht.

Cyril aber machte ein Gesicht, als ob man ihm gerade einen Zahn ziehen würde. Alexandre war sich daher nicht sicher, ob Cyril es nicht bedauerte, von ihm zu diesem relativ teuren Essen eingeladen worden zu sein. Gelegentlich sonderte Cyril langsam und umständlich einen Satz in die Stille ab: »Ich brauche einen Zahnarzt. Verkaufen Sie nicht auch Draht zum Geradebiegen der Zähne?« Er entblößte sein ungepflegtes Gebiss.

Sylva fing daraufhin an, das Revers seines Sakkos abzuklopfen, bis er ihre Hand wegwischte wie eine Fliege. Beim Abschied fragte Alexandre Sylva nebenbei, ob er Cyril in irgendeiner Form gekränkt habe.

»Nicht doch, wir sehen die Dinge bloß anders als du«, entgegnete sie.

»Was anders? Wie anders?«, fragte Alexandre.

Solange er denken konnte, sah jeder die Dinge anders als er, und immer wieder ärgerte er sich darüber. Die Leute hier hatten ihn stets so flehentlich angesehen, so dass er sich verpflichtet fühlte, ihnen zu helfen. Und nun, da er nach bestem Wissen und Gewissen geholfen hatte, standen sie ihm plötzlich feindselig gegenüber. Selbst jetzt, wo sie in Freiheit waren, beleidigten sie einander bei gutem Essen, hielten Freundlichkeit für Heuchelei, Lächeln für einen Ausdruck der Oberflächlichkeit und Interesse für Argwohn. Nichts wie fort von hier.

Alexandre bezweifelte, dass die unvorteilhaften Verhältnisse schuld am schlechten Benehmen dieser Leute waren. Die Tschechen waren nun mal so. So wie es in anderen Ländern Kannibalen gibt. Es war ihm bereits vor etlichen Jahren aufgefallen, dass gerade bei den belesenen Leuten, deren Wissen ihn verblüffte und gleichzeitig beschämte, die feindselige Haltung am stärksten war. Die mühselig erworbene Bildung erweiterte ihren Horizont keineswegs, vielmehr schien diese Bildung ihnen zu schaden, indem sie ihre Komplexe nährte.

Wieso hatte er ausgerechnet hier Wurzeln geschlagen, fragte er sich, als er sich in den Wagen setzte und hoffte, die beiden nie wieder sehen zu müssen. Er fuhr los, und im Rückspiegel sah er Sylva T., ziemlich groß und unsicher, wie sie sich bemühte, ihrem Mann zu gefallen, indem sie durch Haarfarbe und Seidenbluse das kaschieren wollte, was sie eigentlich ausmachte. Und wie sie angestrengt die Rolle seiner Lebensgefährtin spielte, wie ihre gebeugte Haltung, mit der sie versuchte, den Größenunterschied zwischen sich und Cyril auszugleichen, eine gewisse Unreife verriet. Er sah auch, dass sich Sylvas Beine ein wenig nach innen krümmten und dass sie ihre Handtasche so hielt, als hätte jemand sie gebeten, kurz darauf aufzupassen. Das alles kannte er, so war sie ihm in Erinnerung geblieben. Sylva T. hatte ihm nie gefehlt, weil er nie aufgehört hatte, an sie zu denken.

Am Abend fand er in seiner Jackentasche einen Zettel mit folgenden Zeilen:

Ein Haus, ganz nachtversunken
Du gehst vorüber –
oder kehrst du zurück?

Cyrils Verse. Das behauptete zumindest Sylva. Ein paar Tage später trafen wir uns in Berlin und verbrachten einen unendlich langen Tag im Park am Großen Stern.

Marion

Eine Woche später traf ich mit Medikamenten in Berlin ein. Zwei Drittel des Jahres bin ich unterwegs. So sehe ich an Ort und Stelle, wie sich Europa verändert. Ich höre oft, dass die Städte einander immer ähnlicher werden, dass man in neuen Stadtteilen häufig nicht mehr erkennen kann, in welchem Land man sich gerade aufhält, aber das stimmt so nicht. Mir kommt es eher vor, als ob die Städte immer mehr zu Spielzeugen werden. Ich meine die Spielzeuge, die ich als Kind kannte, nicht die von heute. Ich kann mir beim besten Willen nicht vorstellen, was beispielsweise Sylvas Junge (sie hat einen Sohn) mit den Monstern anfangen kann, die ich in der Spielzeugabteilung der Warenhäuser sehe. Die Armen und die Reichen haben jetzt den gleichen Gesichtsausdruck, sie sind verschieden gut gelungene Abgüsse einiger weniger Formen. Ich weiß nicht, vielleicht kommt es mir nur so vor, weil es immer mehr Menschen in den Städten gibt. Die Großstädte werden immer mehr zu Trugbildern. Man sieht sie viel öfter im Fernsehen oder auf Postkarten als in Wirklichkeit, und dann fällt es schwer zu glauben, dass es sie tatsächlich gibt. Wenn man bereits vorher so viel über sie weiß, kann man kaum noch etwas Neues entdecken. Und wenn Landschaften oder klimatische Bedingungen voneinander abweichen wie auch die Farben oder die Einwohnerzahl, so sind Metropolen doch alle lediglich Spielzeuge, *verschiedene* Spielzeuge.

Vor ein paar Jahren, kurz nach der Wende, fuhr ich mit der S-Bahn vom Osten in den westlichen Teil Berlins. Die Mauer war schon weg, aber man hatte noch nicht zu bauen, geschweige denn zu planen begonnen. Den Touristen zeigte man daher eine fünfhundert Meter breite Wunde. Mein Zugabteil war voller müder Menschen in Kunstfaserjacken, die alle kurz vor dem Brandenburger Tor ausstiegen. Ich fuhr drei Stationen weiter, der offenen Wunde entgegen und saß mit einem betrunkenen Punk alleine im Abteil. Erst im Westen, an der Station Bellevue, stiegen neue Fahrgäste ein. Wesentlich größer, sonnengebräunt und elegant gekleidet. Nichts deutete darauf hin, dass sie etwas mit denen zu tun hatten, die die Bahn kurz zuvor verlassen hatten. Es handelte sich um eine neue Spezies Mensch.

Am deutlichsten war das an Männern mittleren Alters (meines Alters) zu sehen: Die Männer aus dem Osten wirkten desinteressiert, waren beleibt, unrasiert und erinnerten an die blinden Bauern von Brueghel. Die Männer aus dem Westen hingegen blickten forsch und stolz, und die Frauen im Abteil waren sichtlich an ihnen interessiert. Ich sagte mir, dass entweder die Russen oder die Amerikaner oder beide jeweils ihre Deutschen bestrahlen oder dass sie ihnen etwas ins Essen mischen mussten. Es konnte doch gar nicht sein, dass sich Nachbarn, manchmal sogar auch Verwandte, auf ein paar hundert Metern Entfernung so auseinanderentwickeln konnten, bloß weil bei der einen Hälfte Mangel an Vitaminen und Freiheit herrschte.

»*Das hier wird sich niemals ändern*«, sagte ich damals laut vor mich hin, und all die Dandys drehten sich nach mir um. Doch es reichten vier Jahre aus, bis sich Ost und West zu einer ungleichartigen, aber in sich abgerundeten Masse vermischten. Am Brandenburger Tor bleiben die Reisenden heute ruhig sitzen.

In dem Jahr, in dem ich Sylva und Cyril T. in ein Restaurant unweit des besagten heidnischen Denkmals zum Essen eingeladen hatte, lernte ich in Berlin Marion kennen. Sie war gebürtige Tschechin, dunkelhaarig, reizend, und sie hatte die gleichen unbeholfenen Gesten wie Sylva. Irgendwann erzählte sie mir, sie würde öfter nach Prag fahren, um dort für eine deutsche Zeitung zu arbeiten. Einmal interviewte sie sogar Cyril T. Der Artikel hieß: *Von der Zukunft meiner Vergangenheit.* Sylva lernte Marion nicht persönlich kennen – dabei erinnerte mich Sylva so sehr an sie.

Zum ersten Mal sah ich Marion durch die Scheibe eines Buchladens. Sie saß mit einem anderen Mädchen hinter einem voll ausgeleuchteten Ladentisch. Die beiden waren schwarz gekleidet und hatten ihre Lippen rot geschminkt. Sie bewegten sich nicht und sahen aus wie Puppen. Ich trat ein, weil ich dachte, es handele sich um einen Scherz oder ein Happening. Beide erwachten ein wenig aus ihrer Starre, und ehe ich mich's versah, verkauften sie mir eine Neuerscheinung mit dem Titel *Schahriyar*.

»Kommen Sie wieder und erzählen Sie uns, wie Sie es finden«, sagte Marion.

Am Abend blätterte ich flüchtig darin. Es handelte sich (zumindest auf den ersten Blick) um eine Variante der Märchen aus *Tausendundeiner Nacht*, angesiedelt in Persien um das dritte Jahrhundert, erzählt von Prinzessin Scheherazade und ihrer Schwester Dinharazade.

Die Sorte von Büchern kenne ich schon. Von einigen sagt man, sie seien unterschätzt, wären aber langweilig. Das Buch enthielt ein paar hübsche Ideen: Ich erfuhr zum Beispiel, dass der König die Geschichten aus *Tausendundeiner Nacht* von klein auf kennen musste, weil ein Teil davon von den Iranern tausend Jahre zuvor aus Indien importiert worden war, quasi als literarischer Grundstock. Die Figur der Scheherazade selbst beruht auf einem Mythos, sie ist eine Variante der Königin Esther. Hätte ich aber in der Schule besser aufgepasst, hätte ich all dies schon früher gewusst.

Am nächsten Morgen sagte mir ein Kunde ab. Erst in vier Tagen sollte ich in Nancy sein. Die Zeit ließ sich hier in Berlin angenehmer vertreiben. Ich glaube, irgendwelche Feiertage standen vor der Tür. Ich kam auf den Gedanken, das Mädchen im Buchladen zu besuchen, aber sie war nicht dort. Das andere Mädchen, die Verkäuferin, erklärte mir, dass die andere nur eine Freundin gewesen sei, die vorbeigekommen war, um etwas zu fragen, sie arbeite hier aber nicht. Irgendwie konnten wir uns nicht verständigen – ich fand nicht die richtigen Worte, und sie war nicht bereit, mir zu helfen. Daraufhin sagte ich ihr, ich hätte mir gestern einen ziemlichen Blödsinn gekauft, den ich nun gerne gegen einen ordentlichen Krimi umtauschen würde.

»Es heißt *Schahriyar.*«

Die Verkäuferin fragte mich unfreundlich, ob ich gerne mein Geld zurück hätte, denn sie würden keine Krimis führen. Das Buch hätte eben diese Freundin geschrieben, Marion heiße sie, und es verkaufe sich wunderbar, wie sie ihr gestern habe mitteilen können. Natürlich sei nicht jeder in der Lage, es angemessen zu würdigen. Für Marion bedeute dieser Erfolg viel, denn dann müsste sie sich nicht mehr in Cafés, Galerien und Ähnlichem durchschlagen, sondern könnte sich ganz aufs Schreiben konzentrieren. Sie hätte Talent. Ich verabschiedete mich und sagte beim Hinausgehen, ich würde mich gerne mit Marion treffen, um sie einige Sachen zu fragen. Die Verkäuferin hörte auf, mich zu belehren und ein freundliches, demokratisches Lächeln umhüllte ihr Gesicht – ein Lächeln, das man nur im westlichen Teil Berlins beobachten kann. Sie teilte mir mit, Marion würde zwei Blocks weiter arbeiten, an der Ecke zur Hexenstraße, und sie würde sich sicherlich freuen, mich zu treffen. Ratlos fand ich mich an der Ecke im eisigen Wind wieder. Ich hatte keine Lust auf einen feministischen Vortrag, andererseits hatte der Tag einen gewissen Lauf, und es wäre schade gewesen, ihn zu ändern. Marion behauptet heute, damals am Schaufenster des Buchladens wäre ein gewisser Funke des Vertrauens zwischen uns gesprungen, den zu verfolgen ich gezwungen war, aber in Wahrheit wusste ich einfach nicht, was ich mit meiner freien Zeit anfangen sollte. Ich fand Marion in einer kleinen Galerie mit langweiligen Bildern und hoffte, die wären nicht auch noch von ihr. Sie kam mir nicht so hübsch vor wie das erste Mal, aber ich war auch nicht enttäuscht. Wir gingen in ein Lokal, irgendwo in Charlottenburg, in ein Bierlokal, in dem alles, vom Parkett über die Kellner bis hin zu den Tellern, um ein Drittel größer war als nötig. Berlin! Alexandre, der Gulliver im Reich der Riesen. Darüber musste Marion lachen. Leute aus der noblen Nachbarschaft kamen hierher, doch Marion machte mich auf ein Paar aufmerksam, angeblich garantiert aus dem Osten. Der junge Mann und das Mädchen waren gleich groß und gepflegt wie die anderen, und beide lachten genauso gequält wie die anderen Gäste.

»Woran erkennen Sie das?«, fragte ich. »An der Aussprache, oder verwenden sie andere Wörter? Etwas aus dem Russischen?«

»An den Schuhen«, Marion deutete auf zwei Paar schmutzige Turnschuhe aus Kunstleder. »Da kann man nicht irren.«

Die Hauptrolle an diesem Nachmittag spielte ihre dunkle Sonnenbrille. Marion war ständig damit beschäftigt, sie abzusetzen, um sie gleich wieder aufzusetzen, und dieses Theater hinderte mich daran, dem zu folgen, was sie erzählte. Unangenehm war, dass auch sie kaum zuhörte, sie fragte nicht nach, und wenn sie die Brille wieder einmal abgenommen hatte, fixierte sie irgendwen im Raum, der offenbar fesselnder war als ich. Gewiss erwartete sie nicht, dass ich sie unterhielt. Im Gegenteil, kaum setzte ich zum Reden an, fiel sie mir in die wenigen Worte, die ich in petto hatte, um mich darüber aufzuklären, wo sie überall gearbeitet hatte oder dass der Mensch drüben an der Bar vermutlich statt des linken Beins eine Prothese trage. Eine Weile erzählte ich ihr von irgendeinem alten Film, aus reiner Wut darüber, dass ich weder in der Lage war, sie zu unterhalten, noch sie sitzen zu lassen und fortzugehen.

Es handelte sich um die allerersten in Farbe gedrehten Dokumentaraufnahmen der Amerikaner aus dem Jahre 1944, kurz nach der Landung der Truppen in der Normandie. Kolonnen amerikanischer Transporter durchquerten die französische Landschaft. Sie gelangten in von Pappeln umsäumte Straßen und mit Glyzinien überwucherte mittelalterliche Städtchen. Die Soldaten in den Jeeps sahen nicht anders aus als später in Vietnam oder im Persischen Golf. Khakifarbene Hemden mit hochgekrempelten Ärmeln, Schutzhelm, Kaugummi. An den Straßen standen Junge wie Alte, Frauen in schwarzen Kleidern mit Kindern an der Hand und am Hauptplatz Herren mit Hut, eine Uhr in der Jackentasche. Starr vor Staunen beobachteten sie diese Entsandten einer anderen Welt, die Ritter eines neuen Zeitalters. Wenn vor dem Wirtshaus eine fliegende Untertasse gelandet wäre, würden sie vermutlich genauso glotzen.

Der Soldat, der Herr mit der Taschenuhr und der amerikanische Filmemacher sahen jeweils etwas anderes. Drei Schicksale, die scheinbar nichts miteinander zu tun hatten. In diesem einen Augenblick schossen sie aneinander vorbei wie fliegende Sterne.

Ist Euch denn klar, was für unglaubliche Dinge passieren, während wir hier sitzen? Einst beim Urknall flogen Teile der Welt in alle Richtungen. Ich suche sie, finde sie und versuche aus ihnen das ursprüngliche Bild zu schaffen, auch wenn es immer unvollendet bleibt. Gott schlug mit der Faust in die

Welt, weil er sie zerstören wollte oder weil er spielen wollte. Ich sehe Teile von Atlantis in den Augen der unterschiedlichsten Kreaturen, mit denen ich meine Träume teile, ich sehe das Wohlgefallen am Sommerregen oder an Gesichtern, von denen sich der Schleier gelöst hatte. Wir sind nicht alle aus dem gleichen Material. Die alte Welt hatte ihre Klippen, Märchen, Erzadern und Scherben. Am Griff erkennt Ihr, wie der Krug geformt ist.

Habe ich das gelesen oder gehört oder beides? Wessen Worte waren das?

»Ist das so in Berlin? Unterhalten sich die Leute hier so?«, fragte ich.

»Ich weiß nicht. Mit mir spricht kaum jemand. Oder ich unterhalte mich nicht. Das lässt sich nicht so einfach auseinanderhalten.«

Ich wollte sie nach Hause begleiten, aber in der Tür stießen wir auf ein paar Bekannte von ihr. Sie wollte mit ihnen weiterziehen. Dabei hatte sie doch noch behauptet, keiner spreche mit ihr! Ich verabredete mich mit ihr für den nächsten Tag und kehrte ins Hotel zurück. Ich schlug noch einmal ihr Buch auf und las diesmal aufmerksamer, in der Hoffnung, mehr über Marion zu erfahren.

Schahriyar

König Schahriyar war klein, er hatte einen Kugelbauch, und seine oberen Schneidezähne wackelten. Er sah auf jedem Auge unterschiedlich scharf, und wenn er in ein Buch schaute, schloss er ein Lid und sah aus wie ein böser Papagei. Seinen Bart schnitt er nachlässig und ohnehin nur deshalb, weil er wegen der Hitze juckte. Er zog sich ungern und unordentlich an und tat dies nur, weil er sich seiner Nacktheit schämte. Immer wenn sein Gefolge vor ihm auf die Knie fiel, tat er so, als ob er Zahnschmerzen hätte. Andererseits aber bestand er darauf, genauestens über jede Kleinigkeit Bescheid zu wissen, und ertrug es nicht, wenn etwas von seinen Vorstellungen abwich – diese Vorstellung aber vertraute er niemandem an.

Dennoch umwehte ihn ein Zauber der Allwissenheit. Er wusste, wie viele Eichhörnchen und Rosen sich im Garten befanden, welche Frau ein Kind erwartete und von wem, woraus man Farben für Teppiche mischte und wohin man zur Jagd ausreiten konnte. Er konnte das Wetter vorhersagen, las viel, beherrschte die lebendigen Sprachen und kannte die untergegangenen Schriften, Rätsel, Witze, außerdem war er in der östlichen und westlichen Religion bewandert. Er interessierte sich für Mathematik, für die Seele und ihren Platz im Kosmos und im menschlichen Körper. Er korrespondierte mit Philosophen, diskutierte mit Sophisten, verfolgte eifrig die neuesten Berechnungen der Sterne und die besten medizinischen

Methoden und brachte beides in Verbindung mit den heiligen Texten des Zoroastrismus. Sein Reich blühte von Persien bis Vorderindien, und die Kundschafter hörten von den Untergebenen, dass ihr König gut und gerecht war.

Eines Tages aber fiel dem Wesir auf, wie Schahriyar nachts durch den Hintereingang über den Garten verschwand, um durch die Gassen der Stadt zu streifen. Ihm fiel auch auf, dass er mit dem Finger runde Schweinchenfiguren in den Sand kritzelte, bei wichtigen Verhandlungen vor sich hin dämmerte und Entscheidungen an ihn, den Wesir, abgab. Einmal sogar schlief er tatsächlich ein, schnarchte und erregte dadurch Aufmerksamkeit. Alle dachten daraufhin, er würde langsam alt oder aber irgendeine Trauer quälte ihn. Dabei hatte Schahriyar nur wieder eine schlaflose Nacht hinter sich.

Schahriyar konnte nicht schlafen: Er langweilte sich, er litt, versuchte, sich selbst müde zu machen, man konnte es ihm nicht recht machen. Seine Bücher machten ihn plötzlich wütend, und die Fragen, die er sich stellte, blieben ohne Antwort und brachten nur Wolken neuer Fragen hervor, die unterschiedliche Antworten zuließen. Schahriyar hatte offenbar einen Wissensstand erreicht, der sich dem Höhepunkt entzog wie ein zu langer Liebesakt. Die Wahrheit, ungreifbar aus der Nähe und unverständlich aus der Ferne, ermüdete ihn. Und nicht nur das.

Die Bücher, Sophistereien, Disputationen und das Studium – all das brachte ihn zu einer lähmenden Erkenntnis: Als Scheich war Schahriyar der Stellvertreter von Ahura Mazda auf Erden und somit mit der Fähigkeit ausgestattet, das Gute vom Bösen, das Wahre vom Falschen zu unterscheiden. Allerdings glaubte er als Wissenschaftler, der unter Hellenen, Indern und Juden aufgewachsen war, nicht, dass so etwas möglich wäre. Er zweifelte an der Religion, die den Sinn seiner Entstehung und Existenz ausmachte. Er betrachtete sie als

Plunder. Die Mysterien blieben ihm verschlossen, da er nicht an sie glaubte.

Er war jedoch gezwungen zu schweigen und zu heucheln. Seine Ungläubigkeit war eine Sünde, sie war ein Verbrechen, und sie zuzugeben, bedeutete, die gesamte Ordnung, deren Garant er schließlich war, in den Untergang zu stürzen.

Sein weites Land war gerade neu erbaut, und er sah, wie alles auch ohne sein eigenes Zutun vonstattenging, und kam sich überflüssig vor. Er erwog, sich heimlich davonzuschleichen und nach Rom zu fahren, um dort nur für sich zu leben. Aber was würde ihm Rom schon bieten können? Außerdem war er faul, verweichlicht und gerade noch gut für den Thron.

Früher einmal war er wild und schnell gewesen. Jemandem den Kopf abzuhacken oder jemandes Tochter zu verführen, bedeutete so wenig. Beider Dinge ist er überdrüssig geworden. Genauso wenig machte es ihm Freude, jemanden zu kritisieren, ihn beim Wort zu nehmen und überall Fehler zu suchen. Aber weil das Gerücht in der Regel hinter der Wahrheit zurückbleibt, beurteilten ihn die Leute genauso wie früher und erzählten einander Geschichten über seine Wettfahrten mit der Kalesche, über seine Hunderte von Frauen und von Feldzügen in Länder, die er in Wirklichkeit niemals betreten hatte.

Der Wesir war besorgt über die Niedergeschlagenheit Schahriyars. Er wusste, dass die Beamten des königlichen Rats in der Lage waren, selbst den größten königlichen Reichtum innerhalb weniger Monate zu verprassen, und dass kleine Unordnungen zu großen Aufständen führten. Schahriyar war fünfundvierzig Jahre alt. Ein alter Jude war zu jener Zeit Gast am Hofe. Er nahm den Wesir beiseite und sprach:

»Dem König scheint, als ob das Leben keinen Sinn hätte.«

Das Allerschlimmste aber war die gleichzeitige Unzufriedenheit der Königin. Der Wesir besaß seine geheimen Informati-

onen, und ihn schauderte, was passieren würde, wenn der König erführe, was die Königin in seiner Abwesenheit trieb. Da er sich nicht zu helfen wusste, beobachtete er den König aufmerksam, wie dieser inmitten seiner Bücher lag, seine Finger schnell auf den Seiten hin und her gleiten ließ, einige davon übersprang und von Zeit zu Zeit heiser auflachte. Der Wesir hatte den Eindruck, der König sei verrückt geworden.

Schließlich lud er den jüngeren Bruder des Königs ein, Schahzaman, Herrscher über Samarkand. Schahzaman betrat die Stadt in schlechter Laune. Bei seiner Abreise vergaß er nämlich das Geschenk für seinen Bruder im Schlafgemach, kehrte um und sah seine Gemahlin in den Armen eines muskulösen Sklaven. Er tötete sie beide und galoppierte rasch seinem Gefolge nach. Seine Laune wurde am Hof von Schahriyar nicht besser, und nach drei Tagen geschah das, was der Wesir am meisten fürchtete. Schahriyar ging auf die Jagd; Schahzaman starrte aus dem Fenster in den Garten herab und wurde unwillkürlich Zeuge verwickelter Liebesspiele, welche Schahriyars Gattin dort gewohnheitsmäßig mit einer größeren Gesellschaft vollzog. Schahzaman freute sich aufrichtig, dass Schahriyar noch mehr getäuscht wurde als er selbst und erzählte ihm alles. Die Brüder fielen einander um den Hals und fühlten eine größere Verbundenheit als jemals zuvor.

»Die Weibsbilder sind an allem schuld«, sagte Schahzaman.

Schahriyar ließ unverzüglich die Königin und die ihr Nahestehenden hinrichten und im Rausche einer herzzerreißenden Melancholie machten sich die beiden Brüder auf zum Meer. Sie hatten keinerlei Pläne. Abends schoben sie sich Sand unter den Kopf und verschlossen die Augen vor den Sternen.

Plötzlich tauchte aus dem Meer ein großer Dschinn auf. Er hatte die Gestalt eines glänzenden Drachen und einen Buckel, wabbelig wie ein Häufchen Sülze und voller perlmuttfar-

bener Schuppen. Auf dem Kopf trug er eine kleine Schachtel. Er kniete sich nieder, legte sie vorsichtig auf den Boden, öffnete sie und zog mit zwei Fingern ein wunderschönes Mädchen hervor. Dann verbeugte er sich vor ihr und flüsterte, dass sich die Bäume neigten: »Was befiehlt meine Herrin?«

Schahriyar und Schahzaman erschraken furchtbar und erklommen rasch eine Palme.

»Leg dich hin und schlaf«, befahl das Mädchen, und der Dschinn schlief ein. Dann wandte sie sich den beiden Brüdern in der Baumkrone zu und begann zu sprechen.

»Er entführte mich von meiner Hochzeitsfeier, es ist schon einige Zeit her«, erklärte sie ihnen. »Aber auf unserer langen Reise begannen wir uns ganz gut zu verstehen. Und ihr, steigt herab! Ihr werdet einer nach dem anderen mit mir schlafen. Ansonsten wecke ich ihn auf!«

Die Brüder tauschten ein paar Worte, und dann liebten sie das Mädchen gleichzeitig. Es war sehr schön, und beide begehrten sie noch einmal, aber als sie in der Dämmerung nackt am Strand erwachten, war niemand mehr dort. Sie dachten, sie hätten alles nur geträumt.

Als sie noch klein waren, verbrachten Schahzaman und Schahriyar viel Zeit miteinander. Sie hatten viele gemeinsame Träume. Immer wenn sie sich diese morgens erzählten, konnte einer die Erzählung des anderen fortführen. Beide fielen einander häufig ins Wort und griffen Ereignissen vor. Oft merkten sie gar nicht, dass sie aufgehört hatten, einen Traum zu erzählen und anfingen zu phantasieren. Es kam auch vor, dass der Traum des einen an der Stelle begann, wo der andere aufhörte, während die Protagonisten die gleichen blieben.

An jenem Morgen allerdings sprachen sie nicht darüber, was geschehen war, denn sie schämten sich beide und fanden für das ungewöhnliche Liebesabenteuer keine geeigneten Worte. Sie erinnerten sich lieber daran, wie sie einmal von einer Herde Elefanten träumten, die in einer Palmenoase in einem kleinen See badete.

»Und noch etwas träumte ich, Bruder, doch ich schäme mich, darüber zu reden«, bemerkte Schahzaman am Schluss.

»Dann schweigen wir«, sagte Schahriyar.

Niemand erfuhr, was auf ihrer Reise passierte, aber nach ihrer Rückkehr trieb die Absonderlichkeit der Brüder seltsame Blüten. Eine Menge kluger Leute sah sich daraufhin gezwungen, ins Ausland auszuwandern.

Eines Tages fuhr Schahzaman davon. Schahriyar verkündete, er würde nie wieder eine Frau haben wollen, und verkaufte seinen Harem. Aber dann wurde ihm bewusst, dass er den Gläubigen in seinem Land kein gutes Vorbild war – die Religion fasste das Zölibat nämlich als Sünde auf. Aus diesem Grund ordnete er sein Leben zumindest nach außen hin: Er ließ sich jeden Abend ein Mädchen aus gutem Hause bringen, erklärte sie zur Königin, schlief mit ihr, und am nächsten Morgen ließ er sie hinrichten. Einige von ihnen waren sinnlich, andere rührend, aber er wartete nicht, bis er sich zu ihnen hingezogen fühlte und anfing zu leiden.

Die Untergebenen hatten kein Verständnis für ihn. Der Wesir machte den König einige Male darauf aufmerksam, Gerüchte um seine Impotenz würden kursieren, und einige ließen sogar verlauten, der König sei nicht ganz bei Trost oder gar vom Teufel besessen. Daraufhin ließ der Wesir vorsichtshalber einige der Verleumder pfählen. Viele Familien flüchteten aus Angst um ihre Töchter aus dem Land, und eines Morgens fand der Wesir keine einzige Jungfrau mehr vor. Es blieb nur eine, seine eigene Tochter, meine Schwester Scheherazade.

An jenem Abend, an dem man sie ihm brachte, gab der König wie gewohnt ein Gastmahl für Freunde und Würdenträger. Und angeblich sprach er auf einmal: »Wie ist es nur möglich, dass die Frauen in solch eine üble Lage gerieten? Warum verdächtigen wir sie des Verrats und des Ungehorsams, ehe sie überhaupt in Erscheinung treten? Warum erachten wir die Früchte ihres Tuns und ihrer Liebe als unsere eigenen, und, soweit sie klug sind, auch jedes ihrer Worte, ihrer Taten und Gedanken? Und dabei betrachten wir jedwede Gelegenheit, die sie zur Vernunft bringt und zur Erleuchtung führt, jede ihrer Absichten, sich zu befreien, als diabolisch und unrein. Warum ist ihr Blut unrein? Warum sollten sie überhaupt gefügig sein, warum haben sie sich unser eigentlich noch nicht entledigt? Es ist doch nur noch eine Frage der Zeit, bis sie anfangen, uns zu hassen!«

Alle schwiegen, auch der Mani, bis sich der alte Jude zu Wort meldete:

»Das hier ist unsere Welt, Gott weiß es. Die Frauen sind eine bloße Hülle für dich und deine Söhne. Du tust gut daran, wenn du ihren Reden aus dem Weg gehst, denn sie überzeugen dich auf teuflische Art von etwas anderem. Du denkst, sie sind uns ebenbürtig. Warum sind sie dann nicht wie wir?«

»Wenn sie uns nicht fürchten würden, wären sie nicht so gefährlich«, wandte der König still ein und senkte kurz den Kopf, um ein wenig zu dösen. Die anderen schwiegen und ließen ihn ruhen.

František und der Ring

Am Freitagmorgen öffnete František die Augen und sah zum Nachtkästchen hinüber, auf dem er jeden Abend seinen goldenen Ring ablegte. Es tat ihm gut, gleich nach dem Aufwachen etwas so Schönes und Wertvolles im Blickfeld zu haben. Er hatte den Ring 1933 in Italien gekauft. Der dunkelbraune Opal passte hervorragend zu der Farbe seiner Augen, und das Gold traf den Ton seiner Haut. In diese wurde er vor siebzig Jahren hineingeboren, und sie alterte nicht, mit Ausnahme einiger rostbrauner Flecken an den Händen und am Bauch. Sein Körper überraschte die Ärzte immer wieder durch seine Frische – sonst sah ihn niemand mehr nackt. Noch heute ist er davon fasziniert, wie gut der Ring zu ihm passte, obgleich er nicht imstande wäre, sich laut darüber zu äußern. Zu seiner Rechten sah er also den Ring, zu seiner Linken seine Frau, deren liegende Gestalt sich wie ein Berg vor ihm auftürmte. In wenigen Augenblicken wird Nina aufstehen, sich auf die Bettleiste stützen und ihre allmorgendlichen zwanzig Kniebeugen absolvieren. Das Bettgestell wird unter der Last aufheulen. Nina glaubte fest daran, sich nach diesem Programm den ganzen Tag lang vollstopfen zu können, während sie an der Nähmaschine saß und nebenbei einen Krimi las. František sah es ohnehin nie gerne, wenn sie anstrengende Arbeit im Haus verrichtete. Da machte er sich lieber selbst murrend, aber bereitwillig ans Werk. Er kümmerte sich stets um alle, ob es ihnen gefiel oder nicht.

Es erwartete ihn ein weiterer harter Tag. Alte Kundschaft hatte sich angekündigt, die nun genauso arm war wie Nina und er. Im Garten, wenn er sich ans Beschneiden der Bäume machte, verspürte er stets Augenblicke der Freiheit. Unten im Kesselraum sollte eingeheizt werden. Danach musste er noch in die Garage, Äpfel holen und später beim Grafen Schonbach die Heizung richten. Abends setzte František sich gerne in den Sessel und hörte Radio, während er sorgfältig seine Fingernägel feilte und gelegentlich seinen Ring ansteckte. Das Esszimmer musste noch gestrichen werden, im Schlafzimmer tropfte es von der Decke, und Schimmel befiel das Parkett. Auch die Glühbirnen mussten ausgewechselt werden. Doch nichts von alledem erledigte František, es war der Mühe nicht wert. Wäre das Haus kleiner, müsste er nicht so viele Untermieter halten. Wäre es allerdings größer, würde er es im Zuge der Verstaatlichung verlieren, wie er sich angewöhnt hatte zu sagen. Aber dann wäre wenigstens Ruhe, sagten seine Kinder. Sie hatten recht. Und trotzdem, es war sein Hab und Gut. Gegen Abend sollten sie mit ihrem Nachwuchs vorbeikommen. Den Enkel mochte er nicht, er war ein bösartiger Bengel, der ihm dauernd Streiche spielte und seine Stiefel einen Stock höher versteckte. Seine Enkelin aber gefiel ihm, sie war kugelrund und hatte ein zartes Gesichtchen.

Wenn sie bei ihm ist, wird er in den Keller gehen und einheizen, damit sie es warm hat, wenn er sie badet. Er wird mehr Holz auflegen als sonst, der Kleinen einen Pyjama überziehen und ihre Beinchen in eine rosafarbene Decke packen. Er wird ihr vorlesen.

Als sie das letzte Mal bei ihm war, trug sie einen Kurzhaarschnitt. Dazu meinte er: »Das ist aber schön. So fein.«

Als einmal Schnee gefallen war, setzte František das Mädchen auf den Schlitten und zog es zum kleinen Schloss auf dem Hügel. Dazu zog er sich seinen besten Wintermantel über und setzte einen Hut auf. Er zündete sich eine *Romeo y Julieta* an und steckte die goldene Banderole mit dem Bild der Liebenden an den Finger des Kindes. Die Enkeltochter sauste den Berg herab und beobachtete František – auch jetzt noch maß er fast zwei Meter –, wie er vor dem Tor des Schlosses hin und her ging und seine Zigarre rauchte. Er sog den Rauch ein und betrachtete aus der Ferne sein baufälliges Reihenhaus. Als er es vor vierzig Jahren bauen ließ, sollte es vor allem groß sein, damit genug Mieter hineinpassten und ihm Geld zahlten, das später einmal an die Kinder gehen sollte. Aber die würden heute nicht bei ihm wohnen wollen, selbst in großer Not nicht, sie kamen nicht gut miteinander aus. Was hatte er erwartet?

Heute würde er den Architekten beauftragen, ein schönes, komfortables, nicht allzu großes Haus zu bauen. Der Garten wäre viel größer und die Apfelbäume darin weniger. Er könnte dort mehr Blumen und Zierbäume einpflanzen, Wege und Sträßchen anlegen wie in einem Labyrinth – ach, es war zum Wütendwerden.

Im Laufe des Vormittags füllte sich der Hang mit Menschen, und er hatte Mühe, die kleine Gestalt auf dem großen Schlitten nicht aus den Augen zu verlieren. Ihn fröstelte angenehm. Hinter ihm öffnete der Verwalter gerade das kleine Museum, das František einst voller Befangenheit betreten hatte. Die Kleine war damals auch schon mit dabei gewesen und hatte große Angst gehabt. Sie hatten sich eine Dauerausstellung über Urzeitmenschen angesehen. Wie diese ins Museum kamen, wusste von den hiesigen Bewohnern niemand – um 1948 hatten die Hausbesitzer andere Sorgen, als sich darum zu kümmern, wie Männer in blauen Overalls haarige, hölzerne Neandertaler mit gefletschten Zähnen ins Gebäude trugen. Da saßen sie nun um die Feuerstelle, mit einem Feuerstein zwischen den Pranken, in einer halbrunden Hütte, mit Fell um die Schultern. Eine Übersichtstabelle am Eingang erläuterte die spiralförmige Entwicklung vom Affen zum Menschen und belehrte die Besucher, wie sie von äußeren Einflüssen wie Feuer, Arbeit und Klima bestimmt und geformt wurden. Die Urgemeinschaft ist das verlorene Paradies. Die Enkelin bestand damals darauf, dass er ihr den Text auf den Schildern vorlas. Sie wollte auch wissen, was es zu bedeuten hatte, aber traute sich nicht zu fragen – wahrscheinlich wollte sie nicht dumm erscheinen. Schließlich fragte sie ihn, wie es im Paradies aussähe. František tat so, als ob er sie nicht gehört hätte. Die Beschriftung ließ ihn gleichgültig. Der Text bestand aus einer gespreizten Phrase, die sich seit seiner Kindheit einige Male geändert hatte, aber immer noch unverständlich, entfernt und bedeutungslos war. Die Frage, ob die Aufschrift an der Tafel dumm war oder unnötig, stellte er sich nie.

Zu Mittag gab es Kartoffelnocken. Daheim mochte sie niemand, aber ihm schmeckten sie. Er hatte doch ein Recht darauf! Nina aß nie bei Tisch, sie wollte nicht dick werden und blieb nur kurz bei der Familie sitzen. František sah durch die Ritzen der Küchentür, wie sie die Reste aus den Töpfen auskratzte und in den Mund stopfte. Sie lebte vom Essen, das sie sich selbst vorenthielt. Dabei polterte sie gerne mit Sachen und zeterte leise vor sich hin, damit er es hörte: »Verdammte Arbeit!«

Die letzten zehn Jahre hatten sie laut und ermüdend gestritten, auch wenn es manchmal schwer gewesen war, einen Anlass dafür zu finden. Fünfzig Jahre hatten sie nie länger als für ein paar Tage Abschied voneinander genommen. Waren sie getrennt gewesen, wurden sie von einer Unruhe und einem seltsamen Gefühl des Verlustes erfasst, so dass sie aufeinander zueilten wie auf ihre einzige Rettung. Waren sie dann schließlich und endlich zusammen, konnte der eine den anderen nicht ausstehen. Es kam ihnen nicht in den Sinn, dass sie sich nach Einsamkeit sehnten, und statt verständnisvoller Worte warfen sie sich hilflos Beleidigungen an den Kopf. Dabei hatten sie keinen Grund zur Klage: Beide waren der Ansicht, es zu etwas gebracht zu haben, denn sie hatten stets genug zu essen und konnten es sich leisten, in Sommerbäder zu fahren. Die Verwandten auf dem Land hielten sie immer für etwas Besseres. Dennoch stritten sie, als ob für all das, was ihnen widerfuhr – für den Verlust des Eigentums und des Stolzes –, nicht die Kommunisten oder die Deutschen verantwortlich wären, sondern jeweils der andere.

»Wenn du dich mehr bemüht hättest!«, wetterte Nina immer dann, wenn er sagte, er verstünde sie nicht.

»Um was bemüht?«, fragte die Kleine dazwischen. Ihre Tochter störte sich daran, dass die Enkelin so viel mit anhören musste, und machte ihnen deswegen Vorwürfe. Daraufhin stellten sie sich immer geschlossen gegen sie und schimpften, sie solle erstmal ihr eigenes Leben in Ordnung bringen.

»Hör zu, lass dich doch scheiden«, schlug Nina gelegentlich vor.

František antwortete nicht und fuhr fort, das Parkett zu polieren. Nina stand da, in ihrer schäbigsten Hose und einem Lappen in der Hand. Sie schlug die Tür zu, dass der Glaseinsatz zu Bruch ging, und brach in Tränen aus. František ließ sie in Ruhe und glitt weiter auf dem Parkett umher, die Bürsten fest um die Füße geschnallt.

»Warum lasst ihr euch denn nicht scheiden?«, fragte die Enkelin wieder.

Eine Zeitlang war es still, und dann sagte Nina: »So alte Leute wie uns scheidet man nicht mehr.«

Die Kleine erzählte später den Eltern von der Begebenheit. Sie lachten. Nach solchen Auseinandersetzungen schwiegen Nina und František vielleicht zwei Tage oder ein Wochenende lang, besonders wenn die Kinder zu Besuch waren. Sie hingen einander gegenüber wie zwei Boxer in den Seilen eines Rings, unfähig, einander k. o. zu schlagen oder den Kampf für unentschieden zu erklären. Es war niemand da, der ihnen auf die Schulter klopfte, um sie zum Fortsetzen des Kampfes zumuntern. Sie konnten nur verschwitzt durchatmen und die Zähne fletschen.

Nach seinem Tod wollte František mit Nina das Grab teilen, auf dem Friedhof oben auf dem Hügel bei der Kirche, wo sie die Enkelin taufen ließen. Von dort aus hatte man eine Aussicht auf das Šárecký-Tal. Es käme ihm niemals in den Sinn, seine Überreste könnten nach dem Tod in dem maroden Dorf ruhen, in dem er geboren wurde. Dies war ohnehin nicht möglich, denn das Dorf gab es nicht mehr, und auch sein Geburtshaus, das sich am Fuß eines neu errichteten Staubeckens befand, verfiel langsam. So blieb er lieber mit Nina hier in Prag. In letzter Zeit kam ihm eines merkwürdig vor: Egal ob Geld, Kriege, Umbrüche, Armut, lange Wegstrecken und harte Arbeit, dies alles ging an Nina spurlos vorbei. Es gab keine Anzeichen von Enttäuschung oder Trauer, Stolz oder Zufriedenheit in ihrem Gesicht. In immerwährend gleicher Stimmung saß sie da, mit ihrem Krimi im Schoß, und genauso schluchzte sie hinter verschlossener Badezimmertür. Mit Frauengeschichten kannte František sich nicht aus, es war auch nicht seine Sorge, aber manchmal kam es ihm so vor, als ob er ihr nichts mehr bedeuten würde, obwohl er vierzig Jahre lang mit ihr schlief und sich kümmerte, wie er nur konnte – und das tat er gut, das musste sie zugeben.

Er war ein wenig verdrossen, aber als er mit seiner *Romeo y Julieta* zwischen den Zähnen vor dem Schloss hin und her ging und das zarte, kugelige Persönchen im Schneeanzug beobachtete, wie es sich mit dem Schlitten mühselig den Berg hinaufschleppte, verspürte er unendlichen Frieden in seiner Brust.

»Opa, Hilfe!«, rief die Enkelin.

František wankte den vereisten Hügel hinab, um das Kind samt Schlitten abzuholen, denn zu Hause wartete das Mittagessen. Als er sich bemühte, nicht hinzufallen (er stieg vorsichtig den Hang hinab, seitlich), fiel ihm auf, dass er leuchtend rote Strümpfe anhatte. Das überraschte ihn – er wusste gar nicht, dass Nina ihm solche gekauft hatte. Er würde niemals so etwas anziehen, selbst wenn er kein Paar mehr übrig hätte – diese Farbe wäre ihm doch bestimmt aufgefallen. Er überlegte, wie er heute Morgen zu den Strümpfen gekommen war. In der Zwischenzeit wartete die Enkelin trotzig darauf, dass man ihr Aufmerksamkeit schenkte.

Seine Ledersohlen kamen ins Rutschen. Dabei fiel er schmerzhaft auf sein Steißbein und glitt ein wenig die Böschung hinab. Als er merkte, dass er den Ringfinger seiner Linken (mit dem goldenen Ring daran, dessen Stein sich beim Fallen ins Handesinnere drehte) eingeklemmt hatte, war es bereits zu spät.

Er vernahm ein leises Läuten, Glöckchen ähnlich. Er hob die Hand und spürte, wie etwas seine Handoberfläche streifte – es war die Berührung von luftiger Seide.

Er sah Dutzende seidener Tücher, mit Blumen bestickt und mit orientalischen Mustern in den Farben des Sonnenuntergangs und des Nachthimmels. Es waren Schleier und Tücher, grün wie ein Papagei und rot wie seine Socken. Sich durch die Seide durchzuarbeiten, die an einem Faden hing, bereitete ihm ein unaussprechliches Vergnügen. Er versuchte, sich umzudrehen, um herauszufinden, wo er sich befand. Er sah hohe, funkelnde Bauten, ein dunkles Mädchengesicht, er hörte Takte einer wilden Musik: Sie klangen wie Gewehrsalven oder das Rattern eines Zuges. Dann verschwand alles, und er versank in Dunkelheit.

Er fand sich im Labyrinth eines von den letzten Sonnenstrahlen durchfluteten Gartens wieder. Ein Windstoß brachte die weißen Laken oben auf der Terrasse zum Glitzern. Er sah einen untersetzten Mann mit Vollbart in einem goldbestickten Mantel. Über seine Schulter hinweg konnte er in sein Buch blicken. Dabei erkannte er einzelne Buchstaben, obwohl es sich um eine fremde Schrift voller Ornamentik handelte, deren Worte er nicht verstand.

»Ich habe es vergessen. Es wird mir wohl ein Fehler unterlaufen sein«, sagte František laut.

Was war das für ein Fehler? Habe ich ihn etwa allein begangen? Und zu welcher Zeit? Wodurch habe ich mich schuldig gemacht?

Cyril T.

»Schau.« Cyril zeigte Sylva ein altes, völlig verschimmeltes Zigarettenpäckchen. Es war das erste Mal, dass Sylva verschimmelte Zigaretten sah, aber es überraschte sie nicht. Vor einer Woche legte Cyril sein Bein auf den Tisch und zeigte ihr einen schönen spitzen Schuh.

»Schau«, zeigte er. »Hab ich auf der Deponie gefunden, in einem Koffer. Es waren sechs schwarze Rollis darin, guck mal.« Er schob den Rollkragen beiseite und entblößte seinen bleichen Hals. »Und diese Schuhe.«

Viele Sachen, die Cyril fand oder kaufte, waren zum Wegwerfen: Hosen mit zusammengenähten Hosenbeinen, ein Hackbraten mit eingebackenen Fliegen drin und Bücher, die aus einem Blätterwald von völlig identischen Seiten bestanden. Sylva hätte gerne gewusst, ob Cyril die Verderblichkeit der Dinge von Geburt an anzog, ob sie sich im Gefängnis an seine Fersen geheftet hatte oder ob es stimmte, was er ihr immer vorwarf: dass nämlich alles den Bach runterging, seitdem er sie geheiratet hatte. Sie sagte zu ihm: »Die Sachen sind gestohlen. Wenn du damit zum Wenzelsplatz gehst, wird sie garantiert jemand erkennen und schlägt dich zusammen. Du kannst nicht einfach stehlen, du bist schließlich eine öffentliche Person.«

»Öffentliche Person!«, äffte Cyril sie wütend nach. »Wenn ich es nicht wäre, dann dürfte ich stehlen, oder was?«

In Wirklichkeit wünschte sich Sylva T., jemand würde Cyril zusammenschlagen, damit er für all das bestraft würde, was sie durch ihn ertragen musste – und vor allen Dingen dafür, dass er sie nicht verließ. Als er aber kürzlich vor der Bahnhofskneipe tatsächlich verprügelt wurde und sie durch die Schwingtüren sah, wie er vergeblich versuchte, das Gleichgewicht und seine Würde aufrechtzuerhalten, da wünschte sie sich plötzlich, er würde in Tränen ausbrechen und sie umarmen. Das tat er aber nicht. Stattdessen fragte er sie, ob sie noch Geld übrig hätte, und dann musste sie mit ihm einige Stunden in einem Gartenlokal verbringen und sich anhören, wie er Jessenin rezitierte und den Bürgermeister beleidigte, der die beiden in die Stadt eingeladen hatte. Die Leute sagten, Cyril würde nicht mehr so viel trinken wie früher und mehr Zufriedenheit ausstrahlen. Wenn das wahr wäre, dann hob er sich das Schlimmste noch für sie auf.

»Warum bist du mit mir zusammen?«, fragte sie öfter.

»Um nicht alleine zu sein«, antwortete er leise. Oder: »Weil du es so willst. Ich bin nach wie vor der Gleiche.«

Und Sylva traute sich weiß Gott nicht zu sagen, sie wolle es ja eigentlich nicht, denn plötzlich erging es ihr anders.

Sie wurden nicht müde, sich vorzuwerfen, wer von ihnen die Verantwortung für ihre verdorbene Beziehung trug. Sylva warf ihm vor, er hätte sie mit seinen Vorlieben, seiner Wut und seiner Art zu denken derart gebrandmarkt, dass sie sich nicht anders hatte entwickeln können. Er hätte sie klein gehalten, wann immer sie versuchte, ihren eigenen Weg zu gehen. Und so akzeptierte sie schließlich seine Gewohnheiten und seine Überzeugung, er wäre etwas Besseres und alle anderen seine Untergebenen. Sie klagte, sie hätte Angst vor ihm. Gereizt wandte er ein, er hätte weit mehr Angst vor ihr.

Ein Haufen junger Männer kam regelmäßig zu ihnen nach Hause, in der Regel Studenten, die Cyril hauptsächlich danach bewerteten, was sie über ihn gelesen hatten. Ein anderes Mal kamen einfach fremde Leute, die, wie sich herausstellte, von einer ganz anderen Fähigkeit begeistert waren: nämlich wie er es schaffte, mehrere Tage hintereinander und ohne Unterbrechung zu trinken. Cyril sagte, bei ihm würde sich eine offene bürgerliche Gesellschaft etablieren.

Es geschah, dass jemand, der zuvor Cyrils Charme erlegen war, gegen ihn aufbegehrte, woraufhin sich Cyril abrupt von demjenigen abwandte. Sylva befiel dann eine Angst, er könnte sich genauso von ihr – und womöglich auch von dem Kind – abwenden oder aber er könnte ihr das Kind wegnehmen und sie verstoßen. In solch eine Situation durfte sie niemals geraten! Daraufhin versicherte sie ihm schnell, wie sehr sie ihn brauchte.

Cyril behauptete, niemand hätte ihn jemals so herausfordernd angesehen wie Sylva, und nun besaß sie das, was sie immer gewollt hatte. Mehr als für immer bei ihr zu bleiben, könne er nicht für sie tun – das war sein letztes Wort. Und das schockierte Sylva gleichermaßen wie die Vorstellung, er würde für immer gehen.

Was sie von ihm brauchte, war ungreifbar und ihm selbst nichts wert: ein paar Gesten, ein paar Blicke, ein Lächeln, Lichtstrahlen der Ewigkeit, die im Alltag immer schneller verlöschten. Cyril war ein Schatten dessen, was er unter glücklicheren Umständen hätte sein können. Ihre Hingabe und Verbundenheit bedeuteten ihm nichts, er ertrug ihre Anwesenheit nicht, und dennoch hielt sie ihn am Leben. Umso schlimmer: Sein sich immer heftiger äußernder Zorn kam wie aus dem Nichts und entlud sich abrupt. Cyril wollte Sylva nicht sehen, er schrie sie an, woraufhin sie für einige Tage wegfuhr. Er wollte mit ihr einen schönen Abend bei Freunden verbringen, aber nach einigen Stunden verschwand er betrunken und fuhr sie später zu Hause an, sie würde sich mit grauenvollen Leuten abgeben; kaum brachte er ihr Geld, gab er alles selbst für Schnaps und Bücher aus. Er wollte und sollte alleine leben, schaffte es allerdings nicht.

Als Sylva ihn das erste Mal sah, war sie etwa zehn Jahre alt. Ihre Mutter und er hatten sich zufällig auf einer Straße in B. kennengelernt, wohin sie kurz zuvor gezogen waren. Cyril war gerade auf dem Weg zur Polizeistation wie jeden Tag: Er stand unter Beobachtung. Es dauerte nicht lange, da zog er bei ihnen ein. In der Stadt wagte es niemand, mit ihm zu sprechen, und wenn er im Laden in der Schlange stand, stellte sich keiner hinter ihn, selbst an jenen Tagen nicht, an denen es Bananen zu kaufen gab. In der Kneipe saß er allein oder in Gesellschaft von Säufern, die nichts zu verlieren hatten. Diese Leute waren dafür bekannt, dass sie sich weigerten, Informationen über ihn herauszugeben.

Die Bewohner des Städtchens waren der Meinung, der Kampf gegen das Regime sei Cyrils private Angelegenheit, und wenn er sich schon dafür entschieden hatte zu protestieren und die Folgen zu tragen, dann sollte er wenigstens niemand anderen mit hineinziehen. Sie hätten ihm ja gerne von Zeit zu Zeit geholfen, würde er bloß wie sie ein geregeltes Leben führen und milde und ergeben lächeln, so wie der Herr Doktor Nový, der drei Jahre dafür einsaß, weil er angeblich Gelder von Patienten annahm. In Wirklichkeit hatte dieser das Geld ausgeschlagen, und dennoch gereichte ihm das Gefängnis zur Ehre, und er ertrug seine Schande mit Demut. Im Gegensatz dazu saß Cyril für etwas, das er tatsächlich angestellt hatte: Auf geheimen Versammlungen hielt er unverständliche, interdisziplinäre Vorlesungen ab, machte davon fünf Durchschläge und sorgte dafür, dass sie ins Ausland gelangten. Viele waren der Ansicht, wegen solcher Sachen dürfe man nicht einsitzen, bis sich jemand fand, der sagte: »Vielleicht aber doch…!«

Um Politik kümmerte sich Sylva damals wenig. Verbotene Schriften las sie nicht, und sonst verbreiteten sich die Texte nur in mündlicher Form. Später, während eines Schulausflugs, schrieb sie heimlich einige Zeilen von einem älteren Schulfreund ab. Nicht dass sie davon besonders angetan gewesen wäre, vielmehr gefiel ihr der Mitschüler. Sie fragte ihn, was er sich da notierte, da sie am Ende des Textes Cyrils Namen entdeckt hatte, und schämte sich, sich zu erkundigen, ob es derselbe Mensch wäre, mit dem ihre Mutter zusammen war.

»Ist das gut?«, fragte sie.

»Und ob«, sagte er zu ihr. Und so griff sie zum Stift und schrieb die paar Sätze auf einen kleinen Zettel:

Es wird zu keiner Zeit mehr eine einheitliche Lösung geben, auf keinem Gebiet und auf keiner Ebene. Selbst die Illusion einer Universallösung ist gefährlich. Sie ist mit dem romantisch aufgefassten Begriff der Hoffnung verknüpft, mit dem Glauben an jedwede Möglichkeit der Erlösung oder an die Existenz des Guten an sich. Gegen eine solche Illusion zu kämpfen, ist genauso mühsam wie die Suche nach einem Medikament gegen eine Krankheit, deren Wesen wir noch nicht ergründet haben, eine Krankheit, die unser eigenes Abwehrsystem befällt.

Später begann sie nicht nur diese Worte, sondern auch alles andere Außergewöhnliche oder Geheimnisvolle mit Cyrils Gesicht in Verbindung zu bringen, mit seinem sanften Lächeln, mit dem er Freunde erreichte, Frauen, oder zumindest Mitleid.

Sie hörte seinen Namen einige Male auf BBC. Auf ihm lastete ein Fluch, und die Mutter trichterte ihr ein, Cyril in der Öffentlichkeit niemals auch nur zu erwähnen. Einmal sah sie seinen Namen in der Nähe der Schule mit schwarzer Farbe an eine Wand gepinselt. Am nächsten Tag war er bereits übertüncht worden.

Auf diese Weise nahm Cyril Platz in Sylvas Kreis der wichtigsten Persönlichkeiten. Er reihte sich neben jene ein, die umso mehr an Bedeutung gewannen, je unbegreiflicher es Sylva erschien, warum sie so verehrt wurden: neben dem heiligen Augustin aus dem Seitenschiff der Jesuitenkirche am Stadtplatz, neben der Psychoanalytikerin, die heimlich von ihrer Mutter aufgesucht wurde, neben Armstrong, der am Tag ihres siebten Namenstages auf dem Mond landete.

»Die Schriften des Cyril T.«, tönten junge Kommentatoren und zitierten seine Texte aus den Anfängen der siebziger Jahre. Einige davon handelten von der Ethik der Genforschung, andere von der Nutzung nuklearer Energien. Beides kritisierte er zwanzig Jahre, bevor beide Themen Mode geworden waren. Seine Theorie von der Ablehnung einer universellen Lösung tauchte nirgendwo in sich geschlossen auf, vielmehr kam sie hier und da in Gestalt eines Aufschreis zum Ausdruck. Ansonsten war Cyril grundsätzlich ein Idealist, der davon überzeugt war, dass die Grundwerte jedem Einzelnen klar sein konnten und dies auch sollten.

Darum erkannte er weder die Postmoderne noch die Dekonstruktivisten an. Sylva sagte, er würde Plotin aus tiefstem Herzen bewundern und darunter leiden, dass ihm die Gabe des Glaubens sowie die Fähigkeit zum transzendenten Erleben fehlte – oder sie war ihm im Gefängnis abhandengekommen.

Eine gewisse Zeit beschäftigte er sich mit der Ethik der Naturwissenschaften. Dabei irrte er sich häufig. Aber seine Texte überlebten damals dank seiner eigentümlichen, aber dennoch sehr ansprechenden Formulierungen, und schließlich wurden sie Literatur. Sie überlebten auch aufgrund seiner umwerfenden Ausstrahlung: Niemand vergaß Cyril, sobald er einmal mit ihm Bekanntschaft geschlossen hatte. Viele seiner Schüler sind heute in der Lage, seine Gedanken und Theorien deutlicher zu artikulieren als er selbst, als ob Cyril sie ihnen jenseits des Wortes, jenseits der Argumente übermittelt hätte.

Das, was aus seinem Mund wirr und phantastisch klang, was unbegreiflich schien, nahm überraschend einfach konkrete Gestalt an, sobald andere anfingen, sich damit auseinanderzusetzen. Noch heute bedienen sich einige Autoren Cyrils Worte, ohne sich mit einem Verweis auf seine Arbeiten abzumühen.

Er spielte gerne mit Worten, Zahlen und Menschen. So machte er beispielsweise Freunde oder auch zufällige Bekannte mit dem Fingerspiel der Morra bekannt. Es entsprach weitgehend der tschechischen Variante des Knobelns. Bei diesem Spiel zeigen die Spieler einen, zwei oder drei Finger und raten gleichzeitig, wie viele Finger ihr Gegner zeigt. Wenn ein Spieler richtig rät, erhält er so viele Punkte, wie viele Finger die anderen zusammen besitzen. Cyril kannte viele Arten des Morraspiels. Anhand einer Theorie von John von Neumann zeigte er, dass es möglich war, eine kurzfristige Taktik und eine langfristige Strategie zu entwerfen, um zu gewinnen. Er entwickelte Neumanns Theorie weiter. Sylva war einmal anwesend, als zwei Mathematiker darüber diskutierten. Der eine erklärte ihn zum ambitiösen Wahnsinnigen, der andere hingegen warf ein, Cyril habe womöglich mehr entdeckt, als er selbst vielleicht ahnte.

Für die Bürger von B. besaß Cyril als ehemaliger Knastbruder etwas Anstößiges; und er seinerseits versuchte nicht einmal, sich mit ihnen besser zu stellen. Am helllichten Tag sprach er mit Spukgestalten, in der Kneipe packte er seine Nachbarn am Kragen und beschimpfte sie alle als Versager. Auf dem Kopf trug er einen staubigen Hut vom Trödelmarkt. Gerne brüstete er sich damit, er lebe in B. nur darum, weil er keine andere Wahl hätte, doch gleichzeitig mischte er sich liebend gerne in die örtlichen Verwaltungsfragen ein.

Im Städtchen lebte es sich nicht so schlecht, aber der Winter kam früh und endete manchmal erst Anfang Mai. Anlässe zum Ausgehen gab es wenige, und nach sechs Uhr abends waren auch die verflogen. Der barocke Stadtplatz war für gewöhnlich menschenleer. Manchmal wirbelte der Wind Abfälle umher, oder der betrunkene Cyril wankte einsam und verlassen über das Kopfsteinpflaster. Diesmal rutschte er vor der Apotheke auf dem Glatteis aus, fiel auf den Rücken, während ihm der Hut ins Gesicht rutschte.

»Verdammte Hurenscheiße!«

»Keine der Huren hier kann etwas dafür, wenn du dich nicht auf den Beinen halten kannst«, sagte Sylvas Mutter, die gerade das Fenster öffnete und ihn hereinbat.

Sylva fürchtete sich die ersten Tage vor ihm. Doch Cyril begegnete der Mutter freundlich distanziert, niemals berührte er sie vor Sylva oder vor Freunden. Er trat kaum mit ihr in der Öffentlichkeit auf und wenn doch, dann als ein guter Bekannter. Er sprach mit Sylva wie mit einer Erwachsenen. Mit ihm kam Würde an einen Ort, an dem die Mutter inmitten schmutzigen Geschirrs stöhnte, wie wenig das Leben wert sei. Nach einem Monat konnte sich Sylva ein Leben ohne Cyril gar nicht mehr vorstellen. Er besaß Feingefühl und Eleganz, selbst dann, wenn er sich hastig mit einem Handtuch bedecken musste, weil sie ihn in Unterwäsche antraf. Alles interessierte ihn, er wusste so viel und konnte so fesselnd und genau erklären. Vielleicht hatte Sylva deshalb das Gefühl, er sei reich. Jedes Mal überraschte es sie dann, wenn sie ihn sah, wie er die Nachbarn um fünf Kronen anbettelte oder wie er seelenruhig den Inhalt einer Mülltonne durchstöberte.

Er erzählte ihr Sachen, von denen sie zwar größtenteils in der Schule gehört, von denen sie aber nie geglaubt hatte, sie könnten spannend oder nützlich sein. Er verachtete jeden, der sich über einen Mangel an Informationen beklagte. Für ihn war alles zugänglich, wenn es einem wirklich wichtig war. Er erzählte, wie er in Prag das Personal der Universitätsbibliothek in Schrecken versetze: Damals nahm er an die fünfzig Bücher mit nach Hause, brachte sie nach ein paar Tagen gelesen zurück und lieh sich neue aus. Die meisten seiner Erlebnisse und Beobachtungen spielten sich im Lesesaal des Klementinums ab, und es war, als würde er in jener Zeit aufhören zu leben, als er nicht mehr hinging.

Er schlief nicht. Wie Sylva wusste, hatte er eine Phase, in der er gerade einmal zwei Stunden täglich schlief, doch das reichte ihm. Zumindest behauptete er das, als er an der Schreibmaschine, später am Rechner einschlief und plötzlich hochfuhr, geweckt durch einen unverhofften Einfall und mit dem Abdruck der Tastatur auf der Stirn. Dafür konnte er aber zu jeder anderen Zeit schlafen, im Dunkeln sowie bei Licht, bei Lärm, und höchstwahrscheinlich wäre er auch in der Lage, kopfüber hängend wie eine Fledermaus zu schlafen. Es passierte, dass sie um zwei Uhr nachts vom Rasseln des alten Weckers aus dem Schlaf gerissen wurde. Sie sah, wie sich Cyril bäuchlings auf seine Ellenbogen stemmte wie eine Robbe und einige Augenblicke lang die gegenwärtige Zeit und den Raum suchte, als ob er von irgendwoher zurückkehren würde. Wieder Herr seiner Sinne stand er auf, setzte sich an den Schreibtisch und machte sich an die Arbeit.

Da er wenig schlief, hatte er gegenüber Sylva einen Zeitvorsprung. Er verstand sich auf vielen Gebieten, von der Philatelie bis zu den Grundlagen des Aramäischen, und er war in der Lage, die Vögel nach ihrem Gesang zu unterscheiden. Er langweilte sich nie, und niemand konnte sich mit ihm langweilen. Er nahm sie und die Mutter mit zu Ausflügen, die er mit Rezitationen und Gesang belebte, er lehrte sie Indianerspiele, erfand für Sylva eine Geheimsprache und schrieb seine Einkaufslisten in Keilschrift. Wenn ihn ein Mensch, ein Gedanke oder ein Tier faszinierte, sammelte er alle zugänglichen Informationen darüber und zog überraschende und unterhaltsame Schlüsse. Einmal konzentrierte er sich bei der Untersuchung unterschiedlicher Formen der Aeronautik auf die Länge der Sprünge von Eichhörnchen. Er schlief beim Picknick auf der Wiese ein, und als Sylva über ihn stolperte, setzte er sich auf und sagte: »Ich habe die Eichhörnchen Karten spielen sehen.«

Später kam heraus, dass ihm bei einer Schlossbesichtigung eine skurrile Sammlung von Nagetieren im Gedächtnis haften geblieben war: ausgestopft, in Jägerkostüme gesteckt und um einen Kartentisch herum aufgestellt. Vorstellungskraft besaß er nämlich nicht. Alles, worüber er sprach, hatte er tatsächlich gesehen und konnte somit einen Beweis erbringen. In der Nacht schnarchte er furchtbar, und angeblich träumte er von nichts.

Noch heute kann Sylva nicht nachvollziehen, warum er nie etwas zu Ende führte, warum sein gieriger Wissensdrang nicht zu einem klaren Ziel gelangte, warum die wasserhellen Sätze seiner Essays auf halbem Weg immer trüber wurden. Von Zeit zu Zeit warf Cyril ein, es wäre wegen ihr. Den anderen sagte er: »Es gibt keine Beweise.« Das sagte er jedes Mal, wenn Redakteure bei ihm nach einem Text für den Kritiker-Sammelband wühlten.

»Das macht nichts. Es geht um deine Ansichten«, wandten sie ein.

»Darum geht es nicht im Geringsten«, entgegnete er.

Diejenigen, die ihn Ende der sechziger Jahre kennengelernt hatten, behaupteten, früher wäre er freundschaftlicher und vertrauensvoller gewesen, etwas gesetzt und für Frauen uninteressant. So kannte ihn zu Beginn auch Sylva. Erst viel später begann er das Unglück anzuziehen, wurde unberechenbar und begriff jeden Versuch der Annäherung als ein heimtückisches Vorhaben, ihn beherrschen und vernichten zu wollen.

Warum brauchte solch ein außergewöhnlicher Mensch

so viel Lob und Anerkennung, warum genügte er sich nicht selbst? Vielleicht begann es erst, als er zum zweiten Mal aus dem Gefängnis kam, als sich eine Feder in seinem Kopf löste, oder es lief in ihm einfach ein unumstößliches, inneres Programm ab. Davor fürchtete er sich am meisten: Vielleicht hatte er keine Wahl. Möglicherweise besaß er keinen freien Willen und schritt gemäß einer vorgegebenen Ordnung voran. Der Gedanke, eine sinnlose Hülle zu sein, in der allerlei Kräfte herrschten, die ihren eigenen Weg nach außen fanden, plagte ihn erst in den letzten Jahren. Aus diesem Grund wechselte er seinen Tagesrhythmus, die Gewohnheiten und Wohnungen, aber es führte zu nichts. Der wilde Hunger nach Büchern und Wissen ließ zwar nicht nach, aber sobald Cyril einen Gedanken als sein Eigen betrachten konnte, ihn zähmte und beherrschte, fing er an, sich zu langweilen und wandte sich ab. Dabei konnte er aber nicht ganz davon ablassen und kehrte immer wieder zu diesem Gedanken zurück. Mit Sylva war es das Gleiche. Das Leben begann sich in ihm aufzustauen wie vergiftete Jauche. Konnte ihm keiner helfen?

»Irgendwo muss mir ein Fehler unterlaufen sein«, überlegte Sylva, während sie an diesem Augustnachmittag seinen Kopf in ihrem Schoß geborgen hielt.

»Das letzte Mal war es aber anders«, sagte der Junge und zupfte an ihrem Kleid.

Sylva erzählte ihm etwas anderes, als sie ursprünglich wollte, sagte aber: »Nein, es war schon immer so. Genauso ist es geschehen. Oder denkst du, ich habe mir das alles ausgedacht?«

František im Urlaub

František war der Sohn eines Tagelöhners aus einem Dorf am Unterlauf der Moldau. Im Sommer arbeitete die Familie auf den Feldern bei der Obsternte, im Winter hackte man Holz, und im Frühling ließen sich alle für Bauarbeiten anheuern. Von neun Geschwistern starben bereits fünf in der Kindheit. Als František vierzehn war, brachte das Jahr keine gute Ernte, und auf den Feldern hatte es nichts zu tun gegeben. Sie litten jeden Tag Hunger. Ein Bruder lernte damals in Wien das Schneiderhandwerk. Er schrieb, er sei bereits ausgelernt und hätte seine eigenen Kunden, so dass man davon absähe, ihn mit Hilfsarbeiten zu betrauen oder ihn gar zu schlagen. Der Meister wünsche sich einen weiteren Lehrling, am besten einen aus der Familie.

Die Eltern wählten František aus, der, geschwächt durch seine Diphtherieerkrankung, einen weiteren Winter zu Hause nicht überleben würde. Andererseits konnten sie sich nicht vorstellen, ihre Söhne würden in der Stadt zu Schneidern ausgebildet. Was bedeutete das? Wie sah ihr Alltag aus, ihre Essens- und Ruhezeiten? Soweit die Erinnerung der Familie reichte, konnte niemand nähen, da es nichts zu nähen gab. Höchstens Säcke, Bettzeug, Flicken. Sie gaben ihm die großen alten Schuhe mit auf den Weg. Um die Schuhe nicht zu ruinieren, ging er barfuß und zog sie nur dort an, wo er das glatte Pflaster der Straße betrat. Geh nicht mit den Schuhen auf Schotterwegen, ermahnte man ihn von klein auf.

Die ersten Jahre in Wien ging er putzen, erledigte diverse Hilfsarbeiten, später beauftragte man ihn damit, fertig genähte Arbeiten in der Stadt zu verteilen. Hatte er frei, ging er zum Bahnhof und beobachtete die Züge, wie sie nach Böhmen abfuhren, und war von schrecklichem Heimweh geplagt.

Seine Kinder und Enkel hatten keine Vorstellung, wie er damals inmitten des Nebels und des Zischens des Dampfes am Franz-Joseph-Bahnhof stand, ganz schmal und traurig; hatte doch sein Äußeres immer etwas von einem unbändigen Löwen gehabt! Ihnen war nur eine Fotografie bekannt, die er vier Jahre später, im Herbst 1913, nach Hause geschickt hatte. Auf ihr war ein junger Stutzer im Nadelstreifenanzug abgebildet, mit einer Nadel in der Krawatte und streng gebogenen Augenbrauen in einem runden, aufgeblasenen Gesicht.

»Liebe Schwester, ich schicke Dir ein Bild von mir«, war voller Stolz auf der Rückseite vermerkt. František hatte zu jener Zeit bereits eigene Kunden und war gerade mit Reisevorbereitungen beschäftigt, denn er wollte zu seinem Bruder, der schon in Paris war, fahren. Dann aber kam der Krieg, und er musste einrücken, verbrachte Jahre an der italienischen Front, einige Zeit in Gefangenschaft und kam erst im Sommer 1919 nach Hause.

Aufgrund eines amtlichen Versehens hielt man ihn für tot – er fand seinen Namen bei der Ankunft am Gedenkstein für die Gefallenen unter der Dorflinde eingraviert. Man könnte ihn heute noch entziffern, allerdings liegt er am Grund eines Sees, der sich gebildet hatte, als das Dorf beim Bau eines Staudammes überflutet wurde. Die Schwestern heirateten im Krieg Handwerker und waren nach Meinung der Eltern versorgt. Die Brüder schwärmten alle in die Welt hinaus, nicht ohne die Eltern aus der Ferne mit Geld zu versorgen. Sie wunderten sich über gar nichts mehr, waren aber auch nicht in der Lage, sich über irgendetwas zu freuen.

František war glücklich, in einem neuen Land, in einer neuen Zeit ganz von vorne anfangen zu dürfen, und zweifelte nicht im Geringsten an seinem Erfolg. Er beherrschte sein Handwerk und kleidete sich prächtig, damit die Leute sahen, was seine Hände zu zaubern vermochten. Er war groß und gesund, kurzum das, was man eine gute Partie nennt. Die Mutter riet ihm, nach Prag zu gehen und eine Weile bei der Schwester in Košíře zu bleiben, bis sich etwas Besseres fände. Dort lernte er die Untermieterin Nina kennen.

Sie war ebenfalls Schneiderin und war aus den gleichen Gründen wie er nach Prag gekommen. Von seiner Mutter kannte František ihre Familie, sie kamen aus dem Nachbardorf. Er sah sich damals auf ihrem Gutshof um, der einen Wohlstand signalisierte, der nicht vorhanden war. Er strotzte vor Schönheit: Zum niedrigen, viereckigen Bau gelangte man durch ein verziertes, mit weißen Pfeilern versehenes Tor. Walnussbäume säumten den mit unterschiedlichen Steinen gepflasterten Weg dorthin, und dahinter eröffnete sich ein beschauliches Bild: ein Obstgarten mit dreihundert Apfelbäumen. Er brachte mehr Arbeit als Ertrag, und genauso verhielt es sich mit den abschüssigen Feldern, wo weitere Apfelbäume im Abstand eines Pferdefuhrwerks voneinander gesetzt worden waren. Es gab immer unnötig viel Arbeit, und wenn die Ernte reichlich gewesen war, bedeutete dies doppelte Mühe. Weder wurden die Äpfel vollständig verbraucht noch verkauft, so dass durch den Garten ganze Schwärme wild gewordener Wespen flogen und die Familie schließlich Karren voll überreifen Obstes zur Mostpresse brachte. Es schien, als mache es ihnen nichts aus. Als einer der Nachbarn vorschlug, man solle doch ein paar Bäume fällen, erwiderten sie nur: Zerstören, das kann jeder. Weiß Gott, warum sie sich den Anschein gaben, etwas Besseres zu sein, dabei konnten sie es sich nicht einmal leisten, ihre

Kinder auf die Mittelschule zu schicken – mit Ausnahme von Nina.

Nina sah überhaupt nicht aus wie ein armes Mädchen vom Lande. Was die jungen Männer betraf, so legte sie keine besondere Eile an den Tag, aber wenn sich ihr eine Gelegenheit bot, zögerte sie nicht lange und ergriff sie. Sie hatte ein wunderschönes Gesicht, ihre Beine allerdings erinnerten František an die eines Elefanten. Er kaufte ihr einen Verlobungsring. Fotografien von der Hochzeit gab es zwar keine, und doch blieben sie fünfundfünfzig Jahre lang zusammen.

Die ersten Jahre lebten sie in einer Zweizimmerwohnung in Prag, an der Grenze zwischen Žižkov und Vinohrady. Sie nähten in der Küche, das Wohnzimmer war für die Anprobe gedacht. Alle paar Monate leisteten sie sich eine Fahrkarte nach Paris, fuhren abwechselnd auf Modeschauen und sahen sich gleichzeitig um, was man auf der Straße trug. Über die Nachkriegszeit, als explosionsartig die Industrialisierung Einzug hielt und über Nacht ganze Stadtteile in die Höhe schossen, konnten sie einiges berichten, da sie damals alles hautnah miterlebt hatten. Gut betuchte Kunden gingen bei ihnen ein und aus, Schauspieler des Nationaltheaters, Ärzte, Bauunternehmer. Mit einigen gingen sie manchmal samstagabends in Bars. Sie kehrten erst gegen Morgen heim und schlingerten mit ihrem neuen Auto auf dem Kopfsteinpflaster der Vinohradská-Straße herum. Der Alkohol schmeckte ihnen nicht, zu Hause hatten sie höchstens Portwein. Sie gingen nur deshalb in Bars, weil sie dort oft neue Kunden warben.

Später brachten sie ihren Laden im ersten Stockwerk eines Palastes im Zentrum unter. František gefiel besonders der große Balkon, der zur Hauptstraße Národní Třída führte, denn von dort aus konnte man winkend feierlichen Prozessionen beiwohnen. Manchmal winkte er tatsächlich. Sie hatten zwei Kinder, damit der Volkspflicht Genüge getan ist, wie sich František auszudrücken pflegte. Sie bauten ein Haus. Die Wohnungen der Untermieter standen der eigenen in nichts nach, was bedeutete, dass alle drei gleich große Räume besaßen, die von allen geteilt wurden und niemandem Zuflucht vor den anderen gewährten, mit einer geräumigen Küche als Ort der Zusammenrottung, in der als Einziges richtig geheizt wurde.

Niemals erwähnten sie das Wort »privat«. Sie lasen nur Krimis, gingen in altbewährte Filme und Theaterstücke, und hatten sie tatsächlich einmal eine Meinung zu etwas Neuem, so prüften sie zuerst, ob die Leute um sie herum diese teilten. Die Kinder waren sich daher sicher, alles über ihre Eltern zu wissen.

Aus den Jahren des steilen Aufstiegs der Firma kannten sie eine Fotografie der Mutter. Es handelte sich um eine jener Momentaufnahmen, in denen man den zufällig eingefangenen Hintergrund mit gleichem Interesse betrachtet wie das Objekt selbst. In diesem Fall war es Nina mit einem Fuchspelz um den Hals. Ihre kräftigen Beine staken in zarten Schuhen, und in ihrem Gesicht zeichnete sich Traurigkeit ab.

Ende der zwanziger Jahre kam es zu einer Begebenheit, die František bis an sein Lebensende niemandem anvertraute. Auch wenn er es gewollt hätte, würde er dafür keine Worte finden, und wenn doch, er hätte sie nie über die Lippen bringen können, es war einfach unbeschreiblich.

Er fuhr damals mit seiner Familie an die ligurische Küste. Italien war ihm seit dem Krieg in einem armen und vernachlässigten Zustand in Erinnerung geblieben, und nun beeindruckten ihn die ordentlich gebauten Straßen und das ansehnliche Land.

»Dieser Mussolini!«, rief er voll Bewunderung.

František hing den National-Konservativen an. Nina hingegen hatte keine Meinung zu politischen Angelegenheiten. Sie machten in Florenz Halt und kehrten in einer kleinen Pizzeria ein. Den Kleinen wurde schlecht von der Hitze und vom Duft des Basilikums, des Thymians und der Holzkohle. Damals im Schützengraben hatte sich František die Läuse vom Kopf gekratzt. Wer hätte je gedacht, dass er eines Tages hierher zurückkehren würde, und das noch in einem Automobil!

Am Nachmittag bat er einen Passanten, ihn mit seiner Familie vor dem Reiterdenkmal zu fotografieren. Nina wunderte sich, wie exquisit die Frauen hier angezogen waren, selbst wenn sie eben mal mit dem Hund hinausgingen oder schnell etwas aus dem Laden zu besorgen hatten. Vor allem aber fielen ihr die Spitzenschleier an den Hüten auf. Das war nur etwas für Frauen, die sich um nichts kümmern brauchten, hatten die es gut!

Sie gingen lange spazieren, bis sie sich in den engen Gassen der Stadt verlaufen hatten. Nina seufzte. Ihr Hotel würden sie doch nie wiederfinden. Die Kinder begannen zu weinen und bekamen eins auf den Deckel. František jedoch wurde überrascht von einer unglaublichen Kauflust, die ihn auf Schritt und Tritt begleitete. Er bemerkte, dass er sich fast alles hätte leisten können, selbst diejenigen Sachen, die er sich auch heute noch versagt. Zu Hause käme ihm gar nicht in den Sinn, sich etwas aus reiner Freude an der Sache zu kaufen, und er war nicht gewillt, sich daran zu gewöhnen. In einer schmalen Gasse, die sie bereits mindestens dreimal durchlaufen hatten (auch wenn er dies lauthals bestritten hätte), entdeckte er ein kleines Juweliergeschäft. Er ließ die Seinen auf der Straße zurück und trat ein, um Geschenke zu kaufen: ein dünnes Armband für Nina, Anhänger für die Kinder.

In der Vitrine, die gleichzeitig als Ladentisch diente, lag ein Ring mit einem dunkelbraunen Stein. František erinnerte sich, einen solchen bereits irgendwo gesehen zu haben, bei seinem damaligen Lehrherrn in Wien oder vielleicht bei einem Kunden. Er blickte auf und sah sein Abbild im Spiegel hinter dem lächelnden Verkäufer. Ihrer beider Augen besaßen die gleiche Farbe wie der Stein. Der Verkäufer war ähnlich braun wie er, er besaß einen feinen Teint und trug einen tadellosen Leinenanzug mit einer Weste darunter. Auch seine Augenbrauen trafen in der Mitte aufeinander.

»Avocato!« Mit diesem Ausruf versuchte er František einzuschätzen und zog den Ring aus seinem Samtlager. František ließ ihn sich an den Finger stecken, er saß gut. Und dennoch: Das war nichts für ihn, einen Menschen, der sich gerade eben mühsam aus der Armut herausgearbeitet hatte. Die herablassende Freundlichkeit des Verkäufers schien dies zu bestätigen. Er sprach ihn ironisch mit *avocato* an, weil der Laden bereits seinem Großvater gehört hatte und er einen Neureichen an seinem Verhalten zu erkennen glaubte, an der Begeisterung, mit der er die Punze prüfte. Zu Hause hegte auch František keinen Zweifel daran, wer ein Kunde war und wer es nur gerne wäre. Dem werde ich es zeigen! Er nickte und beschloss, den Ring zu kaufen. Dem werde ich es zeigen, wiederholte er für sich. Als es ums Bezahlen ging, fragte der Verkäufer: »Und der Rest, mein Herr?«

»Sind Sie verrückt geworden?«, platzte es aus František hervor, dem eben klar geworden war, wie viel er ausgegeben hatte.

»Das ist noch nicht alles«, beharrte der junge Mann und breitete das Bündel Geldscheine in seinen Händen aus. Er nannte eine etwa fünfmal so hohe Summe wie vorher. František sprach nur wenig Italienisch und war verlegen, da er vorhin womöglich falsch verstanden hatte. Er bezahlte, was der Verkäufer verlangte.

»Sie werden es nicht bereuen«, rief der Mann ihm hinterher.

Wieder auf der Straße ließ František den Ring mit dem Stein in der Handfläche verschwinden, weil er sich vor der Familie schämte, so viel Geld ausgegeben zu haben. Augenblicklich wurde ihm schwindelig, er dachte, er müsse in Ohnmacht fallen. Es kommt von der Hitze, sagte er sich. Er wollte allein sein. Er sog den Duft von Holzkohle ein, spürte auf der Zunge den Geschmack von fremdartig zubereitetem Fleisch, auf süße Art, vermutlich mit Honig, dachte er. Er hielt sich an einer Säule fest und wusste nicht mehr, wie sie zurück ins Hotel gelangten.

Das, was dann mit ihm geschah, hätte er noch stoppen können. Er hätte nicht der Versuchung erliegen müssen, nicht fortzuschwimmen brauchen, doch es übermannte ihn eine süße Schwäche, und er hatte keine Lust, sich dagegen zu wehren. Er sah, wie er sich über sich selbst erhob, wie jemand, der gerade stirbt, er sah sich, wie er in Seitenlage auf einem Kissen ruhte, das mit einem Perserteppich bezogen war. Das Motiv darauf zeigte weit auseinanderstrebende Zweige, die zu einem Labyrinth verschlungen waren. Die kleinen Zweige verwandelten sich in mit Sand bestreute Wege in einem Areal, wo Fontänen zwischen Buxbäumchen Wasser ausstießen. Aus allen Richtungen drang gleichmäßig weißes Licht.

Františeks Gesichtskreis war viel weiter als sonst, zeitweise sah er alles auf einmal, als ob er den Kopf um die eigene Achse bewegen könnte, während er gleichzeitig ein paar Meter über dem Boden schwebte.

Mit Mühe gelangte er wieder in die ursprüngliche Welt zurück. Er fand sich im Zimmer wieder, gebettet auf kühlen Laken, die hölzernen Jalousien waren herabgelassen. Er betrachtete den Ring, drehte ihn mehrmals am Finger herum und begriff langsam, dass er sich eine Reise ins Anderswo gekauft hatte. Die paradiesische Welt kehrte immer in einer neuen Farbe und Komposition wieder wie in einem Kaleidoskop. Einmal begegnete er nackten Mädchen, ein anderes Mal wehte ein heißer Wind, oder es regnete auf knospende und verwelkte Blumen herab. Die Wege führten jedes Mal woanders hin. Er schaffte es nie, einen von ihnen zu Ende zu gehen, und es ließ sich nicht eindeutig feststellen, ob er überhaupt irgendwo endete.

Er war nicht alleine. Er sah Frauen mit verhüllten Gesichtern und Männer, die in einiger Entfernung spazieren gingen oder vom Palast aus, der sich oben auf dem Felsen befand, auf ihn herabblickten. Er sprach sie niemals an, obwohl er einiges über sie wusste. Zwar spürte er Blicke auf sich ruhen, hatte aber nicht das Gefühl, beobachtet zu werden, oder vielleicht doch? Jedenfalls war es nicht unangenehm, denn er erfuhr eine Freiheit wie nie zuvor im Leben.

Er trat die Reise einige Male hintereinander an, ließ die Zeitschleife hinter sich, trat aus dem Himmel der zarten Berührungen hervor und entschwand ohne Anstrengung wieder dorthin. Die Menschen und Tiere an jenem Ort brauchten nichts. Ihr Dasein ließ sich nicht in Arbeit, Erholung oder Müßiggang einteilen. Niemand wartete oder strengte sich an.

»Ich bin verrückt geworden«, sagte er laut.

Es vergingen gerade einmal zehn Minuten, nachdem er den Ring gekauft hatte. Er streifte ihn ab und verstaute ihn im Portemonnaie. Er bekam es mit der Angst zu tun und überlegte, was aus seiner Familie werden würde.

»Der Kauf hat sich gelohnt«, sagte er abends zu Nina und klopfte auf den Ring, obwohl sie ihn nach nichts gefragt hatte.

»Hübsch«, pflichtete sie ihm bei und zeigte ihm die Sachen, die sie für sich selbst gekauft hatte.

Er erzählte Nina nichts von den Gärten. Was hätte sie dann von ihm gedacht? Außerdem hatte er das unbestimmte Gefühl, dorthin nicht mehr zurückkehren zu dürfen.

Er fürchtete sich, den Ring überhaupt zu tragen, und erst recht wollte er ihn nicht am Finger drehen. Aber es sollten Zeiten kommen, da hielt er es vor lauter Hoffnungslosigkeit oder Neugierde nicht mehr aus.

Alexandre im Park

Am Mittwochmorgen erwachte ich mit einem Abdruck im Rücken, der von Marions Buch *Schahriyar* kam. Es war schlecht gebunden und trug auf dem vorderen Einband die Abbildung eines Steinreliefs. Dargestellt war der persische Despot Schapur I. mit abgeschlagener Nase.

Es war ein wunderschöner Tag. Wie überall im Norden (für mich ist Berlin hoch im Norden) kommt hier der Frühling aus heiterem Himmel, ohne Ankündigung. Es schneit, dann vergeht kaum ein Tag, und aus der feuchten Erde schießen Blumenstiele hoch.

Marion fuhr mich mit ihrem Wagen zum Tiergarten, unweit des Großen Sterns. Wir legten uns in das Gras vom vorigen Jahr und ließen uns von der Sonne bescheinen. Ich fragte sie, wie sie auf die Idee gekommen war, ein biografisches Buch über einen fiktiven König zu schreiben. Es störte mich ein wenig, wenn sie keinen Unterschied zwischen Phantastischem und Historischem sah und somit die Vergangenheit verdrehte. Eine solche Betrachtung der Welt besitzt wenig Wert, das hätte sie als Mädchen aus dem Osten eigentlich wissen müssen.

Sie fing an, von Schapur und seinem nicht zustande gekommenen Treffen mit Plotin zu erzählen und von der altpersischen Überzeugung, man könne mittels einer politischen Diktatur dem Niedergang vorbeugen.

Mädchen, die Eindruck schinden möchten, indem sie ihr

angehäuftes Wissen präsentieren, rühren mich zu Tränen. Ich sagte ihr, dass das, was sie geschrieben hatte, mir vor allem deshalb gefiele, weil nur sie allein darin enthalten sei, sie, die das lächerliche Bestreben hegt, das Verhältnis von Mann und Frau anders aussehen zu lassen als einen Kampf.

»Ihre Despoten und Philosophen sind mir herzlich egal«, gab ich ihr zu verstehen.

Sie war eingeschnappt und wollte nach Hause. Ich versicherte ihr, es nicht so gemeint zu haben und bat sie, mir lieber von sich zu erzählen.

In einiger Entfernung war das Sausen vorbeifahrender Autos zu hören, und Marion fing ohne Zögern an zu reden, als ob sie jahrelang nur darauf gewartet hätte, jemand würde sie zum Erzählen auffordern. Dem war wohl auch so. Sie hatte auf mich gewartet.

Schon seit neun Jahren fuhr Marion zwischen ihrem Heimatland und dem Rest der Welt hin und her und verstand von allem immer weniger. Sie sprach akzentfrei Tschechisch, konnte aber nicht lesen, da sie keine tschechische Schule besucht hatte. Das machte ihr aber nichts aus, denn sie konnte sich immer eine deutsche oder englische Zeitung kaufen.

Für eine von ihnen arbeitete sie gelegentlich in Prag, wofür sie allerhand Genehmigungen brauchte. Einmal musste sie zu einer tschechischen Behörde. Sie verstand einzelne Wörter, der Sinn aber blieb ihr verschlossen. Sie hatte lange Zeit keine Schwierigkeiten, erst in letzter Zeit wurde ihr klar, dass jene Sprache, die nur von ein paar Millionen Menschen – das waren also zehnmal weniger als die deutschen Muttersprachler – gesprochen wird, notgedrungen ihre Eigenheiten und Tücken besaß. Jedes Wort bringt in dem Land, in dem es beheimatet ist, ein Bündel von Verweisen auf eine gemeinsame Erinnerung hervor, auf gemeinsame Ereignisse, Orte und Geschmäcker. Diese kurzgeschalteten Verbindungen sind vollkommen natürlich, die Leute verlassen sich darauf. Sie rechnen damit, dass die Worte »Blaubeeren«, »Gott« oder »Schuhe« das Gleiche für sie bedeuten wie für jeden anderen, der sie auf Tschechisch anspricht. Marions Schuhe oder Gott sind jedoch von einer ganz anderen Art als die Schuhe und Götter von anderen Leuten.

Eines Tages musste sie sich schlussendlich eingestehen, dass ihr Verständnis alles andere als fabelhaft war: Sie erhielt einen tschechischen Liebesbrief und ging zum Nachbarn hinüber, damit er ihn ihr vorlas. Von da an täuschte sie lieber vor, sie würde alles begreifen, kümmerte sich nicht mehr um ihre Post und tappte von einem Unverständnis zum nächsten. Sie verstand im wahrsten Sinne des Wortes alles »halbwegs«, während die andere Hälfte hinter der Sprachbarriere liegen blieb.

Dank einer Fähigkeit, die sie niemals im Stich ließ und die ihr erlaubte, Berufe aufzugreifen, in denen sich andere nicht bewährten, verlor sie nie die Orientierung: Sie besaß ein Erinnerungsgedächtnis mit einem schier endlosen Speicher, vor allem für Gesichter. Auch heute vergisst sie nie, was sie sieht, und zieht es – wie ein Fotograf seine alten Negative – mit einer unfehlbaren Sicherheit, um die ich sie als Handlungsreisender nur beneiden kann, aus den untersten Schubladen ihres Bewusstseins hervor.

Einmal, es war Silvester, wartete sie in Prag in einer geliehenen Wohnung auf den nächsten Werktag, um eine Stelle im Reisebüro anzutreten. Sie hatte zwar genug Bekannte in der Stadt, verbrachte aber den Nachmittag auf dem Sofa vor dem Fernseher. Später bekam sie Halsweh, war etwas fiebrig, und nachdem sie zwei Gläser Wein getrunken hatte, beschloss sie, nicht mehr auszugehen. Gegen zehn Uhr abends gingen ihr die Zigaretten aus, und sie verließ dann doch die Wohnung. Sie streifte durch die Gegend, spazierte entlang der

Na-Františku-Klinik, vorbei an betrunkenen Touristen, Böllern und Straßenverkäufern, die Alkohol verkauften, bis sie zu einem Lokal gelangte, in dem sie gelegentlich zu Mittag aß. Sie ging hinein, vielleicht würde sie jemanden aus ihrem Bekanntenkreis dort treffen.

An der Bar flog ihr ein roter Rucksack ins Gesicht, der auf dem Rücken eines freundlichen, etwa dreißigjährigen Kanadiers hing. Wie Marion verstand auch er nicht, warum sich die Menschen in der Stadt so wüst benahmen, und fürchtete sich ein wenig. Der Barmann berechnete ihnen eine astronomisch hohe Summe für zwei Bier, und so lud Marion den Kanadier schließlich zu sich nach Hause ein. Die Wohnung gehörte ihr nicht und war darum auch nicht der Privatsphäre zuzurechnen – sie wollten sich nur in Ruhe über skrupellose Taxifahrer, findige Taschendiebe und unverschämte Barmänner unterhalten.

Als sie mit dem Aufzug oben angekommen waren, legte der Kanadier seine Kraxe ab, und Marion fiel ein, dass sie vergessen hatte, die Zigaretten zu besorgen. Der Kanadier bot sich an, welche zu holen. Marion ging in die Küche, schenkte sich Wein ein und musste mindestens zwei Gläser getrunken haben, als sie endlich die Türklingel hörte. Sie lehnte sich aus dem Fenster, sah unten eine Gestalt, die von einem Bein auf das andere trat, und ging in den Flur, um den Summer zu drücken. Sie öffnete die Wohnungstür und ging in die Küche zurück. Nach einer Weile hörte sie leise Schritte hinter sich.

»Gib mir eine«, sagte sie.

Der Mann blieb hinter ihr stehen und hielt ihr eine zerdrückte, halb leere Schachtel vor die Nase. Sie drehte sich um und sah Augen, die sie mit wildem Blick anstarrten. Gehörten sie dem Kanadier aus der Bar? Oder war es ein Fremder?

Der Mann schlug ihr ins Gesicht, Blut trübte ihren Blick. Mit einem Satz gelangte sie ins Vorzimmer, stürzte aus der Wohnung und klingelte bei den Nachbarn.

Bei der Polizei ging niemand ans Telefon. Der Nachbar beruhigte sie und brachte Marion wieder zurück in die Wohnung. Diese war natürlich leer, der rote Rucksack aber stand noch hinter der Tür. In der vorderen Tasche waren Geld und Dokumente sowie ein kanadischer Reisepass. Wer war der Mann auf dem Foto? Marion konnte überhaupt nicht sagen, ob es der Angreifer war. Sie wollte alles zur Polizei bringen und den Pass aufs Konsulat. Falls sie aber nicht der Kanadier überfallen hatte, bedeutete dies, ihn unnötig vielen Unannehmlichkeiten auszusetzen. Außerdem riet ihr der Nachbar, sie solle der Polizei lieber aus dem Weg gehen. Die würden sowieso erst dann etwas unternehmen, wenn er sie krankenhausreif geschlagen hätte. Und schließlich war sie ja selbst in einer fremden Wohnung, was weitere Unannehmlichkeiten bedeuten würde.

Damals in der Silvesternacht ging sie gegen zwei ins Bett. Sie hatte Angst, der Mensch würde wegen seiner Tasche zurückkehren und könnte ihr etwas antun. Oder aber er war unschuldig, dann allerdings sollte sie lieber nicht schlafen, damit sie hörte, wenn er an der Tür klingelte. Jetzt kommt er, sagte sie sich an der Grenze zwischen Traum und Wachsein. Gegen Morgen träumte sie, jemand würde an die Tür klopfen, und im Halbschlaf hörte sie die aufgebrachte Stimme einer Frau: *»Arnošt! Arnošt! Es ist ein Mädchen!«*

Sie scheute sich, die Tür zu öffnen, da die Wohnung schwarz vermietet war. Sie stand hinter der Tür und hörte, wie die Schritte die Treppe hinab verhallten.

Es dämmerte erst gegen acht Uhr morgens. Marion, mit einem Hammer bewaffnet, trug den roten Rucksack mit den Dokumenten herunter und stellte ihn vor die Tür.

»Ich weiß gar nicht, was damals passierte. Aber weitaus schlimmer ist, dass ich manchmal nicht weiß, ob es überhaupt geschehen war«, sagte Marion zu mir.

Anděla

Eines Tages fragte die Mutter Sylva, warum sie als kleines Mädchen so sehr darauf bestanden hatte, Anděla genannt zu werden. Sylva erinnert sich bis heute daran, wie sie sich bis zum Alter von etwa vier oder fünf Jahren an den Namen Anděla geklammert hatte, wobei ihr die Gründe dafür aber verborgen blieben.

»Damals hatte ich andere Gedanken«, gab sie der Mutter zur Antwort, als sie sie das erste Mal gefragt hatte – damals war sie gerade acht Jahre alt gewesen. Legte Sylva T. ihre Hand in ein Spinnennetz, war sie nicht sicher, ob es tatsächlich da war. Bis heute trägt sie einen Abdruck der kindlichen Weltordnung in sich, die sich einer moralischen Wertschätzung entzieht, eine Welt, in der sie schrittweise lernte zu verbergen, warum sie glücklich war, wer sie war oder warum sie sich so langweilte. Lästige, aber notgedrungene Vorschriften begleiteten sie damals Tag und Nacht. Es war nicht erlaubt zu fragen, warum etwas so sein musste und nicht anders.

Sie erinnerte sich noch genau an die hartnäckigen Bauchschmerzen, die Wochen gedauert hatten und die ihre Mutter in Aufregung versetzten – möglicherweise hatte sie Angst um ihre Tochter oder sie wollte einfach ihre Ruhe haben.

»Schon wieder«, hörte Sylva ihre verärgerte Stimme aus dem Nachbarzimmer, während sie sich tagelang in die Blechschüssel erbrach, die in ihrem Schoß lag. Niemand hatte je herausgefunden, worunter sie damals litt, und es erschien ihr zu einfach und ungerecht, es auf jene abzuwälzen, die ihr nicht genug Liebe entgegenbrachten.

»Lasst sie nur schreien und verwöhnt sie nicht«, hörte sie, während sie sich an die hölzernen Stäbe ihres Bettchens klammerte und vor Langeweile und Einsamkeit schrie.

Der Vater hatte ihr ein Kätzchen aus Plüsch mitgebracht, doch es war nicht weich genug. Das schmutzige Schweinchen aus Samtstoff war zwar besser, doch es wies Risse auf. Sie bekam rote Strumpfhosen und die strikten Anweisungen vom Vater, am Floßplatz der Moldau dem Wasser nicht zu nah zu kommen.

»Ein kleines Mädchen ist dort ertrunken«, sagte man ihr, »und ihre Beine in roten Strümpfen ragten dann aus dem Wasser. So wurde sie aufgefunden.«

Sylva kehrte mit einer Tante vom Spaziergang heim und fühlte eine erleichternde Sicherheit: Sie war nicht ins Wasser gefallen, weil sie gehorcht und die Enten nicht vom glitschigen Ufer aus gefüttert hatte. Sie blieb brav am Saumstein stehen, ihre Beine werden nicht aus dem Wasser ragen! Daheim ist es warm... Wer gehorcht, der ist in Sicherheit, dem kann nichts mehr geschehen.

Die Kindheit lässt sich in Gedichte fassen oder in verschwommene Abrisse, wie ein Traum. Sie hatte aufgehört zu existieren, und es blieb nur noch ein Scherbenhaufen übrig. Es ist nicht schade darum. Hatte sie für Sylva T., die Frau von Cyril T., irgendeine Bedeutung? Zwischen Anděla und Sylva fehlt eine sichtbare Verbindung.

Sylva kann sich zum Beispiel nicht erklären, was sie am Großvater störte. Irgendetwas – vielleicht sein Geruch oder ihre Koketterie – zwang sie, vor ihm davonzulaufen und sich nicht von ihm streicheln zu lassen. Sie wusste, er liebte sie mehr als den Bengel, der ihm immer die Stiefel versteckte. Absichtlich kam sie näher und sah zu, wenn der Großvater ihm eine Kopfnuss verpasste, und trotzdem: Sie ließ sich nie streicheln, und jegliches Lob aus seinem Mund war ihr zuwider. Warum bereitete es eine solche Wonne, den Großvater leiden zu sehen, ihm laut zu sagen, sie wolle ihn nicht? Er war ihr nie böse, sondern wartete, bis sie in der Stimmung war, seine Liebe anzunehmen. Sylva erinnert sich daran, wie sich Anděla in Wutausbrüche hineinsteigerte, wie sie, ohne sich vor ihm zu schämen, in dämonischer Besessenheit um sich schlug.

Sie erinnert sich an einen Nachmittag in einer Kinderheilanstalt im Gebirge. Der Großvater hatte den langen Weg mit dem Zug auf sich genommen, nur um ihr eigens für sie gezüchtete Äpfel zu bringen. Sie kreischte damals derart, bis sie ihre Stimme und ihr Gesicht im Spiegel nicht mehr erkennen konnte, bis sie sich entzweite. Sie schloss sich im Zimmer ein und warf den Schlüssel aus dem Fenster in die Schlucht.

Es wunderte sie, als die Mutter ihr viele Jahre später erzählte, ihr Großvater wäre ein Hitzkopf und voller Wut gewesen, niemand aus seinem Umfeld hätte nur einen Mucks machen dürfen. Sylva hörte ihn nicht ein einziges Mal die Stimme erheben.

Das hier ist der Großvater:

Die vierjährige Anděla schaut an einem Winterabend zum Fenster hinaus. Auf der Straße wirbeln im silbernen Lichtkegel pantoffelgroße Schneeflocken. Der Großvater steht unten vor der Tür, eine Schneewehe auf dem Hut und einen Aktenkoffer in der Hand. Er kommt von der Arbeit. Er drückt die Klingel am Gartentor und blickt durch die Stille und Dunkelheit hinauf zu Sylva. Er weiß nicht, dass das Haus vom Strom abgeschnitten ist und läutet lange ins Leere. Dann begreift er und ruft nach oben: »Hallo!«

Die Großmutter hört ihn nicht. Sylva ist der Meinung, dafür sei sie zu dick. Man müsste sie aus der Küche holen und dann gemeinsam aus dem Fenster schauen, wie der Großvater vergeblich versucht, sich Eintritt in sein eigenes Haus zu verschaffen. Er kommt aus der Fabrik, die ihm einmal gehört hatte und wo er heute als Arbeiter tätig ist, auch wenn er schon in Rente ist. Schließlich zündet die Großmutter eine Kerze an und geht hinunter, die Tür öffnen.

Der Großvater nimmt den Hut ab und schüttelt den Schnee hinunter, und beide verschwinden im Hausinneren. Die Treppe ächzt unter dem Gewicht von schweren Schritten, vielleicht steigt durch die Dunkelheit ein todmüdes Flusspferd zu Anděla herauf. Man hört eine Tür ins Schloss fallen und zwei besorgte Stimmen, die Worte sagen wie: Mietzins, Abgeordneter, Rente. Sie kann den Inhalt der Sätze nicht nachvollziehen. In der Küche leuchten blaues Gas und eine Kerze. Die Großmutter bereitet dünne Eierkuchen zu, und Sylva atmet gierig den Duft von heißer Butter ein. Niemand, nicht einmal die Bengels, können mehr Eierkuchen essen als sie!

Jemand klopft an die Wohnungstür. Auf dem Flur steht, im Schein der Taschenlampe, Graf Schonbach mit einer Porzellankanne in der Hand. Er trägt ein weißes Hemd, eine Krawatte mit einer Nadel und lange Zähne in einem Gesicht, das aussieht wie aus Pergament. Der Großvater holt ihm heißes Wasser aus dem Boiler. Schonbach blickt zu Anděla und lächelt leicht. Er ist anders, verdächtig und flößt Schrecken ein. Warum geht er überhaupt unter Menschen? Er sieht aus wie einer der politischen Häftlinge, die jetzt aus den Lagern heimkehren, sie haben die gleiche Haut und halten die Zigarette auch so, dass der brennende Teil in der Handfläche verschwindet. Einige sind Großvaters Kunden. Oder es sind gar keine Kunden, vielleicht gibt ihnen der Großvater von Zeit zu Zeit Arbeit oder Kleidung.

»War er auch im Gefängnis?«, fragen die Kinder die Großmutter. Doch statt einer Antwort sehen sie bloß ein gereiztes

Drehen am Rad der Singer und ein heftiges Treten des Pedals. Die Maschine röchelt. Graf Schonbach war auch im Zuchthaus er spricht ungern darüber. Doch was heißt schon Zuchthaus, und wo ist der Mensch in diesen Zeiten noch frei? Sylva ist ein Einzelkind, aber Graf Schonbach hat einen Bruder, einen Zwilling. Er verkauft Antiquitäten, und Sylva geht mit ihrem Vater oft hin. Sie glaubt, alles im Laden gehöre dem Verkäufer. Der Vater hatte nämlich den Schonbachs einen vertäfelten Tabernakel abgekauft und dann noch einen riesengroßen Geschirrschrank, der nirgendwohin passt. Er hatte einiges gekauft. Der Graf gab ihm gerne auch seine besten Stücke, denn im Souterrain, wo er wohnt, leiden die barocken Möbel.

Auch Sylva leidet, zumindest sagt es der Großvater zur Mutter.

»Das Mädchen leidet«, es ist offenbar das erste Mal, dass er dieses Wort gebraucht und dass er sich überhaupt Gedanken macht, überlegt Sylvas Mutter. Das Kind schwitzt in der Nacht, ihm ist schlecht, es sieht funkelnde Spinnen, und es schreit.

»Fragt etwa jemand, wie es mir geht? Wie es mir in diesem Alter ging?«, schreit Andělas Mutter den Großvater an.

»Komm, beruhig dich doch«, winkt der Großvater ab.

»Mehr Geld kann ich Ihnen nicht geben«, sagt Sylvas Vater zum Grafen. »Stellen Sie sich einfach vor, Sie hätten uns die Sachen nur geliehen.«

»Das kann ich mir beim besten Willen nicht vorstellen«, sagt Schonbach, »doch bei Ihnen sind die Sachen gut aufgehoben. Sie werden wissen, wann und aus welchem Grund es sich lohnt, sie zu verkaufen. Und was sie am besten behalten.«

Beim Grafen im Souterrain war Sylva nie, doch seine Wohnung war vom Hof aus ganz gut einsehbar, was Sylva und die anderen Kinder oft ausnutzten. Es ist dort genauso spannend wie anderswo: In der Ecke steht ein Sessel mit vergoldeter Lehne. Neben dem Kanapee liegt eine Bibel. Schonbach ist nicht oft zu Hause, er bringt die Tage mit Behördengängen zu und wartet, ob man ihm die Ausreise nach Österreich gewährt. Im ersten Stock des Hauses wohnt ein Abgeordneter aus der Slowakei, im zweiten Großvater mit der Großmutter. Über ihnen befindet sich eine abgeriegelte Wohnung, die immer von unterschiedlichen seltsamen Menschen betreten wird. Der Bengel stellt Großvaters Stiefel absichtlich einen Stock höher, vor die Tür dieser seltsamen Wohnung. Einmal war der Großvater ganz verwirrt, weil die Türen der Wohnungen alle gleich aussehen. Er dachte, er wäre daheim, er läutete, und es öffnete ihm ein Mensch im Anzug.

»Machen Sie, dass Sie fortkommen!«, soll er zu Großvater in dessen eigenem Haus gesagt haben.

»Skandalös.« Der Großvater schüttelte traurig den Kopf. Als man ihm allerdings den am ganzen Schlamassel Schuldigen vorführte, war er nicht mehr zu halten: »Verfluchter Bengel«, und jagte ihn mit einem Kochlöffel in der Hand durch die Wohnung.

Auf dem Speicher befinden sich einige Kisten voller Knöpfe, Fräcke, Stutzen weißen Tülls, aus dem die Großmutter Sylva ein Kleid für die Tanzschule machen wird, wie sie es ihr versprochen hatte, und Hutschachteln. Morgens brachte sie die Mutter hierher und sagte leise zur Großmutter, sie wisse nicht genau, wann sie sie wieder abholen käme. Sylva lief gleich los, um mit den Knöpfen und dem Frack zu spielen. Als es dunkel wurde, ging sie zu Erna. Erna wohnt beim Großvater zur Untermiete, weil seine Wohnung übergroß ist. Wenn der Strom ausfällt, bittet die Großmutter Sylva nie darum, Erna eine Kerze zu bringen.

»Lasst das«, sagte sie sogar einmal, als sie mit dem Bengel hinübergehen wollte.

Der Großvater sitzt im Dunkeln im Sessel, freut sich auf die Eierkuchen und schält einen Apfel für Sylva. Eigentlich wollte er Radio hören, so kommt er wieder um seine Nachrichten. Das schwache Licht von der Straße fällt auf die großen Hände mit den hervortretenden Adern und auf die von der Gartenarbeit zersplitterten Nägel. Seine Hände besitzen eine Haut ohne jene Flecken, die üblich sind für dieses Alter. Sylva setzt sich ihm gegenüber auf den Fußboden, lehnt den Kopf an sein von Wolle umhülltes Knie und spürt an ihrem Gesicht – wie aus dem Inneren ihres Gesichts – plötzlich die Berührung von Seide.

Von nebenan hört man ein Poltern und einen dumpfen Schlag. Erna ist vermutlich hingefallen. Mit einem Mal geht der Strom an, im Lüster zerspringt mit einem Knall eine Lampe, der Graf hinter der Tür schaltet seine Taschenlampe aus, und die Großmutter beeilt sich, den Eierkuchen zu wenden. Das Radio plärrt irgendetwas über Fidel Castro, der Großvater öffnet die Augen und putzt sich lange die Nase.

»Ständig ist etwas«, verkündet er schließlich und fügt leise hinzu: »Skandalös!«

Dann schlägt er mit der Faust auf den Tisch und brüllt:

»Ist jetzt endlich Ruhe!«

Dinharazade

Meine Schwester Scheherazade war klug, belesen und kannte sich in allem aus, was aus Rom oder Indien kam. Als sie noch ganz klein gewesen ist, wurde sie wie ein Äffchen vorgeführt, weil sie ellenlange Geschichten sowie die gesamten heiligen Lieder des Awesta zu erzählen wusste, wenngleich sie des Sprechens noch nicht ganz mächtig war. Die Leute lachten sich kaputt.

Später fing Scheherazade damit an, eigene, lange Passagen in die Geschichten und Lieder einfließen zu lassen: Niemandem fiel auf, dass sie von ihr stammten, andere Erzähler griffen sie auf und verbreiteten sie weiter. Nachdem es unser Vater herausgefunden hatte, war er entsetzt und verprügelte uns beide. Er sagte, das müsse aufhören. Scheherazade durfte sich dann nicht mehr mit Erwachsenen treffen, doch die anderen Kinder hatten kein Interesse an ihr und lachten sie aus – sie sprach anders und kannte andere Spiele. Sie beobachtete ihre Umgebung mit einem Blick, der jeden zur Weißglut treiben konnte und verpatzte nahezu jede Arbeit. Man beschloss schließlich, sie studieren zu lassen, das wäre vernünftiger, anstatt sie nur sinnlos herumträumen zu lassen. Man schämte sich ihrer, weil sie nicht schweigen konnte und Fragen stellte, auf die die Leute keine Antworten hatten.

Eine untugendhafte Tochter zu haben, war schlimm, doch zum Glück waren wir reich, und unsere Eltern liebten uns.

Der Vater ertrug zwar keine schlauen Frauen, aber er musste zugeben, dass Scheherazade einen irritierenden Zauber ausstrahlte. Er gab ihr zu verstehen, es wäre besser für alle, sie bliebe bei ihm, unverheiratet, ansonsten könnte man sie leicht der Hexerei bezichtigen.

Einmal, inmitten irgendeines Spiels, erklärte sie mir, wie man sich als König verkleidet.

»Jeder ist ein König, er muss nur die Insignien seiner Macht wählen.«

Sie erklärte weiter, es wäre völlig gleichgültig, ob ein solcher König eine Krone auf dem Kopf trüge oder etwa einen Topf und dass es nicht darauf ankäme, ob er über einen Hühnerstall und zwei Ziegen herrschte oder über ein ganzes Reich.

»Hauptsache, er kommt sich vor wie ein König und folgt einem Plan, egal, was für einem.«

Sie sagte »egal, was für einem«, als ob es noch andere Regierungsformen neben der unseren hätte geben können.

Im Grunde hatte niemand etwas gegen Scheherazade, sie schien nett und freundlich, doch dann sagte sie plötzlich immer etwas Unpassendes. Die Leute schwiegen sofort betreten oder gerieten in Wut und traten gegen die Tür. Sie wuchs ohne Freunde auf. Wenn sie einmal genug vom Lesen hatte, stand sie am Fenster und blickte hinunter in den Garten, wo die Wege, Büsche und Fontänen sich zu einem Gebilde zusammenfügten, das dem Muster von Scheherazades Schlafzimmerteppich entsprach. Als im Königreich die Jungfrauen knapp wurden, versuchte der Vater, sie vor dem König zu verstecken – doch man kannte sie zu gut. Erstaunlicherweise nahm Scheherazade ihr Urteil ruhig zur Kenntnis und erklärte, sie würde sich dann wenigstens nicht langweilen.

»Gib mich diesem König zur Frau«, bat sie den Vater.

Sie wurde also in Brautgewänder gekleidet und nach dem Nachtmahl zum König geführt.

Der König küsste sie auf den Mund und sprach: »Für die Lust wie geschaffen.« Und dann: »Woher kenne ich dich?«

»Ihr kennt mich von klein auf.«

»Nein, das ist es nicht«, sagte der König.

Plötzlich wurde er von einer Traurigkeit erfasst, so dass er sich lieber abwandte und einen Sklaven betrachtete, der mit einer Schale Obst in den Händen in der Ecke stand. Er sieht aus wie ein blödsinniges Untergestell, dachte er. Dann sah er, wie Scheherazade lächelte. Zum ersten Mal dachte er über seine nächtlichen Begegnungen nach. Wenn er selbst vor dieser außergewöhnlichen Frau keinen Halt machte, dann wird es immer so weiter gehen. Das tagtägliche Töten der Jungfrauen wird nicht mehr eine staatstragende Maßnahme sein, sondern eine Kette von perversen Morden.

»Ich möchte nicht, dass du dich fürchtest«, sagte er zu ihr.

Er nahm einen Schluck, breitete sich auf dem Diwan aus und befahl ihr, sich am anderen Ende des Raumes hinzulegen. Es verging eine angespannte halbe Stunde. Weder Mond noch Sterne waren zu sehen, es sah aber auch nicht nach Regen aus, eher als ob eine Staubwolke den Nachthimmel verdeckte.

»So ist das also«, hörte der König im Halbschlaf ihre Stimme. »Warum soll ich denn sterben, wenn Ihr mich gar nicht begehrt?«

»Es sagt doch keiner, dass ich dich nicht will, Kleines«, sprach er und drehte sich zur anderen Seite. Doch ihm war heiß, und er konnte nicht schlafen.

»Habt Ihr die anderen deshalb hinrichten lassen, weil Ihr nicht in der Lage seid, sie zu befriedigen?«

»Nein«, sagte Schahriyar.

»Erzählt, was ist damals geschehen, als Ihr mit Eurem Bruder ausgeritten seid?«

»So kann ich lange auf den Morgen warten«, knurrte der König.

Scheherazade bat ihn daher, sich von ihrer jüngeren Schwester verabschieden zu dürfen, und ließ nach mir rufen.

»Dinharazade, der König erlaubt mir, dir zum Abschied eine Geschichte zu erzählen«, sagte sie zu mir.

Ich war gespannt darauf, von Schätzen und Diamanten zu hören, von Reisen nach Alexandria, von mythischen Greifvögeln und von einer glücklichen Hochzeit. So gut Scheherazade Geschichten erzählen mochte, nie konnte sie sich eine merken. Sie brachte Neues in Erzählungen ein, die man lieber unverändert lassen sollte, und schweifte ständig ab, so dass ihre Märchen ein unmögliches System an Spiegelungen bildeten. Oft genug ermahnte man sie, damit aufzuhören, man unterstellte ihr, sie mache sich lustig. Eine Tante sagte sogar einmal, es wäre besser, Scheherazade den Kopf abzuhacken, denn dann würde niemand mehr unsere persischen Märchen entstellen. Es wurde bei uns kein Wert auf das Schreiben gelegt, immer ging es um den Erzähler, um seine Stimme und um die Spannung der Zuhörer, und doch bestanden wir jedes Mal darauf, das Gleiche zu hören. Und dann kam Scheherazade daher und verdrehte seelenruhig jene Geschichten, deren Worte wir seit unserer Zeit in Indien wie einen Schatz hüteten!

Zu einigen Märchen fügte sie weitere hinzu, und ich fürchte, es waren griechische und ägyptische. Andere habe ich überhaupt nicht verstanden, weil sie sie in einer seltsamen fremden Sprache erzählte oder weil sich die Leute darin benahmen wie Irre. Sie behauptete, es seien Geschichten, die erst in mehr als eintausend Jahren stattfinden würden. Man warnte sie: Du bist verantwortungslos, handelst gegen die herrschende Ordnung, gegen die Wahrheit, du spielst mit dem Feuer. Was bleibt von dem Awesta und den Gathas, wenn die Erzähler anfangen, Sachen zu erfinden? Ich glaube, auch der Vater atmete auf, als man Scheherazade zum König brachte.

In ihrer Hochzeitsnacht war es natürlich wie immer, und

mir schien, sie dichtete in dem Wissen, nichts mehr zu verlieren zu haben, noch mehr dazu. Sie fing an zu erzählen, was sie wollte, aber wie immer verbiss sie sich in ein Nebenmotiv und in eine scheinbar unwichtige Person und gelangte schließlich zu den überraschendsten Einsichten. Der König tat, als ob er schliefe, aber ich sah genau, dass er uns zuhörte.

Marion

An ihre Kindheit in Falkenau, wo die Eltern in der Chemiefabrik gearbeitet hatten, erinnerte sich Marion nicht gerne, und daran, was später geschah, erinnerte sie sich überhaupt nicht mehr. Sie bewahrte sich lediglich einige prägende – im Gespräch mit mir benutzte sie den Ausdruck *initiierende* – Erinnerungen auf:

Die erste, von der sie mir erzählte, bezog sich auf den Abend, an dem die Mutter entschieden hatte, sie würden nach Deutschland auswandern; die andere auf den Augenblick, als sie zum ersten Mal Wein getrunken hatte. (Ich behaupte, heute trinkt sie ein wenig über den Durst. Es gibt Abende, an denen ich kaum Schritt halten kann mit ihr, oder ich habe keine Lust auf einen Rausch.) Sie war damals fünf Jahre alt. Die Eltern legten sie wie immer zum Schlafen in die Schlafnische der Eineinhalb-Zimmer-Hochhauswohnung, die in der Kaufurkunde als »½« Erwähnung fand, und gingen zum Streiten in die Küche. Zunächst ging es um Geld, dann sagte die Mutter: »Ich habe genug von den Streitereien, der Armut und den Kaderchefs. Dieter hat mir geschrieben. Ich fahre nach Deutschland. Madla nehme ich mit.«

Marion hatte Dieter nie zu Gesicht bekommen und daher das Gefühl, er wäre eine bloße Erfindung der Mutter gewesen.

»Das kannst du nicht machen«, sagte der Vater.

»Ich kann, ich muss sogar. Es wird niemals enden, begreif

das doch. Sie sind jetzt für immer hier. Ich will die Kleine nicht belügen müssen, wenn sie zur Schule geht oder sonst wohin, aber ich darf ihr auch nicht die Wahrheit sagen. Was auch immer sie anstellt, es wird unrecht sein. Wie soll ich mich denn hier zu Hause fühlen?«

»Warum machst du die Dinge so kompliziert?«, fragte der Vater, »wenn es nur darum geht, mir mein Kind wegzunehmen?«

»Das will ich doch gar nicht, ich weiß nur nicht mehr, wie es weitergehen soll. Ich meine dabei nicht morgen, sondern in einem, in fünf Jahren.«

Marion beobachtete währenddessen, wie das Kunstlicht aus der Küche weiße Schatten auf die harten Enden ihrer Bettdecke warf. Das eine Eck hieß Doktor Živago, weil sich ihr beim Klang dieses Wortes der Magen hob. Das Wort Živago erinnerte sie an den widerlichen Geschmack von Nudeln mit Sahnesauce.

»Abgesehen davon, wir beide sind den anderen nicht gerade ein Vorbild«, hörte sie die Mutter. »Du hast eine andere. Du hast doch viele andere. Du wirst vielleicht zwanzig von solchen Kindern haben.«

»Bis jetzt habe ich nur dieses eine. Ich will nicht, dass aus ihr eine Deutsche wird. Das bewahrt sie doch vor nichts.«

Marion schob Doktor Živago aus dem Lichtkegel und konzentrierte sich auf die Bewegung ihres Magens. Dann griff sie nach dem Schweinchen aus Samtstoff, ohne das sie sonst nie einschlafen konnte – so dachte sie zumindest. Das Schweineohr in der Hand war genauso süß, aber verlässlicher als die Zuneigung der Mutter und des Vaters. Sie konnte es so oft in die Hand nehmen, wie sie wollte. Als sie sich mit ihm immer weiter von Živago entfernte – es muss sehr viel Zeit vergangen sein –, hörte sie den Vater sagen: »Ich komme mit dir.«

»Du brauchst dich nicht zu verrenken, niemand braucht dich«, erwiderte die Mutter.

»Ich will mit euch zusammen sein.«

Eine Weile herrschte Ruhe. Marion hörte, wie der Vater eine Flasche Bier an der Türklinke öffnete.

»Denkst du, es wäre besser hierzubleiben?«, hörte sie wieder die Mutter.

»Nein, ich denke nicht. Du hast recht.«

Sie fingen an, die Einzelheiten zu besprechen. Der Vater wollte gerne den Hund mitnehmen, die Mutter protestierte, es wäre zu auffällig, wenn sie in Jugoslawien die Alpen durchquerten. Der Vater war dagegen, er beharrte auf dem Hund. Marion weiß nicht mehr, was aus dem Hund geworden ist. Sie beschlossen, eine Reise an die Adria zu buchen und von dort aus nach Österreich zu Fuß zu gehen. Sie stritten nicht mehr, die Mutter öffnete eine Flasche Wein, der Vater brachte eine Landkarte, und Marion setzte sich in ihrem »½« auf.

»In die Schule kommt sie erst in zwei, drei Jahren«, sagten sie. »Sie wird Zeit haben, sich einzugewöhnen, Österreich ist besser als Deutschland, es ist wie bei uns.«

Marion stand auf, ging in die Küche und setzte sich dem Vater auf den Schoß. Die Eltern blickten einander in die Augen wie zwei Verschwörer der Leidenschaft. Als Marion merkte, dass sie ihnen im Weg war, begann sie herzzerreißend zu weinen. Sie wollte nicht weg.

»Was ist los, Mäuschen?«

Sie wollte sagen, sie fahre nirgendwohin und das Schweinchen auch nicht.

Stattdessen sagte sie: »Mir ist schlecht.«

»Schon wieder?«, wunderten sie sich. »Tut dir etwas weh?«

»Nein, mir ist nur schlecht.«

Die Eltern brachten sie zurück ins Bett, deckten sie gut zu, doch sie hörte sie sagen: »Ständig nörgelt sie.«

Und dann sagte die Mutter zum Vater: »Ich liebe dich.« Dann schlief sie ein.

Was die andere Erinnerung betrifft, so war Marion mit ihren Eltern auf Urlaub in Florenz. Sie mochte vielleicht zwölf Jahre alt gewesen sein. Die Eltern parkten das Auto – es war ein geleaster Mazda. Sie lebten damals in Frankfurt, und es ging ihnen gut. Es gab immer etwas zu tun, und so musste man über nichts reden. Jeder Tag lief damals glatt wie eine gut geölte Maschine.

Sie schlenderten also durch Florenz, gingen ins Museum, dann wollten sie zum Auto zurück, konnten es aber nicht finden. Alle Straßen kamen ihnen gleich vor. Es war stickig, überall drängten Menschenmassen, und es hing der Geruch von Pizza und südlicher Süße in der Luft. Alle drei hatten Durst und stritten; so war es immer, wenn sie ein wenig Zeit füreinander herausschlagen konnten: Ihre Erwartungen wurden enttäuscht, als ob sie schlechte Ware gekauft hätten, als ob sie jemand betrogen hätte. Die Eltern ärgerten sich, dass jeweils der andere sich nicht an die eigene Vorstellung von einer glücklichen Familie hielt – diese Vorstellung hielten aber beide aus aufgesetzter Höflichkeit vor dem anderen geheim. Schuld war in der Regel jemand von außen: Es konnte die Behörde sein, das Wetter, die Galle. Marion sagte damals: »Wenn sie nicht gestohlen wurde, ist es völlig egal, wann wir sie finden.« (Sie sprach vom Mazda in der weiblichen Form.) »Wir haben ja sowieso kein Zuhause, in das wir zurückkehren könnten.«

»Was meinst du mit ›kein Zuhause‹«, fauchten die Eltern sie an, bevor sie sich dann erschöpft neben sie auf den Bürgersteig fallen ließen. Die Sonne brannte erbarmungslos herab, und die Mutter seufzte: »So weit ist es also gekommen. Wir sind weder Tschechen noch Deutsche, wir irren weiß Gott wo in der Fremde herum und sind nicht in der Lage, einen Wagen zu finden, der uns zu allem Überfluss noch nicht einmal gehört.«

Schließlich kehrten sie in ein Lokal ein, in dem lauter Deutsche saßen – die auch nicht viel anders aussahen. Eigentlich waren die Eltern immer bemüht, Marion wie eine Deutsche wirken zu lassen, ihr Benehmen sollte nicht von den deutschen Verhaltensnormen abweichen, doch dem Vater schien, Marion leide wieder an Übelkeit, und er hielt ihr ein Glas Wein hin: »Trink, Madlenka, das wird dir nicht schaden.«

Marion trank das Glas mit einem Zug leer, und plötzlich durchströmte eine wohlige Wärme ihren Körper. Es hatte nichts mit dem Zustand des Betrunkenseins zu tun. Es war ein gewöhnlicher Tafelwein gewesen, und Marion hatte diesen einfachen, bitteren Geschmack niemals wieder vergessen. Sie goss sich selbst ein zweites Glas ein, ihre Augenlider senkten sich vor Müdigkeit. Sie spürte im Handteller und im Gesicht etwas Samtweiches, wie das längst verblichene Schweineöhrchen in Falkenau. Sie streckte die Hand aus, und ihr war, als falle sie unwillkürlich in einen Berg aus Seide.

Sie fand darin eine Zuflucht. Immer wenn sie sich später verloren vorkam, konnte sie sich diesen Berg an Seidentüchern (sie war davon überzeugt, dass es sich um Tücher handelte) herbeirufen, mithilfe von Wein, in seltenen Augenblicken auch ohne ihn.

Ein junger Mann in einem sorgfältig geschneiderten Leinenanzug ging die Straße entlang. Er blieb auf Höhe des Restaurants stehen und blickte unter seinen dichten Augenbrauen Marion unverblümt an, während die Sonne sich durch das Strohgeflecht des Daches den Weg auf ihre empfindliche Haut bahnte.

»Ich will nach Hause«, hörte sie sich sagen und fiel so plötzlich in Ohnmacht, dass sie mit dem Kopf auf den Tisch aufschlug.

Marion sieht diese zwei Erlebnisse vor sich wie Diamanten im Nebel – sie erinnert sich nicht, was ihnen unmittelbar vorausgegangen war oder was danach folgte. Sie weiß nicht mehr, was sie als kleines Kind in der Tschechoslowakei erlebt hatte, wer Dieter war, ob die Eltern sich gestritten hatten oder wie die Straße hieß, in der sie gewohnt hatte.

Sie hatte ihren Eltern niemals verziehen, dass sie sie aus Falkenau weggebracht hatten, obwohl sie nicht sagen kann, was dort so wichtig für sie gewesen war. Vielleicht nichts, umso schlimmer. Möglicherweise hatten sie sie etwas völlig Unwichtigem entrissen! Sie verließ Frankfurt gleich nach dem Abitur. Ihre Eltern sah sie nie mehr wieder, sie weiß nicht einmal, ob sie gesund sind oder ob sie nach Falkenau zurückkehrten. Über Marion zu sagen, sie lebe in den Tag hinein, käme einer Übertreibung gleich – sie verweilt eher in einer Zeit- und Raumlosigkeit. Nur ein dünner Faden verbindet sie mit den Orten, an denen sie gewesen ist, und den einzelnen Zeitabschnitten. Vielleicht ist sie deshalb abergläubisch und anfällig für allerhand mystische Theorien – in ihrer Vorstellung ist alles möglich. Eine Handleserin sagte ihr, sie sei um das vierte Lebensjahr in Gefahr gewesen, und so betrachtet Marion die Lücke in ihrem Gedächtnis als die Folge eines unbekannten Traumas – vielleicht wurde sie von einem Auto angefahren, oder es wurde gestritten zu Hause, oder es war etwas Tieferes, eine unbekannte Bestie. Von irgendwoher mussten ihre Alpträume vom Drachen mit dem Perlmuttrücken kommen, ihre ununterbrochenen Magenprobleme, die Sicherheit des Schweineohrs und der leichte Weg zur Seide dank eines Glases Wein. Sie sagte zu mir:

»Vielleicht lastet ein Fluch auf mir.«

Ich musste lachen. Solche Mädchen wie Marion wollen immer anders sein als die anderen, und dann sagen sie plötzlich einen Satz, der schon tausendmal vorher gesagt wurde.

Eine persönliche Geschichte des Wortes

Am Ende des Sommers, der hier immer sehr heiß ist, verblasst das Grün allmählich, und wenn es auf das abgebrannte Gras regnet, faulen die neuen Triebe unter den breiten Halmen des Scharfgrases. Sylva T. zeichnet mit dem Handrücken Cyrils Profil nach. Nie wieder wird sie etwas mit einem Mann haben, der kein Kinn hat. Ein sinnloser Gedanke. Sollte sie jemals wieder etwas mit einem fremden Mann anfangen, wird es keine Bedeutung haben, und auf das Kinn wird es nicht ankommen.

Cyril hat eine schöne hohe Stirn und eine gewölbte Nase, so dass sein fliehendes Kinn nicht weiter auffällt. Es war Sylva erst kürzlich aufgefallen, als seine musketierhaften Züge anfingen, sich aufzulösen. Sein Profil verursachte ihr Schmerzen, wie auch die zu kurzen Finger und das hohe Lachen. Um ihr wieder zu gefallen, müsste er jenen Teil seines inneren Kostüms ändern, mit dem diese körperliche Reaktion zusammenhing. Das konnte doch nicht so schwer sein, fand Sylva, man hatte ihr doch schon einiges mehr im Leben abverlangt! In den letzten Jahren klärte er mit ihr nur noch die praktischen Dinge, die er gerne geregelt sah – des Kindes wegen, wie er meinte. Wenn sie ihn etwas fragte, zum Beispiel aus der Politik oder Philosophie, wies er sie scharf zurecht, sie solle sich da nicht einmischen, oder er sagte barsch: »Schau im Wörterbuch nach!«

Danach knallte er oft die Tür zu und ging in die Kneipe.

Früher interessierte sich Sylva dafür, woher seine Ideen kamen, seine Entwürfe, Spiele, doch sie verlor nach und nach den Bezug zwischen dem, was er schrieb, was er tat und was er vorgab zu tun.

»Du kriegst mich nicht, merk dir das ein für alle Mal«, schrie er sie einmal an.

Damals in B., als sie noch klein war, kam er die Mutter täglich besuchen, doch man konnte nicht behaupten, er würde bei ihr wohnen. Gelegentlich kam statt Cyril die Staatspolizei. Einmal passierte es, dass die Mutter rasch ein Bündel beschriebener Durchschläge zwischen Sylvas Lehrbücher schob. Es läutete gerade an der Tür, als sie mit ihren Hausaufgaben beschäftigt war. Sie dachte, sie würde vor Angst sterben.

Die Nachbarn baten die Mutter, Cyril nicht mehr zu sich einzuladen. Sie standen immer dann vor der Tür, wenn Cyril für zwei Tage auf dem Revier festgehalten wurde. Dabei traten sie von einem Bein aufs andere und wollten nicht hereinkommen. Die Mutter blickte über ihre Schultern zum Stromzähler und schaute den Rädchen beim Drehen zu.

»Er stört uns nicht persönlich, verstehen Sie, jeder kann doch tun und lassen, was er will. Aber wir wollen keine Polizei im Haus, denn jeder von uns… Sie wissen ja«, sagten die Nachbarn.

Sylva und die Mutter dachten zunächst, jeder von ihnen würde Radio Free Europe hören, doch dem war nicht so. Stattdessen stahlen sie Ersatzteile und Kupfer aus der Fabrik gegenüber.

Die ersten Jahre stellte sich Sylva nicht die Frage, was zwischen Cyril und ihrer Mutter ablief. Sie nahm an, die beiden würden in erster Linie *Mensch ärgere dich nicht* spielen. Kurz vor dem Einschlafen hörte sie von nebenan immer wieder das Geräusch fallender Würfel, die gegen die Glasplatte des Konferenztischchens polterten, manchmal auch Gesprächsfetzen oder Gelächter. Wie konnte man nur so etwas Kindisches spielen?

Nur ein einziges Mal sah sie sie abends zusammen weggehen. Heute denkt sie, sie wollten jemanden provozieren. Cyril hatte sich rasiert, die Mutter legte ihm den Smoking von Sylvas Vater bereit und band ihm eine bunte Fliege um den Hals. Cyril konnte das Jackett am Bauch nicht zuknöpfen, und so kam wenigstens die schöne Brokatweste zum Vorschein – er sah aus wie ein König. Die Mutter zog ein dunkelrotes Kleid an und war gerade damit beschäftigt, die Spitzenstrümpfe am Strumpfhalter zu befestigen. Cyril beobachtete sie dabei, am Spiegel angelehnt und die Hände in den Taschen verborgen. Draußen fuhr ein Motorrad vorbei, und die Mutter zog erschrocken die Vorhänge zu. Cyril fasste ihre Hand und zog den Vorhang wieder auf.

Es kann sowieso niemand hineinsehen, dachte Sylva mit Bedauern. Die Mutter war schön, und Cyril presste ihre Hand gegen seine Stirn. Sie entfernte das Band vom Kopf und ließ ihre Locken frei, die sich medusenhaft um ihre Schultern zu winden begannen.

Sylva stand am Fenster und beobachtete, wie sie das Haus verließen. Cyril wollte die Mutter in den Arm nehmen, doch sie sah zu Sylva herüber und schob seine Hand weg. Dann quetschten sich die beiden in das Innere des Trabant hinein, wobei die Mutter am Steuer Platz nahm. Man hatte Cyril den Führerschein abgenommen, seitdem fuhr er ohne ihn, weswegen es oft Streit gab.

Er war niemals richtig bei ihnen eingezogen. Sie warteten weder mit dem Essen auf ihn noch an Weihnachten. Er schlief bei ihnen, wann es ihm beliebte, tagsüber oder in der Nacht. Und doch fing er bald – wenn auch nicht gleich – damit an, Bücher in ihre kleine Wohnung zu schleppen. Er schaffte es, innerhalb weniger Wochen alles damit zuzustellen. Dabei kaufte er selten welche. Eher stöberte er Altpapiersammlungen nach ihnen durch, manchmal stahl er in Antiquariaten und Büchereien, er bettelte Bekannte an oder fuhr mit ganzen Bibliotheken davon, die Verstorbene zurückließen. Er verteilte die Bücher auf dem Tisch, den Betten und dem Boden, so dass oft der Eindruck entstand, alle drei wären ständig auf der Flucht oder gerade eben eingezogen.

Einige Zeit hörten sie sogar ganz damit auf, aufzuräumen. Die Bücher verhielten sich wie ein räudiger Hund, über den jeder stolperte, und es kam einem vor, als würden sie sich selbst dorthin stellen, wo sie am meisten störten. Später brachte Cyril polierte Regalbretter mit, doch er schraubte sie nie an, und so standen sie seither im Vorzimmer herum, zusammen mit den Büchern. Es war wohl wahr – bei so vielen Hausdurchsuchungen hatte es wenig Sinn, sich eine eigene Bibliothek anzulegen.

Zur Zeit von Cyrils Einzug verlor Sylva die Lust an Kinderbüchern – eigentlich hatte sie nie wirklich echtes Interesse an ihnen gehabt. Sie erinnerte sich, wie ihr der Vater oft und mit Begeisterung vorgelesen hatte und sich dabei zu nicht unbedingt kindgerechten Kommentaren hinreißen ließ. Sie erinnerte sich, dass es Hoffmanns *Klein Zaches*, Karel Jaromír Erbens *Goldenes Spinnrad* und ähnliche phantastische Geschichten waren. Blut, abgetrennte Gliedmaßen und das kristalline Böse verströmten kein Gefühl von Sicherheit oder gar Geborgenheit wie etwa die Geschichte vom hässlichen Entlein, doch sie führten Sylva zu etwas viel Elementarerem: der Sehnsucht nach der Vollkommenheit, der Freiheit und dem Erwachsensein. Sie spürte eine unerklärliche Nähe zum Jenseits. Nach dem Tod des Vaters wurde ihr nicht mehr vorgelesen, und sie selbst gewöhnte es sich auch nicht mehr an. Bücher waren für sie zu Gegenständen geworden, wie ein Besen oder eine Vase.

Als sie Jahre später einen Sohn in die Welt setzte, stellte sie erstaunt fest, dass die Kindheit auch etwas völlig anderes sein konnte als das, was sie selbst erlebt hatte: Vertrauensvoll zum Beispiel oder ein Kindergarten, in dem man kleine Tierbilder mit dicken, schwarzen Konturen malen konnte, damit kein Zweifel über die Natur der Figuren herrschte. Als sie selbst klein gewesen war, erschien es ihr selbstverständlich, so zu sein wie die Erwachsenen, betrübt und mit Sorgen, die einem ins Gesicht geschrieben standen. Das Leben war schrecklich und beängstigend. Nicht unbedingt dadurch, was sich um sie herum tatsächlich abspielte, es war nun einmal so, wie es war. Vielmehr hatte sie Angst, dass jene Vorstellungen, die sie in traumlosen Nächten heimsuchten, plötzlich Wirklichkeit werden könnten.

Dann kam sie mit der Mutter nach B. Sie wusste nicht warum und fragte auch nicht nach. Nie wäre es ihr in den Sinn gekommen, Fragen zu stellen. Ihre Freizeit verbrachte sie im Jugendclub, dort konnte sie einsam und ungestört aus dem Fenster starren: in den Schlosspark, auf das Sandstraßen-Labyrinth und auf die geometrischen Figuren aus Buxbäumchen. Ihr Kopf war voller romantischer Abenteuergeschichten. Sie formulierte im Geiste Sätze und Dialoge, die sie nie laut aussprach oder gar aufschrieb, damit ja keiner merkte, wie unendlich peinlich sie waren. Ganz im Gegensatz zum Garten, der sich kaum wandelte (trotz der Jahreszeiten war das Gras hier immer ein wenig gelb, und es gab wenige Blumen), wurde sie von einem Veränderungsschub erfasst: Sie schoss in die Höhe, wechselte Brille und Zahnspange, und ihr Rücken krümmte sich vom Gewicht der Brüste. Ihr inneres Wesen allerdings blieb unverändert, die Liebesgeschichten genauso wie die Langeweile, die sie von klein auf begleitete wie eine chronische Erkältung. Sie konnte sich für kaum etwas anderes begeistern als für ihre Romanzen über Liebe, teures Geschmeide, Entführungen und davon, wie sie alle bewunderten. Einmal, sie war vielleicht zwölf, hörte sie ihre Mutter zu einer Freundin sagen: »Ich glaube, sie ist dumm, und auf alle Fälle ist sie faul.«

Sie wunderte sich nicht über die Worte der Mutter und kam sich auch nicht entlarvt vor. Kannte sie sie schließlich nicht am besten? Bevor Cyril mit seinen Büchern auftauchte, wusste Sylva nichts mit sich anzufangen. Warum einen Ausflug unternehmen, wenn die Umgebung längst erkundet ist? Eine Freundin besuchen, nur um mit ihr Beatmusik zu hören? Sprachen lernen, die sie niemals wird anwenden können? Es gab nicht den geringsten Grund, sich in unbekannte Wagnisse zu stürzen. Der Schlosspark, der Marktplatz, die Bilder in den Ausstellungen, die sie mit der Schule besuchte, die Mutter – all das schien in einem tiefen Schweigen zu erstarren.

Cyril brachte zu Beginn einige Schriften von Masaryk und *Die drei Musketiere* mit. Er schlug das Buch auf und las ihr einen Satz vor, den er zuvor unterstrichen hatte:

Im Vorbeigehen spießte ich den Comte de Wardes an die Wand auf wie einen Schmetterling.

Sie lachte und las die Musketiere und den Masaryk noch dazu. Auf der Müllhalde fand er noch ein Bündel broschierter Kriminalromane aus einer Billigserie, einige ungekürzte Ausgaben von Platons Dialogen, herausgegeben vom *Bund der Freunde der antiken Kultur*, sowie die Zeitschrift *Weltliteratur* aus dem Jahre 1966. Sylva blätterte alles durch. Sie interessierte sich bei Gott nicht für alles, doch sie war überzeugt davon, Cyril besser kennenzulernen, wenn sie alles läse, und so tat sie es. Seit dem Tod des Vaters wurde bei ihnen zu Hause nicht mehr gelesen. Die Mutter weigerte sich, die Bücher auszupacken, die ihr aus Prag in großen Kisten zugestellt wurden, nachdem die Wohnung des Vaters ebenso plötzlich wie schnell geräumt werden musste.

»Jahrelang hatte er sie gesammelt, wie schade um sie!«

»Es ist also schade, wenn sie nun mir gehören?«, fragte die Mutter gereizt. Auch Sylva wunderte sich. Sie dachte immer, diese Leute wären auch Mutters Freunde; stattdessen ging es ihnen nur um die Bücher! Die Mutter lehnte es strikt ab, den Inhalt von ungefähr fünfzig Bücherkartons auch nur anschauen zu lassen, genauso wie sie auch niemals den Namen des Vaters an der Wohnungstür gegen den ihren, Sylvas oder Cyrils eintauschen würde. Sein Messingschild mit dem eingravierten Namen brachte sie eigenhändig aus Prag nach B. mit.

Fortan las die Mutter ununterbrochen. Sylva vermutete, sie würde weder Worte noch Gedanken suchen, sondern ein Gefühl. Die Mutter erwartete nicht, dass die Bücher sie zu einem bestimmten Punkt führen würden, von wo aus sie wieder woandershin hätte aufbrechen können, immer vorwärts, dahin, wo es kein Zurück mehr gäbe. Vielleicht suchte sie im Lesen irgendeine annehmbare Art der Imagination, ähnlich den peinlichen Geschichten, die Sylva unentwegt durch den Kopf schossen. Sylva konnte sehen, wie sie sogar ganze Seiten aus Büchern abschrieb. Als sie später heimlich die Aufzeichnungen durchsah, verstand sie nicht, was die Mutter so fasziniert hatte. Es handelte sich um ganz gewöhnliche Erzählungen oder Dialoge, vorwiegend über die Liebe oder über irgendein Suchen.

»Warum gibst du sie nicht weg, wenn wir sie nicht lesen?«, fragte schließlich Sylva, als sich die Mutter wieder einmal schützend vor die verschnürten Bücherkisten stellte.

»Warum sollte sie das, Herrgott nochmal, tun?«, trat Cyril dazwischen. »Warum sollte sie ihre Kleider, Bücher, ihre Sachen irgendjemandem schenken?«

Dieser Jemand, der sich für die Bücher interessierte, war zum Beispiel ein Freund Cyrils, zumindest behaupteten dies beide. Sylva überraschte der Gedanke, dass auch Cyril irgendwo seinen Platz hatte, dass er womöglich Freunde besaß oder gar eine Familie. Cyril schwieg beharrlich, als der Mensch in der Kunstfaserjacke vergeblich versuchte, die Mutter davon zu überzeugen, wie vielen gebildeten Menschen diese Bücher Freude bereiten würden. Er brach den Kontakt zu diesem Menschen ab. Zu Sylvas Erstaunen verteidigte er die Mutter immer und überall – wenn sie sich wie damals weigerte, den Dissidenten Vaters Bücher auszuhändigen, oder wenn sie keine Lust hatte, aufzustehen und zur Arbeit zu gehen, wo sie sich langweilte und sich gedemütigt vorkam. Ein anderes Mal protestierte sie, als man ihren Namen und eine Fotografie von ihr auf einer Ehrentafel anbringen wollte. Das kannst du nicht verstehen, antworteten beide gleichzeitig, als Sylva sie nach dem Warum fragte. Niemals sprachen sie in ihrer Anwesenheit über die Verhältnisse oder die Kommunisten, sie beschwerten sich nicht – es war wohl eine ihrer geheimen Übereinkünfte. Sylva erinnerte sich an Ausflüge, an Bücher, Witze und Rätsel. Es gab einmal eine Klassenfahrt nach Prag, zum Arbeitersportfest, und die Lehrerin sagte: »Du wirst wohl nicht teilnehmen? Nun, wir zwingen ja niemanden.«

Sylva verstand nicht und fühlte sich ausgeschlossen.

Cyril las und schrieb auf einem Tisch, den er im Hof einer nahe gelegenen Fabrik gefunden hatte. Er mochte neue Dinge nicht, und wenn er sich schon mit ihnen umgeben musste, weihte er sie mit einem Ritus in seine Welt ein – er polierte und färbte sie oder schnitt sie einfach auf. Den Tisch in B. hatte er glatt poliert. Er stellte eine Lampe vom Flohmarkt darauf sowie ein paar Ansichtskarten von antiken Statuen. Gelegentlich durchlebte er Phasen völliger Verwahrlosung. Er war ununterbrochen betrunken, sprach kaum und wechselte eine Woche lang seine Kleider nicht, doch auf dem Schreibtisch herrschte vorbildliche Ordnung. In einem Metallgestell am Rande des Tisches lag immer ein Buch, das er gerade übersetzte oder exzerpierte. Hob er den Kopf von seiner Arbeit, so musste er unbedingt das kleine Bild mit der Apollobüste vor dem roten Hintergrund sehen. Noch heute nimmt Sylva das Gestell und Apollo sehr ernst.

Es störte ihn nicht, er begrüßte es sogar, wenn sich Sylva in einiger Entfernung auf das Sofa kauerte und ihn aus einer Art Katzenperspektive beobachtete. Sie schlich sich immer leise heran, um ihn nicht zu stören. Von Zeit zu Zeit schob er das Buch zur Seite und notierte sich etwas auf kleine Zettel, die er anschließend zu Vierecken faltete und später irgendwo versteckte. Noch Jahre später, als er im Gefängnis saß, fand sie mit der Mutter Zettel mit einem Gedanken oder Dreizeiler am Nudelholz oder auf der Innenseite des Spülkastens mit einem Klebeband befestigt.

Der Schein der Lampe warf Sylvas Profil an die Wand, und wenn sie sich erhob, verzerrte sich der Schatten und verschwand. Manchmal, gar nicht selten, drehte er sich ruckartig nach ihr um, wie ein Greifvogel, dessen Wirbel fest ineinander verkeilt sind und die eine fließende Bewegung des Kopfes unmöglich machen. Er las ihr ein paar Worte vor. Dabei machte er sich keine Mühe, ihre Gedanken in eine bestimmte Richtung lenken zu wollen, er las ihr einfach das vor, was ihn begeisterte, und formulierte gelegentlich eine These daraus. Nach einigen Jahren der Gedankenwanderung begann sie zu ahnen, wie es in Cyrils Kopf aussehen mochte: Da war ein statisches, vollkommenes Rippengewölbe in einer wunderschönen Kathedrale, und alle Augenblicke erleuchtete die Flamme einer Fackel die Ausschmückung der Wände. Doch diese Flamme war viel zu klein, um den Beobachter mit dem Ganzen hätte vertraut machen zu können. Cyril besaß ein schönes Lächeln, und wenn er sich bei der Arbeit wohlfühlte, seufzte er ein wenig, eigentlich gurrte er leise vor sich hin.

»Was liest du gerade?«, fragte sie ihn, wenn sie wollte, dass er mit ihr sprach.

»Hör zu«, sagte Cyril, hob das Buch hoch und kniff sein Auge zusammen wie ein böser Papagei, weil er alle seine Brillen gleich verlor. Und dann sagte er Sachen wie: »Ein Punkt ist etwas, das keine Teile besitzt!« Es war für Sylva wie ein Wunder; sie war davon überzeugt, auf so etwas Einfaches nie von alleine kommen zu können.

Sie staunte, was sie alles bis dahin nicht wahrgenommen hatte, was vor ihr verborgen geblieben war. Dinge, Worte, Gefühle waren früher einfach nur da gewesen, und plötzlich lernte sie, wie man sie benennen, sie in durchsichtige Umschläge stecken und mit einem Schild versehen konnte. Es genügte, wenn Cyril mit dem Finger auf sie deutete, wenn er irgendeine Verwünschung vorlas, dann erhielt alles einen Sinn, alles lebte auf. Er musste nicht erklären, warum ihn dies oder jenes interessierte. Wenn er zum Beispiel ausrief: »Was für ein Idiot! Hör dir das mal an!«, und ihr Sachen vorlas, die sie nicht verstand, hatte sie dennoch ein untrügliches Gefühl, in diese Sachen einzudringen, als wäre sie in der Lage, sie zu beurteilen, über sie zu diskutieren oder sie anderen erklären zu können. Manchmal wich ihre Meinung von der seinen ab. Cyril brachte sie häufig sanft und vorsichtig auf seine Pfade zurück, oder aber er rief: »Ausgezeichnet! Ich hätte es nicht besser sagen können!«

Und dann gab er ihren Gedanken für seinen aus und machte sie glauben, sie selbst hätte einen solchen niemals besessen.

Zwischen ihrem elften und sechzehnten Lebensjahr erwarb sie sich aus ihrer katzenhaften Position heraus jene Kenntnisse, die sie zwar nie gebrauchen konnte, die sie aber mit einer sentimentalen Bewunderung für kluge Leute erfüllten. Freud, Dostojewski, Raymond Chandler, Euklides und Masaryk hingen von der Zimmerdecke wie eine Sammlung ausgestopfter

Fledermäuse und schienen keinen Bezug zueinander zu haben. Sie dachte, Cyrils Studien seien eben das Suchen nach diesen Zusammenhängen. Jedenfalls spürte sie, dass alles, was er aus den Büchern erfuhr, sich mühelos auch in ihren Kopf Zutritt verschaffte – in den Augenblicken, als sie ihn vom Sofa aus beobachtete, und in den Stunden danach, als er sich schlafen legte oder ausging und sie sich ein Buch vorknöpfte (niemals eines, das er gerade las) und sich darin vertiefte. Würde sie jemand anstupsen, sie könnte nicht mit ihren Worten beschreiben, was sie las, sondern nur mit seinen. Am Anfang fragte sie ihn, was bestimmte Fremdwörter bedeuteten oder was es mit diesem ungewöhnlichen Satzbau auf sich habe.

»Schau im Wörterbuch nach«, knurrte er normalerweise.

Er erklärte nicht gerne und schüttelte ihre Fragen ab. Es gab Sachen, die musste Sylva dann für sich alleine herausfinden. Einmal kam er betrunken nach Hause, legte die Hand auf ihren Kopf und sagte: »Es langweilt mich. Es ist unerträglich. Es führt zu nichts. Man wird nur blöd vom Lesen.«

»Warum machst du es dann?«, fragte sie.

»Das ist vielleicht eine Frage«, erwiderte Cyril.

Staněk, der in der Apotheke gegenüber arbeitete – ein unauffälliger, freundlicher Mensch –, kam des Öfteren vorbei, um sich Cyrils Bücher anzusehen. Das gefiel weder Cyril noch der Mutter, doch die beiden hatten keine Wahl, wenn sie keine Probleme haben wollten. Einmal stand der verschlafene Cyril im Nachthemd im Türrahmen, als Staněk gerade seine Bücher durchwühlte.

»Wie sind Sie hereingekommen?«

Der Eindringling setzte seine Brille auf und musterte ihn mit einem Lächeln, gab ihm aber keine Antwort. Stattdessen schlug er vor: »Warum kommen Sie nicht einfach mit mir?«

Cyril seufzte, fragte nicht, warum, und wollte nicht einmal

seinen Ausweis sehen. Das wog allerdings nicht so viel wie die Tatsache, dass er selbst nur in Socken und Unterwäsche gekleidet dastand.

»Ich ziehe mich rasch an.«

Und er hörte Staněks Stimme aus dem benachbarten Zimmer: »Schön. Nur Sie wissen genau, wo man so etwas bekommt!«

»Sie können auch selbst zur Deponie gehen, die Bücher stammen nämlich alle von dort«, rief er.

Auf einmal war es still. Als Cyril wieder auftauchte – bereit für die routinemäßige Festnahme, angezogen und mit einer Zahnbürste in der Brusttasche –, war der Apotheker fort.

»Also, ist er nun einer von ihnen oder nicht?«, fragte er am Abend beunruhigt.

»Frag ihn doch einfach«, schlugen ihm die Mutter und Sylva einstimmig vor.

»Das sollte ich vielleicht wirklich«, überlegte er.

»Hat er auch kein Loch in der Zimmerdecke hinterlassen?«, fragte Sylva.

»Nicht jeder ist in der Lage, ein solches Loch zu sehen, meine Teure«, erklärte Cyril.

»Er kam doch bestimmt nur auf ein Schwätzchen vorbei. Mit wem soll er sich sonst schon unterhalten? Du solltest ihm entgegengehen, wenn er schon den Mut aufgebracht hatte«, sagte die Mutter.

Der Apotheker kam noch einige Male vorbei, und Cyrils unwirsches Verhalten störte ihn nicht im Geringsten. Der Mutter brachte er Pulver gegen Kopfschmerzen, und Sylva durfte zu ihm in den Garten, um sich Obst zu pflücken.

Cyril hörte nicht auf zu behaupten, der Apotheker wäre einer von ihnen.

»Du solltest wegen deiner Paranoia vielleicht zum Arzt gehen, es kennt ihn doch jeder hier«, sagte die Mutter.

»Aber *die* erkenne ich selbst durch eine Mauer«, lag ihr Cyril in den Ohren.

Das nächste Mal schrie er den Apotheker aus dem Fenster aus an: »Ich bin nicht da!« Doch der lachte nur und läutete abermals. Er bot ihm an: »Kommen Sie doch mit mir.«

»Und was bekomme ich dafür?«, fragte Cyril.

»Kommen Sie, trinken wir doch einen. Ich lade Sie ein.«

»Na gut«, stimmte Cyril endlich zu. Beim Weggehen drehte er sich noch einmal nach Sylva um und sagte leise zu ihr: »Es ist nur ein Spiel.«

Inzest

In der Mitte der siebziger Jahre durchlebte Cyril T. eine Phase, die er die *persische* nannte, und Sylva konnte nur vermuten, wofür er seine Kräfte sammelte. Cyril sprach nie mit ihr über seine Absichten, er sagte, es wäre zu gefährlich für ihn. Und wenn er doch etwas von sich preisgab, so wollte er sich lediglich amüsieren und erfand viele Dinge dazu. Aus der Zeit, in der er sich für die vorislamische persische Literatur interessierte, hinterließ er eine Menge Notizen und vollgekritzelte Bücher: Zitate aus den Heiligen Texten vermischten sich mit seinen Kommentaren, und zum Schluss ließen sich die beiden nicht mehr voneinander unterscheiden. Später fand Sylva noch einige Bemerkungen zum einleitenden Aufsatz über den sassanidischen Despoten Schapur I.

Dies also sind die Ländereien, die mir von Gnaden Ahura Mazdas zuteil wurden, die sich mir unterwarfen und mir Steuern einbrachten. Was ich auch befehle, es wird gehorsamst erledigt, ob bei Tage oder bei Nacht. – Ahura Mazda, der mächtigste aller Götter, schuf mich und machte mich zum König, vertraute mir dies Land an, welches groß und reich ist an guten Pferden und Menschen.

R.G. Kent, Old Persian

An einer anderen Stelle lautete es:

Auch du wirst nicht geschont vom Dämon der Lüge, der auf dich herabstürzt in weiblicher Gestalt, in einem goldenen Körper, der voller Brüste ist, und es wird eine rasche Vereinigung suchen dieses Weib, es wird Gespräche suchen und dir dienen wollen. Du aber verweigere ihr die Vereinigung, das Gespräch und erlaube ihr auch nicht, etwas für dich zu tun. Stoße aus das siegreiche Gebet, auf dass es für immer vergehen möge.

Denkart VII.

Damals in B. schwiegen die Bücher in Cyrils Abwesenheit. Sie waren tot. Von Platon bis Ferlinghetti ließen sie Sylva gleichgültig, als ob ihr Inhalt von Cyrils Stimme abhinge, von seinem Lächeln und vom Licht der alten Lampe, von seinem Körper und seinem Duft. Dann machte Sylva ihrerseits eine Phase durch, in der sie Bücher genauso wenig vertrug wie ihre Magenkrämpfe. Sie ging aus, um die Bücher nicht sehen zu müssen. Doch da sie überall im Weg standen, nahm sie sie doch gelegentlich in die Hand, teils aus Langeweile oder um den Staub von ihnen zu wischen, manchmal auch gegen ihren Willen. Einmal – da war sie vielleicht dreizehn – versuchte sie es ihm zu erklären. Er lachte und zog sie an den Ohren: »Na, mein Kleines«, sagte er und gurrte leise.

Daraufhin sprach sie mindestens einen Monat nicht mit ihm, und es war ihm gar nicht aufgefallen.

Sie begann zu wachsen – es brach im Winter aus und hörte erst ein Jahr später auf. Auf einmal überragte sie Cyril um einen Kopf.

»Als ich zur Schule gegangen bin, gab es nur ein einziges solches Mädchen in der Klasse, und wir liebten sie alle. Doch heute seht ihr alle so aus«, sagte er.

Einmal klingelte es um halb elf abends. Sie öffnete ihm die

Tür, er wankte hinein, kauerte sich auf den Boden und begann, seine Schuhe auszuziehen. Sie sah, dass er betrunken war. Auch ihr verstorbener Vater war öfter betrunken, doch an solchen Tagen strich er ihr nur, wie Cyril sonst auch, übers Haar und verschwand in einer Ecke, in der er bis zum Morgen durchschlief. Sie lächelte und versuchte, Cyril auf die Beine zu helfen.

Seine Augen funkelten, und er atmete tief. Er glitt mit seinen warmen Händen unter ihren Pullover und streichelte eine Weile ihren Bauch. Seine Hände wanderten zu ihren Brüsten, die Stirn an ihren Rücken gelehnt. Dann verkeilte er seine Hände in den losen Gürtel ihrer Hose und hielt sie an ihren Hüften fest. Endlich schob er die eine Hand nach vorne und legte seine feste, trockene Handfläche direkt in ihren Schoß, genauso ungezwungen, als würde er ihr die Hand zum Gruß reichen.

Sie besaß damals die üblichen Erfahrungen – ein Fremder sagte auf der Straße etwas Obszönes zu ihr, oder jemand presste sich im Bus von hinten an sie. Sie wollte sich gegen Cyril wehren, doch sie konnte nicht einmal ihren kleinen Finger rühren, sie war wie im Traum erstarrt.

Plötzlich zog Cyril seine Hände zurück. Warum? Sylva hob die Augen, und erst jetzt bemerkte sie die Mutter, wie aufmerksam sie das Ganze vom Sofa aus verfolgt hatte, mit ihrer Brille auf der Nase. Aus ihrer Erinnerung verschwanden später einige Sekunden, als Cyril seine Hände aus der Biegung ihres Körpers entfernte und wohl ihr Gesicht streichelte, als er sich umdrehte und ein paar Schritte zum Wohnzimmer in Richtung des Sofas machte. Sie stand unter der Garderobe und sah, wie Cyril neben der Mutter Platz nahm und mit ihr auf den Fernsehschirm schaute, wie er ihre Hand nahm und seine Finger in die ihren einflocht, wie er seinen Kopf auf ihre Knie bettete, während die Mutter sie unbeirrt anstarrte, hinein ins Halbdunkel des Vorzimmers.

»Du solltest lieber gehen«, sagte die Mutter zu Cyril. »Es ist schon spät.«

Cyril fasste die Mutter mit beiden Armen um die Taille, den Kopf immer noch in ihren Knien verborgen und blieb regungslos liegen.

Ihm war nicht wohl, wahrscheinlich hatten sie ihn wieder verprügelt. Er trug zwei verschiedenfarbige Socken, eine davon war knallrot. Immer trug er unterschiedliche Socken. Sylva verstand nicht, warum die Mutter die Fliege nicht verscheuchte, die sich auf Cyrils Kragen gesetzt hatte. Sie wollte es selbst tun und trat aus der Dunkelheit.

»Verschwinde«, wiederholte die Mutter lauter. »Verschwinde und komm nicht mehr zurück. Ich will dich hier nicht mehr sehen.«

Sylva war sich nicht sicher, wem diese Worte eigentlich galten, und so blieb sie lieber stehen. Cyril bewegte sich nicht, er tat, als ob er schliefe, oder er war tatsächlich eingeschlafen. Sylva und die Mutter blickten einander noch eine Weile an. Dann löschte Sylva das Licht und legte sich nebenan zum Schlafen.

Wird die Mutter ihn fortschicken? Wird sie ihn nie wieder sehen? Sie konnte sich nicht vorstellen, was passieren sollte. Etwas würde sich am nächsten Morgen ändern, vielleicht sogar sie selbst. In der Wohnung, in der man durch die dünnen Wände jeden Atemzug hören konnte, herrschte Totenstille. Konnte es sein, dass gar nichts geschehen war, dass sie sich alles nur ausgedacht hatte?

Tags darauf hielt sie unauffällig Ausschau nach Cyril. Doch sie traf erst am Nachmittag auf ihn, im Eingang des Wohnhauses. Er lächelte ihr freundschaftlich zu und bat sie, für ihn bei der Post vorbeizuschauen. Es schien, als erinnere er sich an überhaupt nichts mehr.

Sie wartete danach ganze Jahre, um ihm zu sagen, so etwas könne er sich einfach nicht erlauben. Doch er schwieg, und als sie einmal versuchte, mit der Mutter darüber zu sprechen, erschien es ihr selbst, als würde sie einen verwirrten Traum erzählen.

»*Was* hat er getan?«, fragte die Mutter verwundert. »Bist du dir da ganz sicher? Mit so etwas spaßt man nicht!«

Sylva schwieg, denn sie wusste nie etwas ganz sicher. Etwas ganz sicher zu wissen, das ging bei ihr nicht.

Nina

Mit fünfzehn Jahren, viel früher noch als sie František begegnet war, hatte auch Nina sich geschworen, es zu etwas zu bringen, um nicht mehr zu Fuß gehen zu müssen. Seit sie laufen konnte, taten ihr die Beine weh. Doch damals brachte man Kinder nicht zum Arzt, ließ sie weder auf schiefe Hüftbeine noch auf Plattfüße hin untersuchen, und so erregten ihre Beschwerlichkeiten eher Wut als Mitleid: »Bloß weil sie so weinerlich tut, muss sie noch lange keine Extrawurst bekommen«, regten die Leute sich auf.

Am Ende der fünften Klasse der Realschule bat der Lehrer den Vater zu sich und sagte, Nina wäre klug und daher zum Arbeiten zu schade. Der Pfarrer bestätigte dies, und so musste man sich fügen. So nahm Ninas Wanderleid seinen Anfang. Jeden Tag musste sie in die Stadt zur Schule; was für eine Anstrengung – es waren acht Kilometer durch den Wald. Ein Wagen fuhr selten, es gab ja keinen Grund. Im Winter war sie auf das Licht einer Laterne angewiesen, manchmal musste man eine Schneeschaufel nehmen und Nina den Weg freimachen. So viel Zeit und Aufmerksamkeit konnte man nur einem von fünf Kindern schenken, und Nina nahm sie wohlgeneigt an. Natürlich war sie anders, da genügte schon ein Blick in den Spiegel. Und es wäre ihr niemals in den Sinn gekommen, dem zu widersprechen.

Die meiste Zeit in der Schule verschlief sie, oder sie dachte mit Schrecken an den Heimweg, der bergauf durch den Wald führte, und trotzdem schrieb sie lauter Einsen. Sie konnte sich für kaum etwas begeistern, doch sie sagte nichts; alles ging ihr leicht von der Hand, auch wenn es ihr wenig Freude machte. Kehrte sie noch vor der Dämmerung heim, ging sie arbeiten, wohin man sie auch schickte, und schwieg. Der Tag der anderen Kinder unterschied sich deutlich von dem ihren; diese beneideten sie um die Schule, und sie wiederum die Kinder, weil sie nicht so viel laufen mussten. Wie viele Stunden konnten sie faul und vor allem liegend auf der Weide verbringen!

Am Rande der Stadt, wohin sie zur Schule ging, lebte die Familie einer Schulfreundin in einem Haus, das zwischen den Stadtmauern eingekeilt war. Diese Leute hielten sich für Städter. Zumindest wenn sie sich im Schlafzimmer befanden, von wo aus man auf die belebte Straße blicken konnte. Doch in den Augen der Nachbarn blieben sie Bauern, da ihr Küchenfenster zum Feld führte. Sie hatten acht Kinder. Jeden Morgen ging der Vater auf den Speicher, schöpfte einen Löffel Schmalz aus dem Topf und teilte ihn der Mutter zum Kochen zu. Dank des Fleißes und der Ehrbarkeit des Familienoberhaupts konnten die Kinder alle an der pädagogischen Fakultät ihr Studium absolvieren. Blass und ernst kamen die älteren jeden Sommer zur Feldarbeit an. Als das vierte Kind zu Ende studiert hatte, konnte es sich der Vater leisten, sich im Gasthaus zu den Ehrenbürgern an den Tisch zu setzen.

Nina wunderte sich, wie arm sie doch bei all der Bildung waren. Bei Nina zu Hause gab es zwar keine hohe Schule, aber immerhin auch keinen Hunger. All das Wissen konnte einen doch nicht satt machen! Dann verliebte sie sich in einen der Studenten. Er war schlank, trug einen Zwicker auf der gebogenen Nase und führte gelegentlich einen Spazierstock mit sich. Er riss Zoten, die sie überhaupt nicht verstand – alle möglichen Wortspielchen. Immer hatte er ein Buch dabei, wahrscheinlich um Nina zu beeindrucken. Manchmal sah es jedoch danach aus, als ob er sie zum Narren hielte.

Er schickte ihr eine Fotografie. Nina zeigte sie daheim herum, und alle hofften einen Augenblick, der Student, der einmal Lehrer werden sollte, würde einen ernsthaften Schritt wagen. Doch er ging fort, um irgendwo in Mähren zu unterrichten, und meldete sich nie wieder. Nina war letzten Endes erleichtert – wie hätte sie sich mit ihm verstanden? Sie hatte das Gefühl, ihm nicht gewachsen, nicht klug genug gewesen zu sein. Doch in einem Punkt war sie sich sicher: Wenn aus einem etwas werden soll, muss man in der Stadt leben und seine Kinder studieren lassen.

Später, als sie eine Schneiderlehre machte, fühlte Nina sich besser. Sie musste nur sonntags nach Hause, und das Laufen blieb ihr erspart. Endlich konnte sie sitzen, und zu aller Freude auch noch inmitten von Seide und von Spiegeln umgeben. Ihre Kundinnen sagten: »Sie ist geschickt und hübsch, schaut nur, wie flink sie ihre Hände bewegt.«

Am Ende des Krieges ging sie mit einem kleinen Koffer voller Kleider aus der eigenen Werkstatt nach Prag. Sie lernte die hohe Kunst des Schnitts und auch, wie man Details wirkungsvoll platziert. Dabei hatte sie einen eigenen Trick parat: Sie skizzierte einen Entwurf auf ein Stück Schneiderpapier, verteilte einige Meter Seide schräg auf dem Tisch, ging mit der Kundin ein paar Details durch und fuhr dann ohne Kreide und ohne Zögern mit der Schere in den Stoff hinein, zerschnitt ihn in Teile, während die entsetzte Kundin nicht einen Mucks zu machen wagte. Es gefiel ihr, während des Gesprächs mit der Routine eines Arztes die Seide anzufassen, Maß zu nehmen, schnell die Nachteile und Vorzüge der Figur zu erfassen. Unterstreiche deine schönen Seiten und verstecke alles andere.

Eine Tante, die Evangelistin war, warf Nina vor, sie würde nur an schöne Kleider denken und das würde sie eines Tages ins Verderben führen. Darüber konnten Nina und die anderen zu Hause nur lachen: Man war stolz auf sie und lobte sie für ihre Tüchtigkeit – von Überheblichkeit keine Spur. Die Schwestern wollten auch in die Lehre, doch das kam nicht infrage, ihre Arbeitskraft hätte zu Hause gefehlt. So wurde ausgemacht, dass Nina sie zu sich nehmen und ihnen helfen würde, sobald sie sich etabliert hätte.

Nina machte keine großen Pläne, es reichte ihr aus, abzuwarten, zu arbeiten und ihre kühle Schönheit zu konservieren, die ihr als Schutzschild vor Langeweile und enttäuschten Erwartungen diente. Noch ein paar Jahre, und dann sollten ein Mann kommen, eine eigene Firma, Kunden, Kinder, ein Haus, ein Auto und Reisen. Sie strengte sich an. Allerdings wunderte sie sich, dass ihr Fleiß und der Ruf, eine angesehene Schneiderin zu sein, sie seltsam gleichgültig ließen. Es ist wohl Františeks Aufgabe, mich glücklich zu machen, dachte sie. Dass sie sich nicht glücklich fühlte, war seine große Schuld. Sie ließ es ihn spüren, wo sie nur konnte, doch er begriff nichts, und als sie ihm ein paarmal sagte, er denke nur an sich, tobte er einen halben Tag lang wie ein Tiger im Käfig.

»Was willst du, verdammt?!«, schrie er. »Nenne mir einen Wunsch, den ich dir jemals abgeschlagen habe!«

Er kaufte ihr und den Kindern gerne Dinge und schmiedete Pläne, doch er fragte nie, ob es ihnen so gefiel. Er war der Ansicht, Frau und Kinder sollten immer Wünsche haben, die er erfüllen konnte, der Preis spielte keine Rolle. Dafür erwartete er, dass er gelegentlich in Frieden gelassen wurde. Sein Leben mit dem Ring war genauso wichtig wie sein reales, und František brauchte immer mehr Zeit dafür.

Es war seine Entspannung, und er fühlte sich wie im Paradies. In den Gärten, wohin ihn der Ring führte, sah er sich niemals mit einer Person oder einem Ereignis konfrontiert, und es gab auch keinerlei Andeutungen, man wäre einander in irgendeiner Weise verpflichtet. Von dem Moment an, als er den Ring bezahlt hatte, fühlte er sich frei und hatte das Gefühl, kommen und gehen zu dürfen, sooft er wollte. Niemanden im Garten störte seine Anwesenheit, und niemand legte auch besonderen Wert darauf – weder die Papageien oder die blassen Gärtner noch der kleine König, der sich unter der Last einer riesigen Krone beugte.

Im Garten fehlte so einiges, zum Beispiel Zeit. Und František vermisste sie dort keineswegs. Er durfte sich jedoch nicht erwischen lassen, niemand von außen durfte ahnen, was innen vor sich ging. In dem Sinne war er abergläubisch und fürchtete, irgendwelche Einzelheiten aus dem Garten könnten im Alltag auftauchen. Manchmal passierte es dennoch – so bemerkte er ein orientalisches Muster auf einem seiner Plüschkissen, oder er fand im Katalog oder auf der Wiese eine Blume, die nur *dort* wachsen konnte.

Viel öfter aber machte er selbst dem Garten unbewusst Zugeständnisse – so sammelte er zum Beispiel Handbücher über kleinasiatische Gärten und orientalische Teppiche. Er hatte ein schlechtes Gewissen dem Ring gegenüber, wenn er ihn längere Zeit nicht gebrauchte. Und auch der Familie gegenüber wegen des Ringes, und deshalb war er ungeduldig oder versuchte, Nina und die Kinder mit Geschenken ruhigzustellen.

Sie sagten ihm nie, sie hätten lieber etwas anderes oder auch gar nichts gewollt, aus Mitgefühl oder aus Angst vor seinen Wutanfällen. Nina beobachtete seine sich häufenden Tobsuchtsanfälle mit Befriedigung – wenigstens ein paar Augenblicke lang schien er sich für sie zu interessieren. Sonst sah sie, dass alles dahin war, verloren.

Ach, das Gesicht in Seide tauchen, sie liebkosen und am weißen Ripsband Spuren von Puder hinterlassen, dachte Nina. Was wusste er schon davon, von der Kühle des Stoffs, wie sie nur vom Handgriff eines aus handgetriebenen Silber fabrizierten Obstmessers ausgehen konnte, von der Schwere des Spitzenornaments auf dem verschleierten Gesicht, von der süßen Enge neuer Elfenstiefel? Nina war der Meinung, František interessiere sich nur fürs Essen, und in Zeiten der Ruhe kriege er nicht mehr zustande, als trübe vor sich hinzustarren. Ich werde mich um alles kümmern, hab keine Angst, ich bin für dich da, scheint Františeks Gesicht auf dem Verlobungsfoto zu sagen. Ich tue, was ich nur kann. Aber was nutzt es, teilt Ninas gepflegte Erscheinung mit, sagen die blassen Augen unter der misstrauisch gewölbten Stirn.

Helena

Zu jener Zeit, als die Deutschen das Land besetzt hielten, wurde Františeks Haushalt bereichert, und zwar um zwei Stöße an Damastüberzügen mit dem Monogramm M.S. sowie um silbernes Tafelgeschirr, das die gleichen Initialen trug. Beides brachte ein alter Kunde mit, der die Sachen vor der Deportation hier verstecken wollte – er kehrte nie mehr zurück. Die einzelnen Stücke gingen unbegreiflicherweise verloren oder kaputt, sie sträubten sich gegen ihre neuen Besitzer, doch ein paar schafften ihren Weg auf den Tisch von Františeks Tochter Helena. Dort verbüßten sie ihre Zeit als ein mittelbarer Beweis für das moralische Versagen ihres Vaters. Es war zwar nicht klar, was František mit den Sachen anderes hätte anfangen sollen als sie zu behalten, doch er hätte zweifellos etwas tun *müssen* – in Kriegszeiten soll der Mensch eine ordentliche Not leiden. Doch stattdessen hatten die Eltern 1938 ihr gesamtes Hab und Gut an Stoffen im Garten vergraben, oder sie hatten die Bereicherungen gegen Essen eingetauscht. Es gab immer reichlich davon – Schmalz, Mehl, Kartoffeln, öfter auch Schweine- und Gänsebraten.

Helena durfte ihren Freundinnen nicht erzählen, was es daheim zum Essen gab. Die Eltern selbst schüttelten anderen gegenüber verständnislos den Kopf und beklagten Armut und die Not des Krieges. Dann aber fuhren sie tagtäglich in der Mittagszeit durch ganz Prag nach Hause, um ausgiebig Mittag zu essen. František war bereit, mancherlei Not zu ertragen, doch Hunger erachtete er als Schmach, genauso wie es Nina als beleidigend empfand, irgendwohin zu Fuß gehen zu müssen.

Zu Hause wurde nicht geredet, die Prinzipien sollten allen von vornherein klar sein. Wenn František die Familie in so schweren Zeiten mit gutem Essen versorgte, so war es ein Zeichen seiner Fürsorge. Er tat, was er konnte und noch viel mehr, und er hielt an seiner Meinung fest. Zum Beispiel dachte er über Kinder Folgendes: Man muss welche haben, denn es ist eine Volkspflicht. Wie eine erfüllte Pflicht kamen sich seine Kinder auch vor, allen voran die jüngere Tochter Helena.

Nicht nur, dass sie wegen ihrer Eltern keine Chance hatte zu studieren! Zudem waren sie gefräßige, nimmersatte Heuchler, auf deren Seite man sich nie und nimmer stellen konnte. Sie interessierte sich zwar nicht für Politik, doch als sie nach dem Krieg hörte, was die Kommunisten über die Bourgeoisie und über Fabrikbesitzer sagten, musste sie ihnen stillschweigend recht geben. Sie konnte kein Schmalz und auch keine Kartoffelnocken sehen, später kochte sie nur ungern und nicht besonders gut. Sie aß im Stehen und am Spülbecken direkt aus der Verpackung. Wäre es irgendwie gegangen, sie hätte überhaupt nichts gegessen.

Zu Hause hatte man keine Zeit für sie. Als sie zur Welt gekommen war, begannen die Geschäfte zu florieren, und František entschied sich, in eine kleine Fabrik für Haarschmuck zu investieren. Ihre ersten Lebensjahre verbrachte Helena bei der Tante, der jüngeren Schwester ihrer Mutter. Sie war genauso hübsch wie Nina, doch sie war fröhlicher und strahlte Wärme aus. Helena tändelte gerne mit ihr herum. Wenn die Tante sich über den Kartoffeltrog beugte und die Sonne den Flaum in ihrem Nacken bestrahlte, griff Helena nach der lichtdurchfluteten Aura, der sanften Grenze zwischen der Sonne und dem Körper der Tante.

Einige Jahre später fuhr die Tante weg, sie heiratete irgendwo in der Einöde. In der Zeit der Mobilmachung, als ihr Mann eingerückt war, wurde sie von einem tschechischen Soldat in der Einsamkeit des Jagdgeheges überfallen, vergewaltigt und umgebracht. Niemals zuvor hatte dieser Mann sie gesehen, und niemals zuvor hatte er so etwas begangen. Er erstattete Anzeige gegen sich selbst.

František und Nina überlegten lange hin und her, wie sie diesen Vorfall vor Helena verbergen sollten, doch es sprach sich schnell herum, und am Ende kam sowieso alles heraus. Alle Verwandten, die entweder in Františeks Fabrik arbeiteten oder seine Kinder hüteten oder die öfter zu Besuch waren, sprachen viele Jahre lang über nichts anderes als über diesen Mord.

»Es reicht nicht, dass der Hitler hier ist, dann auch noch so etwas«, wurde gesagt.

Es bereitete der Verwandtschaft außerordentliches Vergnügen, immer wieder die alte Leier anzustimmen und sich in immer grauenvolleren Einzelheiten zu verlieren. Für Helena flossen die Züge aller Tanten in die Gestalt einer einzigen hageren Frau mit arthritischen Händen und einem neugierig vorgereckten Kinn, die ein Kopftuch trug sowie einen grünen Pullover. Wenn sie wieder einmal über den Mord diskutierten, wurde Helena vor die Tür geschickt; allerdings prüften die Tanten nie nach, was sie dahinter tat. Helena wollte nichts hören, und dennoch stand sie starr hinter der Tür, konnte sich nicht von der Stelle rühren, wie in einem Traum, und sog jedes Wort auf, so lange bis eine der Tanten vor die Tür trat und ihr eine Kopfnuss verpasste.

Wie kann man durch Gewalt, Krankheit oder Mord aufhören zu sein, wie kann so etwas geschehen? Ihre Tante Anina sah doch aus wie alle anderen, sie trug kein Zeichen! Sie war genauso gewöhnlich wie der Jude, den sie durch die Ritzen der

Doppeltüre im dunklen Flur beobachten konnte. Die Eltern öffneten ihm nur einen Spalt. Er trug ein Päckchen, Handtücher und Essbesteck.

»Meine Frau schickt mich…«, sagte er mit halblauter Stimme.

Sie ließen ihn nicht herein, aber daran war nichts Ungewöhnliches. Weder Nina noch František waren je besonders freundlich, warum denn auch. Sie waren ja anständig. Jeder soll machen, was er kann, wir werden ihn nicht daran hindern.

Im Herbst gab es Apfelernte. František, die Töchter, Nina und die Tanten saßen in der Garage, wickelten jeden Apfel einzeln in Zeitungspapier und legten ihn in eine Holzkiste. Lauter Frauen. Manchmal drückte ihm jemand sein Beileid aus angesichts der vielen Frauen, die er am Hals hatte. František gab keinen Kommentar und schwieg, als hätte man ihn auf ein Holzbein aufmerksam gemacht.

»Der hat vielleicht einen Harem zu Hause, wie ein türkischer Pascha oder so was«, sagte einmal ein Kunde.

František mochte seine Frauen ungefähr so, wie er Äpfel schöner fand als Kartoffelnocken. Gerne beobachtete er die lichtdurchfluteten, flaumigen Nacken bei Tätigkeiten, denen sie sich in ihrer freien Zeit widmeten – das Feilen der Nägel, Kichern, das Zurückstecken widerspenstiger Locken aus der Stirn und das Hochziehen der Strümpfe. Die Frauen wussten, wo ihr Platz war, und solange sie das nicht vergaßen, gab es keinen Anlass, sich mit ihnen großartig zu unterhalten.

Helenas Aufgabe bestand darin, nie zu spät zu kommen, zu Hause zu helfen und gut in der Schule zu sein. Sie machte keine Probleme, widersprach nicht und fragte auch nie etwas. Hätte aber jemand sie selbst gefragt, welche Bilder und Vorstellungen in ihr schwebten, was für Ziele und Pläne sie ausheckte, sie könnte demjenigen keine Antwort darauf geben. Sie kam sich immer ausgebremst vor, blockiert von dem, was sie nicht wollte, was sie nicht sein wollte und was sie sich nicht zu sein traute. Sie wusste nicht zu protestieren. Sie wusste nicht, wie man das sagt, wenn einem die Lernerei auf die Nerven geht, das Herumsitzen in der Küche, der Geruch der Turnhalle und der Turnschuhe, die Tanten in selbst gestrickten Pullovern, die Näharbeit. Durfte man so etwas überhaupt machen? Sich beschweren? Würde sie etwas in ihrem Leben anstreben, vor wem könnte sie sich schon rühmen? Was konnte sie mit einem sinnlos errungenen Freiraum schon anfangen? Sie konnte sich weder unterordnen noch machte es ihr Freude, Befehle zu erteilen, sie wollte nicht heiraten, keine Kinder und wollte auch nicht das Leben an einem einzigen Ort verbringen. Das am allerwenigsten. Lieber hätte sie die Flucht ergriffen, als Gefahr zu laufen, kleben zu bleiben. Sie musste zunächst František und Nina, ihr Gerede, ihre Kartoffelnocken und ihren Fleiß loswerden, dann würde sie erfahren, wer sie wirklich ist.

»Ich habe nie eine Chance bekommen«, beklagte sie sich später.

Angeblich wollte sie Tänzerin werden, doch František fand diesen Beruf unanständig. Also lernte sie wenigstens vernünftig Skifahren. Danach wusste sie: Sie will ihr ganzes Leben nur den Berg hinabfahren, was für ein Rausch! War sie nicht mit ihren Skiern unterwegs, saß sie wie angewurzelt zu Hause und wartete, was als Nächstes kommt. Es musste etwas passieren, Stalin müsste sterben, oder jemand bräuchte nur zwei Steine gegeneinander zu reiben, und alles würde sich auf einen Schlag ändern, und sie würde endlich dort sein, wo sie hingehörte. Ihr Körper tat weh vor lauter Warten. Bis dahin sammelte sie Landkarten und Atlanten, auf denen sich zwischen den kastanienbraun gefärbten Gebirgsketten und ausgedehnten Grünstreifen blaue Wasseradern räkelten. Die fremd klingenden Namen verstärkten noch die beißende Sehnsucht, frei zu sein und überallhin reisen zu dürfen.

Doch die Grenzen waren geschlossen. Von dem Balkon in Františeks Wohnung aus konnte man weit entfernt am Horizont eine Flussbiegung sehen, man hörte Möwen sowie das Hupen der Schleppdampfer. Helena fuhr immer wieder nur in das Dorf, in dem Nina geboren wurde, und dort ging ihrer Meinung nach alles den Bach herunter. An die Oberfläche ihres Bewusstseins gelangte gelegentlich ein Bild, in dem sich die Erinnerung mit einem Traum kreuzte – ein trübgelber Sturzbach, der wild von Stein zu Stein hüpft, Männer unter breitkrempigen Hüten, mit langen Stangen und bunten Stoffen in der Hand, blicken suchend um sich. Sie fragte die Mutter, ob es möglich wäre, ob sie so etwas einmal schon hätte sehen können. Und tatsächlich erfuhr sie von der Mutter, wie sie als etwa dreijähriges Mädchen in den Ferien war, irgendwo an der Grenze zwischen Österreich und Italien, und wie dort wohl etwas in der Art vorgefallen wäre – wahrscheinlich war jemand ertrunken.

Helenas Schönheit kam so plötzlich zum Vorschein wie ein Frühling im Norden, und man sagte, sie gehöre zu den wenigen hübschen Sachen, die der Stadt noch geblieben waren. Sie war der Stolz ihrer Eltern. Nina führte sie zum Friseur und schenkte ihr einen silbernen Kamm und ein Puderdöschen.

Für die Tanzschule wurde sie mit Kleidern im Stil des New Look ausgestattet. Helena hatte nie besonders viele Freundinnen gehabt, dazu war sie zu verschlossen, doch zu jener Zeit zogen sich auch die letzten von ihr zurück – neben solch einer verführerischen und eleganten Schönheit konnten sich die Mädchen nur in der Rolle der hässlichen Freundin wiederfinden. Helena war die Schönheit verhältnismäßig egal, das Hoffieren der Jungs machte sie eher verlegen als überlegen.

Für sich selbst nähte sich Nina ein schwarzes Seidenkleid und legte dazu eine Kette aus Süßwasserperlen an. Helena betrachtete das majestätische Auftreten ihrer Mutter als ein Zeichen des vergeblichen Kampfes gegen die Korpulenz.

»Sie sind ständig am Fressen«, kommentierte sie den Lebensstil ihrer Eltern, während sie mit ihren Tanzpartnern über die Tanzfläche rauschte.

Jedes Mal, wenn die Tante die Nähte von Ninas Röcken und Kleidern löste, um sie lockerer wieder zuzunähen, sagte sie: »Du hast zugenommen.« In ihrer bäuerlichen Einfältigkeit meinte sie es als Kompliment. Eigentlich aß Nina nicht gerne, sie wollte aussehen wie Marlene Dietrich. Doch sie versuchte, František entgegenzukommen, und kochte ihm seine üppigen Mahlzeiten, schließlich bemühte er sich ja auch. Gesellschaftliche Anlässe waren ihr gleichgültig, allerdings liebte und schätzte sie schöne Dinge. Silberne Haarklammern und seidene Strumpfbänder dienten Nina als rettendes Band vor dem Ertrinken in den Sümpfen der Melancholie, und gleichzeitig fungierten sie als Schutzwall gegen die neue gesellschaftliche Ordnung. Während die Damen und Herren von Prag aus Angst vor den Kommunisten ihre edlen Hüte verschwinden ließen, wollte Nina um nichts in der Welt ihre hart errungene Zugehörigkeit zur Bourgeoisie aufgeben. Zudem ging sie auf die fünfzig zu, und matte Seidenkleider sowie eine dunkle Haartönung passten nun mal zu diesem Typ Frau. Helena dachte, die Mutter mache aus der Not eine Tugend und erwarte vom Leben überhaupt nichts mehr. Es musste schrecklich sein, bereits alles hinter sich zu haben.

Auf dem Bild, das zu Hause im Esszimmer über dem Geschirrschrank hing, versank ein holländisches Stillleben in Dunkelheit: Neben einer angeleuchteten Obstschale hinterließ der Tafelgenosse Brotkrumen und legte das Messer mit dem gläsernen Griff neben einer ziselierten Zitronenschale ab.

Die darin eingefasste Frucht absorbierte das Sonnenlicht und ließ die Zitrone noch saurer erscheinen. Zwanzig lange Jahre saß Helena dreimal täglich diesem Bild gegenüber. Darunter saß der Vater und spielte sich als Vorsitzender der Kartoffelnocken auf. Sie sah, dass sowohl die Harmonie als auch die Spannung zwischen allen Dingen nur so lange erhalten blieb, wie der Sonnenstrahl auf der Zitrone ruhte und niemand vorbeikam, um sich über Brotkrumen zu beschweren.

Sie bekamen neue Mitbewohner für ihr Haus zugewiesen: einen kommunistischen Beamten aus der Slowakei, Erna, Graf Schonbach. František zeigte gerne, wie er sich auch in solchen Situationen behaupten konnte. Er hätte es niemals zugelassen, dass diese Leute seine Frau zum Beispiel beim Treppenputzen sehen konnten. Er selbst polierte das Parkett, setzte Nina in den Liegestuhl in den Garten und brachte ihr Kaffee.

So wandte er auch all seine Kraft und all seinen Scharfsinn auf, um seine Fabrik nicht aufgeben zu müssen. Er sieht überhaupt nicht ein, dass man ihm sein Unternehmen unter keinen Umständen überlassen wird, wunderte sich Helena im Geiste. Es war zwar nicht einfach, doch am Ende gelang es František, die Fabrik in eine Produktionsgenossenschaft umzuwandeln. Ein paar Jahre später sollte er selbst als Arbeiter darin enden. Man ließ ihn nicht auch nur einen Tag früher in Rente gehen. Er bat darum, obwohl man ihm ausgerechnet hatte, wie viel dann seine Rente betragen würde: hundertdreißig Kronen. Das war ihm egal, er wollte frei sein, um in den Gärten zu wandern.

»Ich habe getan, was ich konnte«, sagte er am Tag seines letzten Arbeitstages.

Nach der Überführung seiner Fabrik in Volkseigentum wurden dort Arbeitshosen genäht, doch sonst blieb alles beim Alten. Seine ehemaligen Angestellten schnitten und nähten zu

Hause heimlich Anzüge aus alten, englischen Stoffen, sie ließen anprobieren und umsäumten Knopflöcher. Die Kunden kamen zu ihnen nach Hause, was nicht ungefährlich war, denn es gab Kontrollen.

Nina wurde faul, dick, lag den ganzen Tag herum und war auch morgens nicht aus dem Bett zu kriegen. Ihr Gehirn fing an zu verkümmern unter der ständigen Antriebslosigkeit. Sie nörgelte immerzu, und ihr Körper war für Krankheiten empfänglich, deren Heilung sie selbst behinderte.

František saß in seinen freien Minuten, zwischen Gartenarbeit, Heizen und dem Nähen, mit geschlossenen Augen im Sessel. Was hat der Vater bloß immer? Als er wieder zu sich kam, fragte er Helena aus, wann sie endlich heiraten würde und wann er sie endlich vom Hals hätte. Sie sollte sich endlich einen Mann besorgen.

»Jetzt sieh zu, *wo* er ist, und nicht, *wie* er ist, Mädel«, trieb er sie an.

Sie verdrehte nur gereizt die Augen, doch František war sich bewusst, dass ihre Schönheit nicht ewig währen würde: Sie hatte ziemlich große Brüste, eine zarte Haut und feuchtwarme Augen. Eine Frau, die dazu bestimmt ist, sich in einen Knödel zu verwandeln. Was sollte dann aus ihr werden?

Im Jahre 1948 tauchte sie auf den Titelblättern der illustrierten Wochenzeitungen auf. Das war ihr von den Eltern erlaubt worden, denn sie hatte bereits vor der Verstaatlichung im Unternehmen des Vaters Erfahrungen gesammelt, als einziges Mannequin – man musste ja schließlich sparen. Sie hätte Karriere machen können, doch sie hatte keine Lust, sich als Melkerin mit Kopftuch ablichten lassen zu müssen. Nina überlegte sich einmal, Helenas Wert dadurch zu steigern, indem sie sie hätte studieren lassen, doch daran war mittlerweile nicht zu denken. Vielleicht war Helena auch dumm und hätte ihr Studium sowieso nicht abgeschlossen, doch das wird für immer ein Geheimnis bleiben. Wie ihre Mutter wartete Helena auf ein Wunder, auch wenn die beiden nie darüber geredet hatten. Sie wünschte sich ein Fenster, offen hin zu Welten, wo man nur zu blühen braucht, in denen weder Langweile noch Furcht existieren. Berührte sie einmal versehentlich – mit einem Rockzipfel, mit einem Skistock oder mit ihrem Augenwinkel – ihre verborgenen Ahnungen, so konnte sie mit ihnen rein gar nichts anfangen.

Sylva meint, Helena wäre in der Lage, selbst ein geflügeltes Pferd auf einem menschenleeren Marktplatz zu übersehen. Und das ist auch schon alles, was sie über sie sagen kann. Es ist auch fast alles, was sie von ihr denkt.

1951, als die Eltern und alle Bekannten vor Schreck zusammenfuhren, wenn es an der Tür läutete, fand Helena eine Arbeit und betätigte sich von nun an als Aktmodell. Zu Hause sagte sie, sie sei Verkäuferin im Kaufhaus *Pramen*. Es war offensichtlich, dass sie log, doch die Eltern fragten nicht mehr nach. Schließlich war sie zwanzig. Für ihre weitere Entwicklung fühlten sie sich nicht verantwortlich, es berührte sie nicht mehr. Sie gewöhnten sich eine neue Redensart an.

»Skandalös!«, sagte Nina öfter.

»Immer ist etwas«, stellte František fest, wenn er wieder einmal eine Unheil verkündende Vorladung im Briefkasten fand.

In der Zwischenzeit stand Helena an der Kunsthochschule Akt und verdiente ganz ordentlich. Es kam ihr gar nicht in den Sinn, dass die Studenten bei ihrem Anblick an die Stärke der Linie oder an Farbabstufungen dachten. Sie sollten ruhig an sie denken. Das Modellstehen war eine zu große Schufterei, als dass man es Arbeit hätte nennen können, brachte aber eine solche Erregung mit sich, sodass es ihr nichts ausmachte. Die Freude darüber, dass ihre Reize nun endlich Gegenstand detaillierter Untersuchungen waren, erlaubte es ihr, alle körperlichen Unvollkommenheiten beiseitezuschieben, die sie sonst zu verdecken suchte.

Sie war jemand, weil sie nackt war. Die Studenten gingen

mit ihr wesentlich höflicher um als mit ihren Mitschülerinnen, das vergaß sie niemals. Einmal entschuldigte sie sich dafür, dass sie sich nur bis zur Körperhälfte freimachen könne, woraufhin sie mit diskretem Verständnis reagiert hatten. Es war reizvoll und süß, sich zu präsentieren und morgens ausgezogen in der Mitte des Raumes Platz zu nehmen. Der Professor kannte sie, denn er hatte jahrelang in Františeks Fabrik als Hilfsarbeiter gearbeitet.

»Wie geht es dem Herrn Vater?«, fragte er jedes Mal.

»So lala«, antwortete sie stets, und der Professor schüttelte mitfühlend den Kopf.

»Wie alt sind Sie denn, Fräulein?«, fragte er.

»Zwanzig.«

»Sehen Sie genau hin«, richtete der Professor das Wort an die Studenten. »Sehen Sie nur. Diese zwanzig Jahre kommen nie wieder.«

»Es hat mir Spaß gemacht. Und zwar nur das«, sagte sie später zu ihrem Mann. Er antwortete ihr mit einem Aphorismus von Sławomir Mrożek: »Sind nackte Frauen intelligent?«

Arnošt Kellar begann als Amateurfotograf und Kriegsberichterstatter. Er verbrachte drei Jahre in Deutschland, unter Aufbietung all seiner Kräfte. Dann sah er die Alliierten kommen, die Amerikaner, die Ritter des neuen Zeitalters, wie sie in ihren Jeeps Kaugummi kauend näher rückten. Er tauschte im befreiten Arbeiterlager seinen Mantel gegen eine gestohlene Leica ein und machte sich ohne Eile mit der Armee auf den Heimweg. Die zwanzig Filme, die er unter den schwierigsten Bedingungen auftreiben konnte, hatte er erst in Prag entwickelt, wohin er erschöpft und verwirrt am siebten Mai gelangte.

Später behauptete er, einige Negative weggeworfen zu haben,

damit niemand sehen konnte, was sich unter seinen Augen abgespielt hatte. Er war davon überzeugt, durch das Entwickeln und insbesondere durch die Verbreitung dieser Abzüge das dargestellte Leiden wiederzubeleben, wenn nicht zu vermehren.

»Die Abbildung von Gewalt ist das Gleiche wie die Gewalt selbst«, sagte er.

Man warf ihm vor, es wäre seine Pflicht, die Bilder herauszugeben, schließlich hätte er ein Zeugnis abgelegt, und der Anblick von Gehängten, von toten Kindern, steifen Fingern, die aus Ruinen hervorragten, von Frauen mit leeren Händen und noch umgebundenen Schürzen müsse jedem zugänglich gemacht werden. Ansonsten würde sich alles wiederholen.

»Es wird sich eher wiederholen, wenn ich es zeige. Die Leute sind Sadisten und werden sich zum zweiten Mal daran weiden. Auch ihr.«

»Du bist ein Stümper«, sagten die Leute.

Doch er wurde nicht müde zu wiederholen, er persönlich wäre für den Einfluss verantwortlich, den die Fotografien auf diejenigen hätten, deren Vergeltungsdrang entfesselt werden könnte und die nicht in der Lage wären zu begreifen, dass das Böse ansteckend sei. Dass es sich durch Berührung, durch das Hören und Sehen verbreite, schneller noch als die Grippe, dass man es nicht samt den Wurzeln entfernen könne. Es wäre niemals auszurotten, denn es falle lediglich in einen leichten Schlaf.

Zwei Tage später tauchten in Prag Panzer auf. Diesmal kamen sie aus einer anderen Himmelsrichtung, und obenauf sah man die byzantinischen Gesichter der Befreier. Arnošt gefielen sie nicht, doch er hatte nur noch einen Film übrig und musste sich gut überlegen, wie er mit ihm verfahren sollte. Gleich in der Früh kletterte er auf eines der Dächer der Prager Kleinseite und versuchte, den sich durch die enge Valdštejn-Gasse zwängenden Zug der Transporter zu fotografieren.

Dort oben, zwischen den Mönchsziegeldächern, lagen zwei nackte Mädchen, lachten und lackierten sich die Fingernägel. Eine Weile beobachtete er sie heimlich aus dem Hinterhalt, wie sie dalagen, glatt, vollkommen, im gleißenden Sonnenlicht und schoss ein paar Bilder. Dann sprach er sie an. Sie waren gar nicht verärgert, im Gegenteil, sie freuten sich, dass ihnen überhaupt jemand Aufmerksamkeit schenkte. Die Ankunft der Roten Befreier interessierte sie nicht, sie warteten auf die Amerikaner. Sie kamen einander sehr nahe, und den ganzen Nachmittag des neunten Mai fotografierte Arnošt sie und arbeitete auf vielfältigste Weise mit den beiden zusammen. Von der Straße hörte man ab und an Getöse, es war wohl das Donnern der Panzer, oder der Wind brachte den Nachhall des Jubelgeschreis. Die diesige Luft war voll von Revolutionsbekundungen, während Arnošt auf dem Dach zwei ungeduldige Göttinnen des Sieges posieren ließ.

So begann er im Mai 1945 Frauen zu fotografieren und blieb auch dann dabei, als man seine Arbeiten als entartet verwarf. Seine Modelle standen an der Bar, mit einer Zigarette zwischen den Lippen, sie schminkten sich vor dreiteiligen Spiegeln, sie zogen Strümpfe über ihre langen Beine und stellten ihre entblößte Brust zur Schau. Die Panzer, Heimkehrer, die Volksgerichte und Aktionskomitees waren ihnen egal. Sie wirkten dunkel und undurchschaubar, oft mit einer Spur Homosexualität in ihren Gesten oder Blicken, und sie glichen, durch Arnošts Objektiv betrachtet, griechischen Priesterinnen. Unscheinbare Mädchen verwandelten sich in seinem Atelier in Königinnen. Sie nahmen jede Demütigung in Kauf und schämten sich nicht, für Arnošt zu posieren. Sie liebten ihn abgöttisch und beständig dafür, dass er ihr erhabenes Wesen freilegte. Sie störten sich nicht daran, wenn er sagte: »Ich hoffe, mein liebes Fräulein, Ihnen ist klar, dass Sie ein totaler Trampel sind.«

Solche Sachen hörten sie vorwiegend abends, wenn er betrunken war. Oft entschuldigte er sich hinterher und brachte Blumen mit. Er versuchte zu erklären, dass den ganzen Tag alle möglichen Teufel hinter ihm her seien und dass sie ihn am Abend einholten. Deshalb schickte er nach neun Uhr alle nach Hause, und die aufopfernden unter ihnen, die ihn beschützen wollten und blieben, mussten dafür büßen.

Als seine Tochter zur Welt kam, veränderte er sich und trank nicht mehr zu Hause, damit er für das Kind da war, falls es etwas brauchte oder später etwas erklärt haben wollte. Dafür entschädigte er sich selbst mit Quartalbesäufnissen, bei denen er mit Freunden oder mit Fremden alle umliegenden Lokale unsicher machte. Er saß da mit einem Dreitagebart und schmutzigem Regenmantel und hielt seine Kumpanen mit Gewalt fest, er packte sie bei der Krawatte und brüllte: »Bleib noch! Du wirst doch nicht gehen! So eine Gelegenheit kommt nie wieder!«

Zu Beginn der neunziger Jahre suchten Spezialisten seine Familie auf. Sie wollten jedes Detail aus Arnošts Leben wissen, jeden Film sehen, den er hinterließ. Sie sprachen immer wieder von seiner Einzigartigkeit und seinem verkannten Genialismus. Ein tschechischer Man Ray.

Zunächst verwiesen die Hinterbliebenen sie an das Innenministerium und deren Archiv. Arnošts Fotografien wurden Mitte der achtziger Jahre bei einer der Hausdurchsuchungen in B. beschlagnahmt. Vermutlich kosteten sie auch Cyril T. einige Jahre Zuchthaus.

Arnošt besaß nämlich die Angewohnheit, zwei Mädchen oder ein Liebespaar in sein Atelier einzuladen. Man trank gemeinsam eine Flasche Wein. Meistens wussten die Gäste vorher, was sie erwartete, und so strahlte das Resultat (dank der Aktivitäten, die ihm vorausgingen) eine arbeitsfreudige Geselligkeit aus. Das Paar zog sich aus, und Arnošt fotografierte die herausfordernden Blicke, die Schüchternheit, die Annäherung und die Lust. Bei der Vergrößerung der Bilder entfernte er allerdings alles Grobe, bis nur noch die angedeutete erotische Spannung übrig blieb. Die Großaufnahmen waren beunruhigend, und doch war nichts auf ihnen zu sehen, was nicht auch ein kleines Kind hätte sehen dürfen – umso größer war die Entrüstung, die die Bilder auslösten. Die Polizei ließ damals bei der Durchsuchung die fertigen Fotografien liegen und nahm dafür kistenweise Kontaktabzüge mit, die mit einem bunten Stift beschmiert waren. In einigen Fällen war nicht eindeutig klar, welchen Ausschnitt man wählen sollte, was dem Staatsanwalt auch egal gewesen ist. Es genügte, sie als belastendes pornografisches Material im Prozess gegen Cyril T. zu verwenden.

Arnošt soll im Frühjahr eine Ausstellung im Rudolphinum haben. Ich würde gerne hingehen. Nach Jahren kommen wieder die wunderschönen Kontakte zum Vorschein, und ich hoffe, ein geschickter Bibliophiler wird sie einrahmen. Sie sind so klein, dass die Sonntagsbesucher eine Lupe brauchen werden, wenn sie die Details dieser komplizierten Beischlafpositionen auseinandernehmen wollen.

»Weil du es wert bist«, erklärte Arnošt Helena noch auf der Straße, warum er sie zu sich einlud. Und er fügte hinzu: »Komm, es wird dir gefallen.«

Sie kam gerade aus der Akademie, als er auf sie wartete. Er hatte sie auf irgendwelchen Zeichnungen gesehen. Man kannte die hübschen Modelle. Später im Atelier sagte er ihr mit einer leicht vom Alkohol benommenen Stimme, während sie nackt auf dem Stuhl saß und der Scheinwerfer ihre Augen blendete: »Ich werde dir sagen, wie ich zu den Frauen bin. Ich werde dich quälen und werde selbst verrückt davon, wir werden schrecklich unglücklich zusammen sein. So läuft es eben. Ich möchte aber auch klein sein dabei, unter dem Tisch sitzen und deine Knie ansehen, meinen Kopf dagegen lehnen. Du könntest meine Mutter sein, meine Schwester, Tochter oder ein Augenblick von Schönheit, auf dem Bahnsteig, eine Sekunde, bevor der Zug losfährt.«

Damals wäre sie die ganze Nacht oder für immer bei ihm geblieben, sie wollte alles auf einmal, doch Arnošt rief ihr ein Taxi und schickte sie nach Hause.

Am nächsten Tag war die Welt endlich, wie sie sein sollte. Bevor Arnošt in ihr Leben trat, war Helenas Dasein immer von einem »Wenn erst« beherrscht: Sie war sieben Jahre alt, als der Krieg begonnen hatte. Ihre Eltern sagten: Wenn du erst in die Schule kommst, wenn du erst ins Gymnasium kommst, wenn erst der Krieg vorbei ist, und vor allem: Wenn erst klare Verhältnisse herrschen, wenn es knallt, *irgendwann muss es doch knallen*, bis dahin müssen wir irgendwie weitermachen.

Arnošt zeigte ihr andere Möglichkeiten als abzuwarten, bis etwas endet oder es knallt. Was passiert, wenn es noch schlimmer wird? Jetzt geht es einem gut. An eine Ausstellung welcher Art auch immer war nicht zu denken, und es gab Tage, an denen er sich nur betrank, um sich einzureden, dass ihn die stupide Fassade der ihn umgebenden Welt nicht berührte. Er plante nicht und lebte im Augenblick. Er hasste Vorsätze, Prinzipien, Ordnung. Er fotografierte Mädchen, hörte Musik, sprach mit wem er wollte und worüber er wollte.

Es gab keinen Grund, nüchtern zu bleiben, gesund oder normal. Helena hatte Angst, wenn sie mit ihm im Weinlokal saß und er mit lauter Stimme auf die Kommunisten schimpfte. In solchen Fällen standen die Bekannten einer nach dem anderen vom Tisch auf und empfahlen sich, bis sie ganz alleine mit ihm blieb.

Sie heirateten 1955. Er wollte nicht, dass sie weiterhin in die Kunstakademie ging. Helena sollte sich um den Haushalt kümmern, wie es sich für eine Frau gehörte. So stand sie um elf Uhr auf und sah Arnošt dabei zu, wie er mit einem roten Stift in den Probeaufnahmen herumschmierte. Er schenkte ihr kaum noch Aufmerksamkeit, sie war zu einer Selbstverständlichkeit geworden. Immerhin ist er mir treu, sagte sie sich. Er meinte es ernst.

Er fand eine Einzimmerwohnung zwischen den Bezirken Karlín und Libeň. Es hing ein leichter Geruch von Schimmel und Fotochemikalien in der Luft. Abends ging ihm oft der Alkohol aus, und er schickte Helena mit einem Einkaufsnetz in die nächste Kneipe, um Wein und Zigaretten zu holen.

Wenn sie zurückkam, saßen in ihrem einzigen Zimmer meistens schon einige Leute. Manchmal unternahmen sie Touren durch das nächtliche Prag, und wenn kein Wachmann zu sehen war, sangen sie lauthals, tranken aus der Flasche und spazierten auf den Gleisen. An mehr konnte sich Helena nicht erinnern, als ihre Tochter sie bat, ihr von der Zeit vor ihrer Geburt zu erzählen.

»Du kamst versehentlich auf die Welt, aus Unachtsamkeit«, sagte sie nur.

Nach zehn Jahren bunten Treibens waren sie und Arnošt ausgebrannt vom ständigen Feiern, dem unregelmäßigen Leben und dem dickköpfigen Marsch gegen den Lauf der Geschichte. Arnošt lehnte Kinder ab, er wollte keine Angst um sie haben müssen. Und doch hörten beide einfach auf aufzupassen und merkten es nicht einmal.

Helena war die ganze Zeit schlecht, sie konnte kaum das Haus verlassen und erbrach sich ständig. Sie fragte Arnošt, wie das alles werden sollte, wenn sie kein Geld haben und im Hof vor dem Haus die Säufer umherwanken, die ihre Kinder verwahrlosen lassen.

»Hab keine Angst«, versuchte er sie zu beruhigen, auch wenn er keine Anstrengungen unternahm, um vom Trinken oder der Armut wegzukommen – es ging ja doch nicht. Am Ende blieb sie bei der Mutter, die sie ständig damit traktierte, sie hätte es ihr immer gesagt, dass es so weit kommen würde.

»Hoffentlich habe ich das bald hinter mir«, jammerte Helena.

»Wie, hinter dir? Es wird kein Ende haben, das hast du nun bis an dein Lebensende«, redete Nina boshaft auf sie ein.

In der Nacht, als ein Taxi Helena in die Klinik brachte, saß Arnošt bei František und Nina in der Küche. Dann sagte er, er gehe ins Bad, Filme entwickeln – er wollte trinken, und in Anwesenheit von Nina hatte er keine Lust dazu. Nina klopfte gegen sechs Uhr morgens an die Tür und rief erregt, mit einer Spur Rechtfertigung und Unruhe in der Stimme: *»Arnošt! Arnošt! Es ist ein Mädchen!«*

Teil II

(Notizen zur Vorlesung I)
Die Überlieferung der Märchen von Tausendundeiner Nacht aus dem Kairo des achten Jahrhunderts geht auf die verlorengegangene persische Märchensammlung Hazar Afsana zurück. Diese wurde ihrerseits auf der Grundlage der schon damals unvollständigen indischen »großen Erzählung« verfasst.

In beiden Fällen spielt die Rahmenhandlung eine große Rolle: Der Erzähler beginnt immer dann eine andere Geschichte, wenn die vorherige ihren Höhepunkt erreicht (oder wenn der Erzähler nicht mehr weiter weiß, aber dennoch die Aufmerksamkeit der Zuhörer aufrechterhalten möchte). Auf den modernen Leser wirkt die magische Erscheinung des Erzählers vielleicht stärker als die Märchen selbst, die durch ständiges Wiederkäuen oder durch wenig einfallsreiche Interpretationen schrittweise banal und alltäglich wurden.

König Schahriyar ist keine historisch belegte Person. Die Überlieferung aus Kairo stellt ihn als Herrscher über Indien, Persien und einige chinesische Inseln dar. Allerdings hat solch ein Reich niemals existiert. Die arabischen Erzähler setzten die Handlung der Märchen in eine Epoche, die allgemein als verlorengegangenes Goldenes Zeitalter gesehen wurde: die vorislamischen persischen Zeiten, die Zeit der Sassaniden.

Der zweite sassanidische Herrscher war Schapur I. (241–272), ein impulsiver, aber dennoch gebildeter Despot und für damalige Zeiten eine Ausnahmeerscheinung. Er einigte und festigte das zerklüftete persische Reich für lange Zeit und gab ihm seinen verlorenen Glanz zurück. Dabei gründete er einige Städte, die er Gundischahpur, Vehshahpur, Nevshehir nannte – Schapurs Reich ist besser als das syrische Antiochia, Schapur ist der Größte, Schapur ist tüchtig! Eine Inschrift auf seinem Grabstein spiegelt seine Größe wider: »Dies ist das Bildnis des Mazda-Verehrers, des göttlichen Schapur, König der Könige der Iraner und Nichtiraner, göttlichen Geschlechts.«

Sein Abbild mit der abgeschlagenen Nase ist uns bekannt – es entbehrt allerdings im Gegensatz zur damaligen hellenistischen Kunst (siehe die alexandrinischen Porträts auf Sarkophagen) einer gewissen Leichtigkeit und geistigen Größe. Vielmehr lässt es sich einer totalitären, kämpferischen Kunstform zuordnen. Schapurs Persien blühte nach fünf Jahrhunderten des Verfalls wieder auf. Allerdings war das Reich im Keim zum Untergang verurteilt, denn freies Handeln war strikt verboten.

Die Sassaniden knüpften an die Heldensagen der Achämeniden-Ära an und nährten ihr Volk hauptsächlich mit Erzählungen von der eigenen Tapferkeit. Das autokratische Regime bot zwar Gelegenheit zu undurchsichtigen Intrigen, doch gleichzeitig lieferte es dem Volk und den Statthaltern der Provinzen ein übersichtliches Regelsystem und erleichterte – im Konsens mit der Staatsreligion – viele Entscheidungen. Der König war als Vertreter Ahura Mazdas auf Erden verpflichtet, gütig zu regieren und gegen das Böse zu kämpfen. »Der einzige und wahre König hat gerecht zu sein«, stand geschrieben. Das Böse war das Chaos, und das Chaos bedeutete die Hölle. Der Sieg der Ordnung über die Dinge und das Gute schienen verwirklichbar zu sein. Jeder Mann konnte dieses Ziel anstreben und die Verantwortung für seine Frau und das Gesinde übernehmen. In seiner Beziehung zu Gott war der Mensch frei – er konnte sich freiwillig zwischen Gut und Böse entscheiden, er war weder Sklave noch Gottes Diener. Ansonsten nahm der Zoroastrismus (ähnlich wie später die Scharia) jede gewöhnliche menschliche Situation als Grundlage für seine Regeln und legte Strafen und Belohnungen fest.

Reinheit, Ordnung und Solidarität standen zum Teil unter der Obhut des Göttlichen und machten Persien zu einem der angenehmsten Reiseländer. Der erfindungsreiche Despotismus stellte zwar die Notwendigkeit von Folter keineswegs infrage, doch er fand eine wirkungsvolle Art, Missstände wie zum Beispiel Hungersnot zu bekämpfen: Sollte nur ein einziger Dorfbewohner, der Opfer einer Missernte wurde, verhungern, gab der König zu verstehen, so würde die ganze Bewohnerschaft einer Provinz ermordet werden. Jedes Mal erhob sich dann eine unbeschreibliche Welle von selbstloser Hilfsbereitschaft.

Zarathustras moralischer Appell und sein Glaube daran, das Gute erkennen und das Schlechte abzuwenden zu können, erscheint angesichts der Begebenheiten aus dem Alltag der Ära Schapurs unglaubwürdig. Zahlreiche Beschreibungen der Folter und der Hinrichtungen sind so schrecklich, als ob das Foltern zu den natürlichen Bedürfnissen gezählt und das Menschenleben in Persien nicht den geringsten Wert besessen hätte.

Frauen waren Besitzeigentum. Es war möglich, sie zu verleihen oder zu vermieten, war doch das Zölibat eine Sünde und das Zeugen von Kindern Pflicht. Dank des Haremswesens waren die Frauen im Land Mangelware und stets ein begehrtes Objekt im täglichen Handel. Bei einem zeitgenössischen armenischen Chronisten heißt es: »Perser gibt es viele an der

Zahl, aber die meisten von ihnen sind schwache und kleinmütige Leute.«

Schapur I. war hinsichtlich der Religion tolerant. Er ließ in der griechischen, indischen und jüdischen Literatur nach medizinischen sowie astronomischen Schriften forschen, nach Arbeiten über Erscheinungen wie Bewegung, Zeit, Raum, der Schöpfung, der Entstehung und dem Vergehen, dem Wandel und dem Wachstum, und er ließ sie in die heiligen Texte des Mazda-Glaubens eingehen. Zur Zeit seiner Regierung bildete das Christentum in Persien die ersten Knospen. Am Hof lebte über zwanzig Jahre lang der Mani, und das, obwohl Schapur seine Theorie als abgestumpftes Konglomerat des Christentums und die manichäischen Riten als Niedergang des asiatischen Hellenismus betrachtete. Die Manichäer und ihre heilige Verehrung des geschriebenen Wortes spielten aber für die Perser eine wichtige Rolle. Während die persische Bildung und Tradition mündlich weitergegeben wurde, waren die Manichäer als Schriftführer bekannt und geschätzt.

Die Perser interessierten sich lebhaft für fremde Kulturen, doch die Fragen, die die hellenistische Welt grundlegend verändert hatten, verloren in Persien größtenteils ihr Gewicht: sie verkümmerten zu bedeutungslosen logischen Spielchen oder Träumereien, denn in orientalischen Geschichten wurden der Phantasie niemals Fesseln angelegt.

(Vielleicht sollte ich sagen, wer ich bin, Alexandre, Sohn einer Jüdin und des Luca La Mole: Die Medikamente, die ich verkaufe, würde ich niemals einnehmen. Als wir den Maghreb verließen, wirbelte das gleißende Mittagslicht weißen Staub durch die Straßen von Oran. Ich sehe mich plötzlich auf der Bastmatte liegen, meine Mutter oben auf dem flachen Dach. Ich sehe sie weiße Laken von der Leine pflücken, bevor sie von

Himmelsstrahlen durchbohrt

kommt ein großer Papagei

Schulter Platz. Erst später r

habe, denn die Mutter schi

Seidentuch, das ich bisher

glitzernden Fäden kamen

tiv herangeholt. Das Tuch

Trugbild einer Leidensch

sen war, verengte meine

das Seidentuch in die H

versenken und in die Tiefe dieser

Tage, an denen die Magie des Tuches schläft und ich es

um den Hals tragen darf. Dann reicht nur ein einziger Ton und ich bin wieder zurück in Oran. Wir mussten bereits im Jahr 1963 fortgehen, da war ich gerade fünf Jahre alt.)

Ich sah Cyril zum ersten Mal dort auf der Tribüne, doch er ahnte damals nicht, was ich alles über ihn wusste – von Sylva. Im Grunde war ich davon überzeugt, einen selbstverliebten Despoten vor mir zu haben, der um sich herum nur Masochisten duldet, die ihm freiwillig zu Diensten sind. Seine weinerlichen Reden über seine schwere Kindheit, in der er so viel Unrecht erfahren musste, brachten mich aus der Fassung. Selbst heute wäre ich bereit, alles Erdenkliche für Sylva zu tun, aber sie würde es nicht zu schätzen wissen, weil Cyril ihr Ein und Alles war: Er hatte eine schwierige Kindheit, seit jeher litt er an Schlaflosigkeit. Immer erfand sie für ihn eine Ausrede.

Ich stieß im Laufe der Jahre in Zeitschriften, im Internet und in Buchläden auf einige seiner Texte. Wie zum Beispiel auf ein Gedicht, von dem ich nicht sagen kann, ob ihm die Übersetzung gut getan hatte oder nicht:

…um, bin es immer schon gewesen
…, Liebe, Worte
zuletzt verließen

…xt Cyrils lag in Übersetzung vor. Er handelte von …d von künstlicher Intelligenz. So wie er klang, ver…e er einem das Gefühl, irgendein x-beliebiger Philosoph …Cyril wichtiger als Sylva. Und auch seine Thesen zu Maulwürfen, mit denen er versuchte, Kindern die Quantentheorie näherzubringen, schienen ihm wertvoller zu sein. Was ging bloß in ihm vor? Wohin auch immer es ihn trieb, dorthin kam er zu spät, der Erfolg reizte ihn wenig, und er konnte sich nicht auf mehrere Dinge gleichzeitig konzentrieren. Zudem war er besessen von folgender grotesker Vorstellung: Ein wild gewordener Dämon würde ihn antreiben, er zwang ihn, die Dinge zu verballhornen und Leute zu beleidigen, die ihm helfen wollten, und das just in dem Augenblick, als er sich auf dem richtigen Weg zu etwas Besonderem befand. Manchmal verlor er die Kontrolle und fragte sich, wie er es hinkriegen könnte, kein Ziel zu verfolgen, als ob das Bummeln selbst Erfüllung genug wäre.

Seit der Zeit, als ich Sylva und Cyril zum Essen eingeladen hatte, kehrte ich oft nach Prag zurück. Dadurch hatte ich die Möglichkeit zu beobachten, wie es mit ihm bergab ging und wie ihm schließlich niemand mehr über den Weg traute.

Seine einflussreichen Freunde und Kollegen von der Zeitung, der Universität und den wissenschaftlichen Einrichtungen unterstützten ihn nicht mehr, und er hatte keine Chance, wieder auf die Beine zu kommen. Zudem tat er so, als wolle er sich um keinen Preis festlegen, und es sah aus, als würde er gar nichts mehr ernst nehmen. Er galt als wankelmütig und entscheidungsschwach. Diese Unsicherheit bedeutete einen Mangel an Autorität, und das wiederum hieß wenig Ordnung und viel Chaos. Der Teufel höchstpersönlich hatte das Kommando übernommen.

Seit jener Zeit habe ich nicht mehr mit ihm gesprochen (einige Male habe ich ihm zum Gruß zugenickt, aber entweder erkannte er mich nicht, oder er tat so, als würde er mich nicht kennen), doch ich sah ihn im Fernsehen oder in der Kneipe. Eigentlich hatte ich ein paar gute Gründe, ihn entweder zu ignorieren oder ihm ein paar Ohrfeigen zu verpassen. Doch stattdessen bewunderte ich ihn.

Er war ein schöner Mann, selbst wenn er höchstens einen Meter fünfundsechzig groß war. Trotz seines Übergewichts war er schnell wie eine Gewehrsalve. Ein unbeschreibliches Lächeln umspielte sein Gesicht, und seine Art zu überzeugen grenzte an Hypnose. Er hörte aufmerksam zu und ließ jeden aussprechen. Dann stellte er in einer raschen Abfolge ein paar einfache Fragen, und sobald die Leute versuchten, eine plausible Antwort zu geben, verstrickten sie sich so, dass sie am Ende von ihrer Meinung verwirrt Abstand nahmen und sich wunderten, diese Behauptung jemals überhaupt aufgestellt zu haben. Wenn er jemandem ein Buch zeigte, ein Gebäude oder einen Baum, brauchte es nur wenige Wörter oder Gesten, und schon betrachteten die Menschen eine bestimmte Sache in all ihrer Tiefe wie Cyril selbst. In jenem Augenblick der Erkenntnis sahen sie aus wie Engel.

Sylva sagte, das hätte ihn dann traurig gemacht und ihn mit einer unbestimmten Leere gefüllt. Er saß immer abseits vom Menschentrubel, trank die meiste Zeit oder versuchte, ein Mädchen anzubaggern. Natürlich war das nicht allzu schwer, und nachdem die Angeworbene weich wurde, stand Cyril auf und half ihr in den Mantel. Daraufhin schüttelte er ihr die Hand und verabschiedete sich. Meist ging er zu Fuß nach Hause, denn ein Taxi zu nehmen, hielt er für Verschwendung; selbst dann, als er es sich schon längst hätte leisten können. Zu Hause schrie er Sylva mit einer vor Müdigkeit belegten Stimme an und hielt dabei den gemeinsamen Sohn am Arm fest.

Er besaß eine wunderbare Wandlungsgabe, die ihn nach 1989 vieles ausprobieren ließ. Es war nicht klar, ob es an ihm lag oder an seinem Umfeld, dass sich Cyril in keine Schublade stecken ließ. Er hätte eine politische Karriere hinlegen können, sagten die Leute, wäre da nicht die alte Sache mit dem Gerichtsverfahren gewesen, die ihm schließlich das Genick gebrochen hatte. Ich glaube nicht an diese Geschichte. Es lag an ihm selbst. Cyril hielt es nirgendwo lange aus, er hatte keine Geduld und im Grunde auch keine Ambitionen. Sylva war der Meinung, die Rolle eines despotischen Königs aus dem Orient würde ihm am besten zu Gesicht stehen.

Um seine Herkunft und Kindheit rankten sich Legenden. Das, was er selbst von sich erzählte, unterschied sich in erheblichem Maße von dem, was die anderen über ihn sagten; eines Tages werde ich vielleicht folgende Variante hören: Man hatte ihn, gebettet in ein geflochtenes Körbchen, aus der Moldau gefischt. Andere behaupteten, seine Eltern wären im Krieg umgekommen, und ein Bauernpaar aus Jindřichův Hradec hätte sich nach 1945 seiner angenommen. Cyril erzählte gerne, diese Leute wären seine echten Eltern gewesen. Ihr Hof war damals der größte im ganzen Dorf, allerdings wurde er gleich in den Fünfzigern verstaatlicht, und sein Vater landete für eine lange Zeit im Gefängnis. Cyril wurde zusammen mit seiner Mutter in einer Kellerwohnung in der nächsten größeren Stadt einquartiert. Sie besaßen damals kein Geld und wurden zudem mit Hausdurchsuchungen belästigt. Außerdem wurden sie noch am laufenden Band erniedrigt, und Cyril war ständig krank. Jede Nacht schlug ihnen ein Unbekannter das Fenster ein und machte sich danach aus dem Staub. Das ist der Grund, warum er nicht schlafen kann, behauptete Sylva. Ich weiß nicht genau, wie es dann mit ihm weiterging, wahrscheinlich stolperte er von einer Unannehmlichkeit zur nächsten. Als Cyrils Vater später entlassen wurde, kehrte er nicht mehr zur Familie zurück. Er verschwand spurlos, und man hörte seitdem nichts mehr von ihm. Was konnte schon aus einem Kind wie Cyril werden? Manche sagten, er hätte sich von Waisenhaus zu Waisenhaus geschlagen. Cyril selbst jedoch behauptete felsenfest, bei der Großmutter aufgewachsen zu sein.

An jenem Nachmittag im Berliner Tiergarten erzählte ich Marion, dass ich Sylva T. damals um ein Haar geheiratet hätte, dass uns die ganze Geschichte aber dann doch irgendwie über den Kopf gewachsen ist. Ich hatte keine Lust, ihr zu erklären, was mich mit Cyril und Sylva verband, ich wusste es ja selbst nicht so genau. Zu jener Zeit war ich gerade mal zwanzig Jahre alt, und es wäre mir niemals in den Sinn gekommen, dass dies der Hauptstrang meiner Lebensgeschichte sein sollte. Sylva war früher ein bloßes Kapitel für mich gewesen, eine Episode. Erst einige Jahre später, als ich glaubte, sie in jedem schlecht gekleideten osteuropäischen Mädchen zu sehen, das vor westlichen Sehenswürdigkeiten oder Schaufenstern mit Unterwäsche sein Kleingeld abzählte, wusste ich plötzlich, wie wichtig sie für mich war. Damals begann ich ständig auf Leute zu stoßen, die, obwohl sie niemals in Prag gewesen waren, in irgendeiner Verbindung zu Cyril, Sylva oder ihrer Mutter standen. Oder habe ich etwa diesen Bezug selbst hergestellt?

Ich hatte ein Haus, Kinder und reiste gleichzeitig in der Welt umher. Eines Tages musste ich in einer fremden Stadt zum Zahnarzt. Er erzählte mir von einem Terroranschlag in San Juan de Luz, zeigte mir das Bild einer Frau, die Sylvas Mutter bis aufs Haar glich, und sagte zu mir: Wir hatten ein sehr gutes Gespräch geführt, doch danach habe ich sie nie wieder gesehen.

In der Nähe von Karlsruhe stieß ich zufällig auf den Namen einer gewissen Marie Máčelová. Es handelte sich um eine junge Ärztin, deren alter Sekretär bei Sylva im Wohnzimmer stand.

Ich sagte zu Marion, während wir im Tiergarten im Gras lagen: »Wenn du zwanzig bist, kommt dir nicht in den Sinn, dass du vielleicht schon allen Leuten begegnet bist, die in deinem zukünftigen Leben eine Rolle spielen werden.«

Sie erwiderte, entweder viele Jahre früher oder viele Jahre später geboren zu sein als die Schlüsselfiguren ihres Lebens. Sie spürte diese Menschen intuitiv, träumte von ihnen, meinte, sie entfernt zu kennen, fürchtete sich aber vor ihrer tatsächlichen Existenz.

»Und die Leute von drüben ertrage ich gar nicht mehr«, sagte sie barsch und meinte damit die Tschechen. »Sie glauben, auserwählt zu sein, weil sie immer wieder unter den politischen Bedingungen gelitten hatten. Du willst ihnen irgendwie helfen und merkst plötzlich, dass sie sich in ihrem Leid suhlen wollen, dass du sie dabei störst. Wenn jemand von drüben etwas sagt, meint er damit immer etwas anderes. Selber schuld, wenn du es nicht kapierst. Jedes Mal werde ich Opfer meiner eigenen Arroganz. Ich will etwas erreichen, was sich gar nicht erreichen lässt.«

Auch wenn ich ihr vorher versprochen hatte, ruhig zuzuhören und sie nicht zu unterbrechen, brachte sie mich mit dieser Aussage auf die Palme. War ihre Wohltätigkeit wirklich echt? Ging es ihr in Wirklichkeit nicht nur um sie selbst? Konnte sie sich nicht eingestehen, dass sie anderen einfach egal war? Sie sagte: »Wenn du in diesem Ton mit mir sprichst, erzähle ich dir eben nichts mehr. Ich schäme mich jetzt schon und weiß nicht, wohin das Ganze führen soll. Kannst du nicht einfach nur zuhören?«

Es kam Wind auf, aber wir hatten keine Lust aufzustehen.

Ich legte meine Hand auf Marions Bauch, doch es war eine sinnlose Bewegung, die nirgendwohin führte.

Als Kind verbrachte Sylva die Zeit von Montag bis Freitag zuhause bei ihren Eltern. Die Wochenenden im Haus von František waren eine Zeit von trüben Wolken, durch die gelegentlich Sonnenstrahlen durchlinsten. Die Sonne wiederum brachte viel Schweiß mit sich, Bienen, Ungeziefer und Scherben, in die man mit dem Fuß treten konnte. Sylva blieb lieber sitzen, anstatt zu gehen oder zu laufen. Den ganzen Tag schmerzten ihre Füße, doch kaum jemand glaubte ihr das; im günstigsten Fall sagte man ihr, das würde schon wieder werden. In Františeks Haus herrschte stets eine leichte Frösteligkeit und ewige Langeweile, und die Liebe strömte immer nur in eine Richtung: František und Nina liebten Sylva, und Sylva liebte ihren Vater. Sie konnte ihren Großeltern auf der Nase herumtanzen, wie sie wollte, sie umherscheuchen, die Großeltern nahmen es hin. Erst viel später sollte sich Františeks Gestalt in ihrer ganzen Größe erheben und ihre Flügel über Sylvas Kopf ausbreiten.

Nachts schlief sie schlecht. In ihren Träumen reichten sich monströse Insekten und Werwölfe die Hand. Sylva konnte sie bei Spaziergängen oder Rodelfahrten auch schon tagsüber aus tiefen Tälern hören. Dann waren da noch eine vor Glanz und Prunk zitternde Anhöhe und ein Labyrinth aus orientalischen Formen. Als Erwachsene erinnerte sie sich daran, als sie einen persischen Teppich für das Schlafzimmer kaufte. Und der wiederum erinnerte sie an das Seidentuch von Alexandres Mutter.

Zu Hause bei ihren Eltern fürchtete sie sich vor dem Schlafengehen. Und solange Sylva wach war, konnten sich Arnošt und Helena in der kleinen Wohnung nicht frei fühlen. Die beiden sprühten vor Erotik und Verlangen und wirkten selbst dann schamlos, wenn sie nur zusammen Straßenbahn fuhren.

Helena brachte die Kleine zur Ärztin und beklagte sich über ihre Schlaflosigkeit. Die Ärztin schaute Sylva in den Rachen und zeigte ihr kleine Tafeln mit bunten Flecken. Was konnte Sylva erkennen?

»Vogel, Katze, Knödel«, antwortete sie artig und dachte sich, was die Erwachsenen wohl von ihr wollten und wann sie ihnen endlich von den Dingen aus ihren Träumen erzählen durfte.

»Sie ist vollkommen gesund, lassen Sie sie, anscheinend braucht sie nicht so viel Schlaf.«

Den ganzen Nachhauseweg schnaufte Helena wie eine Dampfwalze.

Dann heilte sich Sylva selbst von ihrer Schlaflosigkeit, indem sie sich aufs Bett setzte und zu sich sprach: »Ich werde von einer haarigen Spinne träumen, von einem bunten Tuch, das im Wind weht, ich werde einen leuchtenden Hügel sehen, und ein Werwolf wird mich beißen.«

In dieser Nacht träumte sie von nichts und schlief fest bis zum Morgen.

Das in Eichenholz gefasste Radio stand beim Großvater in der Stube. Es war ein Radio mit vier Röhren. Sylva saß in Františeks Sessel und langweilte sich. Da sie nicht in den Kindergarten ging, hörte sie sich so lange Sendungen an, bis man sie entweder hinausschickte oder ins Bett. Jedes Jahr zum neunten Mai – dem Tag, als Arnošt die nackten Damen auf dem Dach fotografiert hatte –, brachte der Rundfunk eine Sendung, die *Blutiger Frühling* hieß. Doch darüber sprach man zu Hause nicht und auch nicht über die gegenwärtigen Verhältnisse. Man hatte keine Lust, über die Kommunisten zu schimpfen, sie waren einfach da.

»Halt lieber den Mund«, wies man diejenigen zurecht, die

dennoch meinten, schimpfen zu müssen. Ein schauriges Geheimnis des Frühjahrs 1945 verschaffte sich Zugang zu Sylvas Kopf. Sie hatte keine Ahnung, dass es sich um den Prager Aufstand handelte: Für sie war es eine gruselige Geschichte mit schlechtem Ausgang, im Zuge dessen alle Kinder erschossen worden waren. Sie hatte Angst vor dem Krieg und hätte den Eltern oder Großeltern gerne von ihren Drangsalen erzählt, doch sie wollte gefragt werden. Allerdings war das Einzige, wonach man sie fragte, immer nur: Hast du daran gedacht, deinen Pullover anzuziehen?

Einige Hörspiele brachten Sylvas Phantasie zum Blühen. Sie kroch am Samstagabend zu František und Nina unter die eiskalte Bettdecke. Der Großvater schaltete das Transistorradio an, es kam ein Hörspiel, *Die Tote im See*. Kein Film, kein Roman, auch keine Wirklichkeit konnte das überbieten, was sie damals gehört hatte. Sie erinnert sich heute noch genau an die Vorstellung, die die *Tote im See* in ihr hervorgerufen hatte: eine tote Frau im Straßengraben, eine gefärbte Blondine. Nach dem Ende der Geschichte löschte die Großmutter schweigend das Licht, und die entsetzte Sylva durfte sich in der Dunkelheit alles Mögliche vorstellen.

Morgens ziehen Wolken an der Balkonbrüstung vorbei, als ob sie das schöne Wetter verscheuchen wollten. Die Großmutter bringt Sylva dünnen Tee und geröstete Brotscheiben ans Bett. Sie darf hier alles: herumbröseln und bis mittags im Bett bleiben, die Säulenuhr zerlegen und daraus vielleicht ein Schloss bauen. Und doch hat sie keine Freude daran, denn sie weiß genau, dass sie bloß deshalb alles darf, weil niemand etwas mit ihr anzufangen weiß. Sie kann das Gedicht von der Mittagshexe auswendig, auch die *Tote im See*, sie behält einfach alles im Kopf, was sie hört. Aber dann verdreht sie alle Inhalte und gibt sie in veränderter Form weiter. Sie spricht gerne mit Menschen. Beim Spazierengehen bleibt sie bei jeder Oma stehen, die bereit ist, sich mit ihr zu unterhalten und über ihr Erinnerungsvermögen zu staunen. Man sollte in Sylvas Gegenwart lieber schweigen!

Bei ihrem Vater fühlt sie sich wohl. Die Zigaretten und der Wein riechen fein, und die Männer um ihn herum platzen fast vor Lachen, während sie Karten spielen.

»Buckelwal!«, brüllt einer von ihnen.

»Du hast Kaffeekleckse auf der Jacke!«, prustet der andere.

Sylva fragt voller Ernst, was das zu bedeuten hat. Sie kennt dieses Spiel nicht!

Als Erwachsene weiht die Mutter sie in die Welt der Geheimsprache ein: Man sagte Buckelwal und meinte Genital, und bei Kleckse auf der Jacke, da ging es um Kacke. Die Jungs wollten nicht ordinär sein, sagte sie zur Tochter und war gleichzeitig stolz auf Arnošt, dass er so viel Phantasie aufwandte, um die Tochter zu schonen.

Andererseits lagen über die ganze Wohnung Fotos halb nackter Frauen verstreut. Sie gefielen Sylva sehr: Wie toll muss die große Welt da draußen sein, in die es den Vater immer zieht! Sylva T. betrachtet die Fotografien und sieht sich schon an der Bar arbeiten. Sie denkt, Prag ist voller funkelnder Orte und das Leben ihres Vaters voller Abenteuer. Er ist einer, der sich alles erlauben kann.

Abends trägt Arnošt einen gestreiften Pyjama und einen roten Bademantel. Er sperrt sich im Badezimmer ein und achtet darauf, dass ihn keiner nackt zu Gesicht bekommt. Sylva ist davon überzeugt, dass der Vater etwas Grauenhaftes vor ihr geheim hält.

Die Schneiderei des Großvaters lief in der Illegalität weiter und auch noch dann, als Sylva schon längst zur Schule ging, daran erinnerte sie sich noch gut. Die Kunden brachten geschmuggelte Modezeitschriften mit, aus denen sie sich dann ein Kleidungsstück anfertigen ließen. Den Stoff hatten sie immer dabei. František oder Nina rollten ihn mit einem Schwung auf dem Tisch aus und machten sich, ohne einen Entwurf und ohne den geringsten Zweifel an ihren Fähigkeiten, mit der großen Schere daran zu schaffen. Der Kunde und Sylva sahen ihnen bei dieser beeindruckenden Darbietung gleichermaßen erschrocken zu. Manchmal fertigten die Großeltern aber trotzdem einen Musterschnitt an, den sie die Kunden probieren ließen, bevor sie sich an den richtigen Stoff wagten. Sie hefteten Ärmel an Jacken und Kleider und rissen diese nach der Anprobe wieder ab. Kurz vor der Fertigstellung kam, für gewöhnlich in der Dämmerung, Herr Svoboda. Er nahm das Nähgut mit nach Hause, umgarnte Knopflöcher und nähte Reißverschlüsse ein. Eine andere ehemalige Angestellte machte Stickereien und diverse Verzierungsarbeiten.

Nach der Anprobe, bei der Schultern und Arme versetzt, Strumpfbänder aus- und angezogen und Ellenbogennähte getrennt wurden, ging František den großen Magneten holen. Er kniete nieder und tastete damit jeden Zentimeter des Bodens ab, um alle Stecknadeln aufzusammeln. Seine Augen waren schon arg beansprucht, doch er protestierte, wenn man ihm dabei helfen wollte. Einmal sagte Nina: »Gestern haben sie die Wohnung von Herrn Svoboda durchsucht.«

»Na, und was haben sie bei ihm gefunden? Knopflöcher etwa?«, fragte František.

»Mach bloß keine Witze«, mahnte Nina.

Kurze Zeit später starb Arnošt, und Helena beschloss, aus Prag wegzuziehen. Sylva wollte um jeden Preis bei den Großeltern bleiben, doch Nina sagte: »Sylva, Kleines, wir sind schon zu alt.«

Und es schien Sylva, als wolle auch Helena sie nicht haben.

Das wunderte sie gar nicht. Was konnte sie also tun? Weglaufen, aber wohin? Zu jener Zeit war alles nur provisorisch, nur vorübergehend, bis sich die Verhältnisse klärten. Sie kannte viele solcher Haushalte wie den ihrer Mutter, denn sie verbrachte viele Nachmittage bei Freundinnen. Die Kühlschränke blieben leer, Bücher und Kleider waren in Kisten gepackt, bis sich eine neue Wohnung fand, eine neue Arbeit, ein Installateur, der einem das Badezimmer richtete; bis der Ehemann vom Bau nach Hause kam, bis man sich scheiden ließ, um es noch einmal zu probieren. Nichts von alledem war einfach, und die Menschen gewöhnten sich schließlich an die Arbeit, an die Wohnung und an die Umzugskisten.

Manche hatten nicht einmal Möbel, doch davon besaß Sylvas Mutter zur Genüge: Sie stammten aus dem Besitz des Grafen Schonbach. Dadurch sicherte Arnošt seine Frau für viele Jahre ab und entschädigte sie für seine ruinierte Leber und ihr vergebliches Hoffen. Helena fuhr jedes Mal zum Verkaufen nach Prag. Die Möbel befanden sich ohnehin schon dort, in Großvaters Haus, und außerdem sollten die Leute aus B. nichts davon wissen.

Wie sind wir eigentlich hierhergekommen, versuchte sich Sylva zu erinnern. Helena hatte den Marktplatz in irgendeinem Film gesehen, er gefiel ihr, obwohl sie persönlich nie da gewesen war. Hier ließ sich gut eine Arbeit und eine Wohnung finden. Zum Wald war es nicht weit, doch das interessierte Helena nicht. Sie wollte vor allem fort und neu anfangen. Die Wahl fiel zufällig auf B., sagte sie damals zu Sylva. Wenn Sylva darüber nachdachte, seit wann sie sich dort heimisch fühlte, fiel die Antwort schnell und eindeutig aus: Als Cyril anfing, die beiden zu besuchen.

Die Mutter fand anfangs eine Anstellung als Sekretärin im Nationalausschuss. Sie hätte Chefin eines Geschäfts für Textilien werden können, aber sie wollte nie mehr etwas mit Textilien zu tun haben. Mit der Zeit schaffte sie sich ein Fernsehgerät an. Über den Vater redete sie oft, gelegentlich auch im Präsens und später auch in Cyrils Anwesenheit. Sein Name zierte immer noch das Türschild.

Obwohl niemand offen behauptet hatte, Arnošt wäre einer unmoralischen Tätigkeit nachgegangen, verrieten sich die Leute durch Einsilbigkeit oder indem sie anfingen, die Tatsachen zu verdrehen. Den Großeltern, Lehrern und Behördenleuten stand ein riesengroßes »Was war er doch für ein …« ins verschämte Gesicht geschrieben. Lange Zeit ahnte Sylva nicht, was ihr Vater angestellt hatte.

Sie kannte ihn als schlanken Mann mit Kurzhaarfrisur, der sich zu Hause ein kleines Fotolabor eingerichtet hatte, in dem er unentwegt tüftelte und dabei alte Musik hörte, wie er Negative an die Wäscheleine im Bad hängte, während Sylva oder die Mutter draußen vor der Tür tobten, er möge sie doch endlich hereinlassen. Oft saß er am Küchentisch, den Kopf in den Händen vergraben, oder er schlief tagsüber auf dem Sofa, ohne sich darum zu kümmern, dass sich Kinder im Raum befanden.

Cyrils Bücher waren ohne ihn nichts wert. Sie waren ein Tor zum Paradies, das ohne ihn verschlossen blieb. Doch nun stand der Tod vor Sylva in seiner reinen Form, schlicht und feierlich. Arnošt hatte im Gegensatz zu Cyril immer einen Spalt offen gelassen, damit ihn Sylva sehen konnte. Dass sie einmal sterben sollte, darüber hegte Sylva schon als Andĕla keinen Zweifel. Sie wusste es, jedes Mal wenn sie mit ihrer Hand das kurz geschorene Haar des Vaters berührte, das hinten im Nacken den Hals abwärtswanderte. Arnošt machte keinen Unterschied zwischen Geschichten für Kinder und Erwachsene.

»Manche Kinder spüren den Tod stärker als wir. Und die Erwachsenen zeigen ihnen allerhand niedliche Bildchen von

Gespenstern, Mäusen, Bärchen und kleinen Maulwürfen, damit sie ihn vergessen. Ist es nicht eine Schande?«, sagte er einmal. Eines Tages, als er vier Jahre alt gewesen war, saß er auf dem Dachboden in seiner Heimatstadt und ließ seine Beine aus dem Fenster baumeln. Er sah damals dem Begräbniszug eines gleichaltrigen Jungen aus der Nachbarschaft zu, und mit einem Mal wusste er Bescheid.

Was ist ihm damals in Karlsruhe passiert? Was hatte er auf dem Nachhauseweg aus dem Kriegsgebiet gesehen? Es konnten doch nicht nur die Bilder gewesen sein, die aus Arnošt einen solchen todessüchtigen Menschen gemacht hatten – nebenbei bemerkt, Sylva hatte später immer den Eindruck, auf einem Foto Marie Mačelová zu erkennen, die Ärztin aus Ungarisch Brod. Ihr ein wenig tatarisch anmutendes Gesicht, das typisch ist für die mährisch-slowakische Region, kam ihr so bekannt vor. Wo hatte sie dieses Gesicht schon einmal gesehen? Sie hätte nur fragen brauchen, doch das traute sie sich nicht, sie wollte nicht dumm erscheinen. Arnošt hatte ihr nie vom Krieg erzählt, genauso wie ihr Cyril nie vom Gefängnis erzählen wollte.

Hatten sowohl Cyril als auch Arnošt Angst, die Wahrheit zu sagen? Fürchteten sie, Sylva könnte die Geschichten von Blut und Tod nicht ertragen? Oder war es vielleicht ganz anders, die beiden erzählten ihr nichts, weil sie ihr Sensationslust unterstellten? Vermutlich wollten Cyril und Arnošt sie aber schonen.

Sylva-Anděla hört, wie es an der Tür läutet. Die Mutter geht aufmachen und sieht einen Freund von Arnošt vor sich. Noch bevor er den Mund aufmacht, ist Sylva klar, was er sagen wird.

»Ja, aber wann wird er zurückkommen?« Helena weigert sich zu begreifen.

»Sie ist dumm«, flüstert Sylva.

»Sie können seine Sachen bei der Polizei abholen«, sagt der Mann.

»Helena, wenn Sie irgendetwas benötigen, Geld vielleicht, geben Sie mir Bescheid. Wollen Sie nicht wissen, wie es passiert ist?«

»Nein«, sagt Helena. »Ich will es niemals erfahren, ich kann es mir schon vorstellen. Gehen Sie jetzt, bitte, es ist alles in Ordnung, auf Wiedersehen.«

Sylva sitzt tagelang auf dem Teppich, geht nicht zur Schule und auch nicht zum Schwimmunterricht. Als einmal die Katze weggelaufen ist, hat Anděla sie noch über ein Jahr in der Wohnung herumstreunen sehen. Helena auch, beide haben sie gesehen. Dort ist sie ja, riefen beide voller Hoffnung aus. Sie konnten nicht sagen, ob die Katze aus dem Schattenreich oder bloß von der Straße zurückgekehrt war, ob sie echt war oder reine Einbildung. Nun hört Sylva auch wieder Arnošts Schritte auf dem quietschenden Parkett, riecht den Zigarettenrauch. Sie könnte schwören, dass sein Retuschierpinsel und seine Lupe bis vor kurzem in einem anderen Winkel zueinander gelegen haben. Am schlimmsten aber ist die Tube mit der Schöllkrautsalbe, die Arnošt gegen seine Warzen gebrauchte. Das Schöllkraut riecht nach ihm.

Sobald Sylva die Augen schließt, hört sie seinen Schlüssel im Schloss rasseln, sie sieht seinen Schattenriss im Zimmer umherwanken. Sie steht auf und geht in sein Atelier. Er sitzt in seinem Pepita-Sakko, dessen Ellbogen mit Leder unterlegt sind, mitten in seinem Chaos und hält eine Zigarette in der Hand. Sie gerät in Trance, sieht einen Dämon vor sich, doch es ist nicht der Tod. Er hat ein gelbes, fleckiges Gesicht, und unter seinen Augen sind phosphoreszierende Wölbungen, als ob er Larven im Tränensack hätte. Ein Dämon des Bösen, der entweder Tod oder Krankheit ankündigt. Wenn sie laut über den Dämon redet, vielleicht verscheucht sie ihn dann wie jeden bösen Traum.

Gespenster existieren nicht, und der tote Arnošt in der Wohnung ist genauso unwahrscheinlich wie Marie Mácelová auf der Fotografie aus Karlsruhe. Sie ist es, weil Sylva sie zu erkennen wünscht, das ist doch klar. Es herrscht Dämmerung, und Sylva hört Schritte unten im Hof. Die Mutter spielt Haydn, den Arnošt immer dann hörte, wenn er nachts seine Bilder vergrößerte. Die Schritte kommen die Treppe herauf. Doch es ist nicht Arnošt, es ist dieses Ding. Anders als der Tod, der ist freundlich, und wenn Arnošt wirklich stirbt, bringt der Tod nur reinigende Trauer.

Schließlich wird der Vater nach Hause gebracht. Die Großmutter sagt, es gehöre sich so, man hat bei den Verwandten zu bleiben. Sylva sieht zum ersten Mal eine Leiche. An die Beerdigung selbst kann sie sich nicht erinnern. Sie wird zu František und Nina gebracht, wo sie viel schläft, während ihre Mutter im Krankenhaus liegt. Sylva verspürt keine Sehnsucht nach ihr. Die Mutter kehrt zurück, Sylva sitzt auf ihrem Schoß und hört zu, wie sie ihr mit leiser Stimme ein Märchen erzählt. Vielleicht ist es nur ein Traum vom Sturzbach oder einem schnell fließenden, flachen Gewässer. In der Strömung stehen auf Dämmen bunt gekleidete Männer, die sie von venezianischen Veduten kennt, Arnošt hatte sie ihr einmal gezeigt. Gondoliere. Sylva-Anděla nimmt den Tod des Vaters zur Kenntnis.

Arnošt Kellar hatte einst dem Grafen Schonbach einen barocken Sekretär abgekauft, der eine geheime Schublade besaß. In ihr befanden sich Dokumente, Briefe und Fotografien von Marie Mácelová, der Ärztin, die im Jahre 1893 in Ungarisch Brod geboren wurde.

Die von ihr geschriebenen (und offenkundig nicht verschickten) Briefe stammten aus den Dreißiger- und vor allem den Vierzigerjahren und waren an einen Mann namens Toni adressiert. Tatsächlich handelte es sich um Thomas Sieglitz; offenbar ihr Geliebter, aber auch Parteifunktionär und später Widerstandskämpfer. Zwischen den zärtlichen Liebesbekundungen standen gelegentlich Sätze, die etwas deplaziert wirkten. Vermutlich handelte es sich um einen vereinbarten Code. Diese Worte drückten eine Zerfahrenheit aus, einen Augenblick des plötzlichen Entsinnens, und sie zeugten von einer unvermuteten Vorstellungskraft: »Das Morgenfeld war mit Reif übersäht.« »Ich zählte dreißig Eier.« Oder: »Václav ist angekommen, allerdings erst am späten Abend.«

In Maries Studienbuch stand, dass sie im Jahre 1912 anfing, in Zagreb zu studieren. Aus demselben Jahr stammte auch ein Foto, auf dem sie mit zwei weiteren Frauen abgebildet war, vermutlich handelte es sich um die Mutter und die Schwester. Man konnte die Gesichter kaum auseinanderhalten, so ähnlich waren sie: eckig, ein Grübchen im Kinn, gerade Nase und fein geschwungene Lippen wie bei griechisch-antiken Figuren. Oder bei Bewohnern der Mittelmeerregionen auf dem Balkan und in der mährischen Slowakei. Alle drei reckten ihre Hälse, als ob die Natur sich um eine stufenweise Vollkommenheit bei den Damen bemüht hätte, und doch kam zum Schluss nur das Gleiche dabei heraus.

In den Jahren 1921 bis 1929 war Marie Mitglied der Kommunistischen Partei gewesen. In der Schublade befand sich ein Parteibuch, das bereits sehr früh, in den Anfängen der Bewegung, ausgestellt worden war. Der Kongress der KP im Jahre 1929 war der letzte Eintrag des Parteibuches. Die nächste Seite war mit einer schrägen Linie durchgestrichen und quer darauf stand der Name des Funktionärs, Thomas Sieglitz. Es war der Mann, der Marie während ihrer Mitgliedschaft und auch noch viel später sehr persönliche Briefe geschrieben hatte.

Der Name Sieglitz tauchte auch in einem Brief auf, den

Marie 1941 von Písek nach Ungarisch Brod an ihre Mutter schrieb: »Gestern haben sie Sieglitz samt Frau und Kindern deportiert. Eine gerechte Strafe, wie ich finde.«

Sonderbarerweise waren einige Briefe an Marie mit »Svoboda« signiert, obwohl die Handschrift eindeutig dieselbe war wie die des Vorgesetzten Sieglitz in Maries Ausweis. Sie drückten Unruhe und Intimität aus (»Ich kann nicht begreifen, warum Du mir verbietest…«) und erreichten Marie dem Datum nach in den Jahren 1928 bis 1935. Zu der Zeit war sie bereits im Krankenhaus in Prachatitz.

In der Schublade befanden sich außerdem Banknoten aus der Zeit des Protektorats und schließlich auch ein Bild der Schonbach-Zwillinge mit Marie in ihrer Mitte. Sie hatte einen weißen Kittel an und ein Stethoskop um den Hals. Es war das letzte Foto aus dem Sekretär, Marie war darauf schon um die fünfzig.

Sylva fragte sich die ganze Zeit, warum Arnošt diese Lebenszeugnisse nicht einfach an Schonbach zurückgab und warum er sich sogar noch ein Foto von Marie auf seinen Schreibtisch stellte. Sylva dachte jahrelang, Marie wäre irgendeine entfernte Verwandte, warum sollte der Vater sonst dieses Bild aufheben. Später legte sie sich mehrere Erklärungen zurecht: Arnošt interessierte sich bloß für Maries schönes Gesicht. Oder er lernte sie in Deutschland kennen und verliebte sich in sie. Oder aber Schonbach erkannte Marie auf einer von Arnošts Fotografien, die er in Karlsruhe geschossen hatte, und verkaufte ihm deshalb den Sekretär.

Jahre später gelang es Sylva, sich den Zutritt zu den Archiven des Innenministeriums zu verschaffen. Cyril hatte ihr für kurze Zeit eine Arbeit im Staatsdienst vermittelt. Sie fand den Namen Marie Máčelová auf der Liste der Gestapo-Spitzel. Er war mit einem roten Stift durchgestrichen und daneben befand sich der Vermerk: *1942, nach dem Tode Heydrichs*. Als Sylva fragte, was dies zu bedeuten hätte, sagte man ihr, Marie hätte sowohl ein Spitzel als auch ein Opfer der Nazis sein können, aber auch beides gleichzeitig. Nicht einmal ein Schriftstück zu ihrer Festnahme gab es. Vielleicht hatte sie sich einer illegalen Gruppe angeschlossen oder aber von Anfang an ein doppeltes Spiel gespielt und für die Gestapo gearbeitet. Der Ausdruck von Reinheit in ihrem Gesicht sollte darüber hinwegtäuschen.

Sylva überlegte, ob sie sich auf die Suche nach Maries Familie machen sollte. Doch es war ihr unangenehm, mehr über das Liebesleben dieser Frau zu wissen als über ihr eigenes. Wenn jemand Maries wohl für immer verlorene Geschichte nacherzählen konnte, dann war es Sylva. Und doch besaß sie kein Anrecht darauf. Was hätte sie den Verwandten schon erzählen sollen?

Sie stellte sich eine der Fotografien auf ihren Schreibtisch. Marie Máčelová, eine Frau, von der man nur eins mit Sicherheit sagen konnte: Es gab sie wirklich. Sie ist Sylva ans Herz gewachsen und war wie ein neuer Körperteil. Es gab eine Zeit, da wollte Sylva so schön sein wie sie und frisierte ihr Haar im Stil der Vierzigerjahre, sie stellte sich Fragen oder handelte so, wie sie glaubte, dass Marie denken oder handeln würde. Und sie nahm die Sache ernst. Letztendlich war es ihr heute egal, wie das Schicksal Maries wirklich verlaufen war. Sie hatte sich einfach eines zusammengedichtet.

Einmal kam Cyril, dem drei Stunden Schlaf ausreichten, und setzte sich an den Rand ihres Bettes. Sein Blick weckte sie auf. Cyril fuhr mit den Fingern ihr Gesicht entlang, beugte sich zu ihr herab und drückte seine Schläfe an ihre Wange.

»Geliebte, woher kenne ich dich?«

Sylva setzte sich aufrecht hin und sagte im Halbschlaf: »Ich bin Marie Máčelová.«

Ach wo, dachte sie am nächsten Morgen. Marie Máčelová hätte sich nicht so leicht hingegeben.

Am Abend kehrte der König zu Scheherazade zurück und bat sie, am anderen Ende der Terrasse Platz zu nehmen. Sie sagte zu ihm: »Werter König, es fällt mir schwer zu glauben, Ihr würdet Euch für Märchen interessieren. Die Geschichten von den Händlern, Diamanten, Dschinns und Verräterinnen kennt jeder in dieser Stadt. In Wirklichkeit interessieren Euch meine Stimme, meine Art zu erzählen und Worte, die ich manchmal in fremden Sprachen führe, die weder Ihr noch ich selbst kenne. Ihr nehmt das alles ernst. Doch wie lange werdet Ihr Gefallen daran finden? Wann werde ich Euch langweilen, wann lasst Ihr mich töten? Sagt mir lieber gleich: Liegt in unserem Land vielleicht ein Fluch auf den Frauen, besonders auf mir? Und wenn ja, wem soll das nutzen? Soll ich vielleicht bei einem geheimen Ritual als Opfer gereicht werden? Wozu das Ganze?«

Es dämmerte. Der König erhob sich und ging hinaus, er hatte zu regieren. Als ihn der Wesir und sein Gefolge fragten, wann er gedenke, Scheherazade hinrichten zu lassen, rief Schahriyar mit mächtiger Stimme aus: »Kümmert euch um eure eigenen Angelegenheiten!« Und fügte leise hinzu: »Die Hinrichtung findet morgen statt.«

Als Scheherazade und ich noch klein waren, wohnten wir gerne Hinrichtungen bei. Zukünftige Generationen müssten jetzt den Eindruck bekommen, das Leben der Iraner sei eine einzige Kette von abgeschnittenen Brüsten und Ohren, von Hinrichtungen und abgebrannten Dörfern, des erzwungenen, gewaltsamen Beischlafs und ein Kampf um Macht und das unbegreifliche, ungreifbare Chaos. Die Wahrscheinlichkeit, Scheherazade tatsächlich umbringen zu lassen, sank, je mehr sich der König an das Gesicht und die Stimme meiner Schwester gewöhnte. Doch wir wussten nur zu genau, dass ihm Gewohnheiten schnell lästig wurden, es konnte also alles Mögliche passieren. Er konnte sie vernichten, weil er sie ebenso sehr brauchte.

Scheherazades Anstrengungen kamen ihr allmählich nutzlos vor. Sie sagte, ihre eigene Erschöpfung würde sich im Morgengrauen wie eine Maske des Todes auf ihr Gesicht heften, während Schahriyar in tiefen Schlaf sank und neue Kraft schöpfte. Es sei nicht schwierig, sein eigenes Leben um einen weiteren Tag zu verlängern, sagte sie. Bloß wozu, wenn auf der ganzen Welt keiner ist, der sie schätzen konnte, jemand, der zu ihr sagen würde: Scheherazade, erzähle das, was du wirklich möchtest, du brauchst dich auf nichts festzulegen. So wird es gut für alle sein. Irgendeinen Sinn muss das Ganze doch haben.

Jeden Sommer nahmen František und Nina Anděla mit aufs Land. Nina stammte aus einem kleinen Dorf, in dem damals jeder stolz auf sie gewesen war. Das weiße Haus mit dem großen Obstgarten, der kleine Gutshof, der Blumengarten, es stand alles noch da. Solange der Bauer, Ninas Bruder, noch am Leben war, lief alles wie am Schnürchen. Abends kehrte er vom Feld zurück, zog den Karren hinter sich her, und die Fliegen umschwirrten sein Gesicht. Wenn er zu den Ochsen oder Hunden sprach, konnte Anděla deutlich hören, dass es nicht die Menschensprache war. Aus der Tiefe seiner Kehle drangen Urlaute, während der Onkel seine Füße auf den runden Steig stemmte und die Zügel anzog. Das Tier stellte sich zunächst quer und brüllte, doch dann gehorchte es, und der Bauer wischte sich den Schweiß von der Stirn.

František stand auf der Veranda und wippte mit den Füßen, er trug einen Pullover und eine Krawatte. Die Familie war nicht der Genossenschaft beigetreten, man hielt sich für etwas Besseres. Um seinem Willen Nachdruck zu verleihen, erklärte sich Ninas Bruder sogar bereit, das Kirchendach richten zu lassen. Er zahlte trotzdem alle Steuern und Abgaben.

Jeden Morgen musste man Milch und Eier abführen. Konnten die Hennen einmal keine Eier legen, lieh sich der Bauer Geld aus, kaufte Eier im Laden um die Ecke und entfernte mit Alkohol die kleinen Stempel. Die ganze Familie machte geschlossen mit, genauso wie František, der jeden Apfel sorgfältig in Zeitungspapier wickelte und in der Garage deponierte. Ninas Bruder, der Bauer, arbeitete sich eines Tages zu Tode und hinterließ lauter Weiber. František kam jeden Sommer, half ein wenig bei den Abrechnungen, brachte Geschenke mit, machte sich hie und da nützlich. Und schon wieder hatte er einen Harem um sich geschart!

Die Kaninchen haben geworfen, und Sylva bringt ihnen Löwenzahn. Sie darf ein kleines mitnehmen und es im Hof herumlaufen lassen. Sie liebt es, ihre Nase in sein kuscheliges Fell zu bohren. Wenn sie zum Dorfplatz schlendert, hoppelt das weiße Tierchen hinter ihr her, und danach lässt es sich von Sylva in den mit Gras ausgelegten Käfig zum Schlafen legen. Die Tante Blaža sieht es aber nicht gern, dass Sylva das Tier verhätschelt. Sylva schnieft traurig.

»Es ist nicht gut, außerdem ist es wider die Natur.«

»Er hat es doch so kuschelig bei mir«, quengelt Sylva.

Die Tante wischt ihr mit dem Stofftaschentuch die Nase ab und seufzt. Sie wird sich hüten, Sylva die Wirklichkeit zu zeigen, fette Fleischfliegen auf blutbefleckten Kaninchenfellen, die an einem Haken baumeln! Morgens sieht Sylva aus dem Misthaufen im Hof Rauch aufsteigen, wenn sie sich in ihrem Bett aufrichtet. Man hört das Klappern von Holzpantoffeln. Die Tante bringt einen Eimer Milch in die Stube.

Diesen Sommer wurde der Tante das letzte Stück Feld weggenommen. Im Grunde war es eher eine satte Wiese mit einem schmalen, für den Anbau von Hafer und Kartoffeln gedachten Streifen. Und es gab noch Obstbäume, die dicht beieinander standen. Das Feld war der Familie eine Last, und überdies konnte man nicht direkt von »wegnehmen« sprechen. Folgendes war nämlich passiert: Eines Abends kam ein Mann in Arbeitskleidung und sagte zu Sylvas Tante: »Blaža, überlassen Sie uns doch das Feld, Sie können ja nichts damit anfangen. Geben Sie uns die Malonin-Wiese, nur für ein paar Jahre. Was wollen Sie sonst damit?«

Alle schwiegen. Wer schweigt, sagt Ja, und schon am Morgen hörte man den Lärm von Traktoren. Doch keiner aus der Familie der Tante hatte Zeit oder Lust nachzusehen, was vor sich ging. Eine Stunde später kam die Nachbarstocher angelaufen: Blaženka, sie sägen die Apfelbäume ab! Die Tante nahm Anděla an die Hand, warf ein Tuch um die Schultern und rannte auf die Wiese zu, das Kind hinter sich herziehend. Der Traktor war gerade dabei, die blühenden Bäume aus der Erde zu heben und um die Baumkrone, die vor Anděla niederging wie ein trauriges Monarchenhaupt, kreisten die Bienen. Sylva fing an zu schluchzen, denn sie fürchtete sich vor Bienen. Doch die Tante drückte ihre kleine Hand fester und stand stramm, als würde sie der Staatsflagge salutieren. Aus dem kleinen Fenster des Traktors sah man einen Kopf mit einer flachen Mütze fröhlich herausblitzen: »Grüß dich, Blaža, endlich haben wir die Viecher geköpft! Ich konnte mich ja kaum umdrehen mit meiner Maschine!«

Sylva und die Tante gehen durch den Wald zurück nach Hause. Dabei sammeln sie Pfifferlinge fürs Abendessen. Anděla stellt Fragen. Sie fragt zum Beispiel, warum die Männer die Bäume gefällt haben. Der Grund interessiert sie eigentlich nicht, sie möchte sich nur unterhalten. Die Tante setzt sich auf einen Baumstumpf, zieht Andělas Kopf zu ihrem Schoß und raucht ein paar Zigaretten. Zu Hause wird sie sich dann eine Moralpredigt anhören dürfen: »Blažena, du sollst doch nicht allein in den Wald gehen, du weißt doch, was alles passieren kann.« Einmal konterte sie: »Wir waren doch keine halbe Ewigkeit dort.«

Tante Blaža war die Nichte von Nina und Witwe. Warum kann Sylva nicht eine Mutter oder Großmutter haben wie die Tante Blaža? Die Tante ist gegen das Böse gefeit und Sylva auch, vorausgesetzt, sie hält sich gut an ihr fest. Blaža ist fröhlich, schneidet Knödel mit einem Faden und hat einen hübschen schwarzen Schnurrbart. Sylva weiß immer, was Blaža als Nächstes tun wird. Sie weiß aber auch, dass sie keinen Alleinanspruch auf die Tante besitzt, denn diese hat eigene Kinder und Enkelkinder. Sylva ist brav, sie ist wie ein Püppchen und sehr geduldig, sie findet das normal. Wenn sie einmal groß ist, wird sie wie Blaža sein, dann können sich alle auf sie verlassen.

Als Sylva und Blaža nach Hause kommen, ist Nina gerade mit der Suppe fertig und František dabei, Blažas Rechnungen zu kontrollieren. Die Spitze seiner Feder zeigt auf die Zahlen. Beide fragen neugierig: »Und?«

Blaža schweigt, und Anděla sagt ruhig: »Nichts, es ist nichts.«

Blaža wird das weiße Haus niemals verkaufen. Es würde sowieso niemand haben wollen. Schauen Sie doch dort vorbei, es sieht genauso aus wie zu jener Zeit, in der Nina mitten in der Nacht aufstehen musste, um rechtzeitig zur Schule zu kommen.

Das Haus in Prag musste allerdings verkauft werden. Sylva war schon fünfzehn, in Dornröschens Alter. Nina war im Sommer gestorben. František bat Helena, mit Sylva nach Prag zurückzukehren, um nicht alleine zu sein. Helena würde gerne, doch sie konnte nicht, denn Cyril hatte wieder einmal einen Prozess am Hals und sie eine Kündigung. Sie wusste, dass sie in Prag keine Arbeit finden würde. Und selbst wenn sie eine fände, wann sollte sie sich dann um ihren Vater kümmern? Außerdem musste Sylva in die Schule. In Prag würde sie die Mittelschule nicht schaffen, in B. schon.

Und überhaupt, was sollte man mit dem Haus anfangen? Es renovieren, für die Mieter? František sollte es lieber verkaufen und nach B. kommen.

Sie versuchte, es ihm zu erklären, und je sensibler sie dabei vorging, desto gereizter wurde er. Er tobte wie ein Tiger: »Das ist also der Dank für alles?!«

»So kann man es sagen«, sagte Helena zu sich, er hörte es glücklicherweise nicht.

Was Sylva dachte, interessierte niemanden, also schwieg sie. Auch Helena schwieg, sie wollte Sylva nicht sagen, wie es um die Gesundheit des Großvaters stand. Er sah bereits sehr schlecht und sollte in einem Jahr vollkommen blind werden. Helena hatte nicht die Kraft, es laut auszusprechen, um es nicht herbeizuschwören. Sylva wusste also wieder einmal von nichts.

»Es ist alles für die Katz«, sagte der Großvater.

Sylva drehte sich zum Fenster. Der Anblick der leeren Straße, der Regenpfützen, das heruntergekommene Villenviertel gehörte genauso zu ihr wie Cyril, Helena oder die Erinnerung an die Nackenhaare des Vaters. Einmal, vor vielen Jahren, hatte sie neugeborene Kätzchen im Garten gefunden. Da gerade Winter war, hatte Sylva den Großvater gebeten, die Kleinen ins Haus zu tragen.

»Und wer wird sich um sie kümmern, sie sauber halten, du etwa?« sagte er und fügte hinzu: »Kätzchen im Winter. Was für ein Unsinn.«

Sie verendeten eins nach dem anderen hinten in der Scheune.

Kurz nach ihrem sechzehnten Geburtstag sah Sylva ihren Großvater zum letzten Mal. Er erblindete nach einigen Operationen des Grauen Stars. Alle dachten, er würde an Untätigkeit zugrunde gehen, doch František blieb tagein, tagaus im

Sessel sitzen und hörte Radio. Oder er bewegte sich mit seinem Blindenstock langsam vorwärts, die bekannten Straßen entlang. Die Einsamkeit störte ihn wenig. Sein Gesicht und seine Statur behielten ihre Form, seine Haut war nach wie vor frisch. Eigentlich sah er immer jünger aus. Er erinnerte sich noch gut an Sachen von früher, und mit gleicher Sicherheit erteilte er Ratschläge. Er hatte feste Vorstellungen davon, wie man den Garten zu gestalten hatte, und wusste immer, wo im Haus sich etwas befand: der verlegte Hammer, ein Handtuch, der Mehrfachstecker. Zwar wollte er sein Haus nicht verkaufen, willigte aber am Schluss doch ein. Er hatte keine Kraft mehr, sich dagegen zu wehren.

»Soll ich es dir vorlesen, Papa?«, fragt Helena.

»Himmelherrgottnochmal, gib das her!«

Selbst nachdem das Haus verkauft worden war, sprach er noch davon wie von seinem eigenen. Mit seinen Zornausbrüchen verschreckte er jeden, der ihm von irgendwelchen Veränderungen erzählen wollte, die um ihn herum passiert waren. Von Zeit zu Zeit sagte er: »Immer ist etwas.«

Er nimmt Sylva an der Hand und streichelt zärtlich ihr Gesicht, ihre Haare, ihr Halstuch, er kann vom Fühlen nicht genug bekommen. Er trägt keine Brille mehr – wozu auch –, und seine Augen sind von einem matten Schleier verdeckt.

»Kleines«, sagt er. Sylva wendet sich ihm zu, obwohl es keinen Sinn hat.

»Ich möchte im Sarg rote Socken tragen.«

Nicht einmal die roten Socken habe ich ihm gekauft, wirft sich Sylva heute noch vor. Sie kann sich nicht einmal erinnern, wo sie damals gewesen war, als der Großvater neben Nina ins Grab gelegt wurde. Helena bestand darauf, die Beisetzung allein zu organisieren, das Kind sollte möglichst verschont bleiben. Sylva wollte ihrer Mutter noch von Großvaters letztem Wunsch erzählen, doch sie brachte es nicht fertig, sie war wie gelähmt. Schließlich hatten die beiden nie ein vertrauensvolles Verhältnis.

Der Graf Schonbach erzählte Sylva einmal folgende Begebenheit: »Wie jeden Tag kam ich mit einem Krug herauf, um warmes Wasser zu holen. Ich läutete, doch keiner machte auf. Zum Glück war das Schloss schon ein wenig kaputt, so dass ich mich nur gegen die Tür zu lehnen brauchte, um sie zu öffnen. Ich sah František im Sessel dösen und rief: ›Herr František!‹

František öffnete seine Augen, so weit es ging, und sagte: ›Ich kann nicht sehen.‹«

Der Graf ging zum Telefon und rief die Ambulanz. Sie fragten nach Františeks Alter und den Symptomen und sagten schließlich, sie würden nicht kommen.

»Bringen Sie ihn zur Notaufnahme«, teilte man ihm mit.

»Und dann«, sagte Schonbach, »machte er etwas Seltsames.«

Angeblich tastete er alle Finger seiner Hände ab und fragte: »Herr Graf, liegt hier irgendwo mein Ring? Ich habe ihn nicht bei mir, jemand muss ihn mir genommen haben, während ich schlief. In letzter Zeit trug ich ihn immer am Finger.«

Schonbach sah ebenfalls nicht mehr gut, also knieten sich die beiden hin und tasteten mit kreisenden Bewegungen den Teppich ab. Plötzlich hielt František inne und sagte: »Es hat wohl keinen Sinn mehr. Er ist weg.« Der Graf wusste, dass es nicht Františeks Art war, die Flinte ins Korn zu werfen.

»Wie – weg? Er muss doch hier irgendwo sein«, wandte er ein.

»Nein, muss er nicht. Wahrscheinlich werde ich ihn sowieso nicht mehr brauchen.«

»Geben Sie nicht auf«, munterte ihn Schonbach auf. »Nach oben kann er nicht geflogen sein, und unten finden wir ihn, das sind doch Ihre Worte.«

František hob den Arm, stemmte sich hoch und ließ sich in den Sessel helfen. Er nickte für eine Weile ein (Schonbach hatte es nicht eilig und beobachtete einige Augenblicke die Ruhe in seinem Gesicht), und dann sagte er: »Wissen Sie, der Träger des Rings kann alle Schätze der Welt sehen.« Eine Weile war es still, und dann fügte er hinzu: »Scheint es Ihnen nicht auch so, als würden die Menschen kein Innenleben mehr haben? Besitzen Sie denn ein Innenleben?«

»Was wäre der Mensch, besäße er keines?«, erwiderte Schonbach.

Der Graf hielt lange Františeks Hand fest, dann rief er nochmals die Ambulanz. Diesmal ließ er sich eine Reihe von akuten Symptomen einfallen, die František angeblich aufwies. Der Rettungswagen kam.

Da der Ring nie wieder aufgefunden wurde, kam man zu dem Schluss, die Sanitäter hätten ihn gefunden und mitgenommen. František starb zwei Wochen später auf der geriatrischen Station. In dieser Zeit verschlimmerte sich sein Zustand rapide, und die Ärzte und seine Tochter sahen hilflos dabei zu, wie er immer weniger wurde, bis er allmählich verschwand.

All das erzählte der Graf Sylva in seiner Souterrainwohnung, während sie auf Pappkartons saßen. Schonbach bemerkte, sein Umzug ins Altersheim stehe an. Sylva sagte: »Dorthin können Sie nicht, das ist doch nichts für Sie.«

»So schlimm wird es schon nicht sein, was soll man sonst noch mit mir anfangen?«, antwortete er. Dann sagte er noch: »Eines allerdings würde mich interessieren: Haben Sie eine Ahnung, was Ihr Großvater immer mit den orientalischen Gärten im Sinn hatte? War er denn irgendwann einmal in einem gewesen?«

Sylva erinnerte sich an ein langes Fach im Buchregal, das voller Gartenratgeber war, ordentlich eingeordnet und einige von ihnen in einer fremden Sprache verfasst. Als Sylva klein war, hatte ihr František daraus vorgelesen. Wie hatte sie das damals nur ausgehalten? Er saß an ihrem Bett, sie übergab sich ständig, und er beschrieb ihr orientalische Gärten.

Wie war das nur möglich, dass er solch eine jugendliche Haut besaß? Wie konnte er solche Hände haben, wenn er sein ganzes Leben im Garten verbrachte? Sylva dachte an die Stunden, die er mit dem Maniküreset im Sessel zugebracht hatte und wie er seine eigenen Hände inspizierte, als wäre er ein Fürst. Sie spürte seine Haut unter ihren Fingern, die Berührung von Seide, ein großes, buntes Tuch. Der Weg zum Garten war nicht weit, doch Sylva blieb der Zutritt dorthin noch verwehrt, weil – nein, vielleicht blieb er ihr gar nicht verwehrt, sie hatte nur keine Lust darauf, der Aufenthalt dort erschien ihr sinnlos. Zwischen dem Garten und ihrer Welt bestand kein großer Unterschied.

»Er war in keinem orientalischen Garten. Das hätten wir sonst gewusst«, sagte sie zu Schonbach.

Das Haus wurde unter seinem Wert verkauft. Helena trennte sich auch von allen Möbeln. Dem Porzellan, den Stoffen, die die Großmutter Sylva für die Tanzschule versprochen hatte. Sie verkaufte Sachen, aus denen Anděas Welt bestand und die der Schlüssel zu Sylvas Existenz waren. Die Porzellanfiguren, die Säulenuhr und die Eichenmöbel fielen der Zeit zum Opfer. Es handelte sich hauptsächlich um gewöhnliche Dinge, die Sylva wahrscheinlich gar nicht wiedererkennen würde, sollte sie in einem Basar darauf stoßen. Die Sachen gefielen ihr zwar nicht, doch das tat nichts zur Sache. Sie waren ein willkommener Anlass, sich aufzuregen. Sie waren der Schalter, nicht das Licht. Sylva hatte Anděla verloren, weil die Mutter ihr die Gelegenheit genommen hatte, sich alleine von all dem Trödel zu befreien, um alleine erwachsen zu werden. Das wird Sylva Helena niemals verzeihen. So etwas lässt sich nicht verzeihen. Sie wird auch nie mit ihr darüber sprechen.

Natürlich interessierte es Helena, wo der große Ring ihres Vaters abgeblieben war. Wenn sie ihn finden sollte, würde ihn zweifelsohne Cyril bekommen, er würde ihm gut stehen. Es hätte alles anders kommen können. Doch solche Ringe verlieren sich leicht, da sie aus schwerem Gold sind.

Später fand Sylva ein Buch, in dem Cyril mit einem roten Stift eine Passage angemerkt hatte, die sich seiner »persischen Phase« zuordnen ließ:

Wenn ein Rechtgläubiger stirbt, wo verweilt seine Seele in jener Nacht? Sie liegt neben dem Kopf gebettet und singt die Ushtavaiti Gatha, ruft das Glück an: Wohle dem, dem von Ahura Mazdas Gnaden Glück gewährt wird. In dieser Nacht erfährt die Seele so viel Freude, wie in ihrem ganzen irdischen Leben nicht.

(Aus *Hadocht-Nask*)

Einmal hatte Marion das Porträt einer Frau gesehen, die den Eindruck machte, als bekäme sie alles, was sie wollte. Damals in Böhmen hatte sie ein Kollege von der Prager Zeitung zu einem Redakteur mitgenommen, den sie bereits von früher kannte. Sie hätte mit ihm zusammenarbeiten sollen, doch da weder er noch sie ein sonderliches Interesse an den Tag gelegt hatten (beide waren von der Idee nicht besonders überzeugt, sprachen es aber nicht laut aus), war das Projekt von vornherein zum Scheitern verurteilt. Sie fuhr also mit dem Kollegen aufs Land, wo der Redakteur wohnte. Er war ein begabter junger Mann mit glänzenden Zukunftsaussichten, auch wenn noch nicht ganz klar war, wo er unterkommen sollte. An diesem Tag sprach er viel über Freiheit, obgleich er nicht gerade den Eindruck erweckte, als würde er seinem Umfeld viel davon schenken wollen. Seine Freunde wirkten in seiner Gegenwart wie begossene Pudel. Überließ er einmal jemand anderem das Wort, dann kreuzte er die Arme oberlehrerhaft vor der Brust, neigte seinen Kopf zur Seite und blickte sein Gegenüber kritisch an.

Marion war gelangweilt von ihm. Sie war verärgert, dass sie durch den Schlamm hierherwaten musste und dabei ihre Schuhe ruinierte, außerdem ließ sich der Gastgeber mit der Bewirtung reichlich Zeit, und das, obwohl sie zum Mittagessen eingeladen waren! Der Schatten von Marions Widerwillen wanderte schließlich vom Gastgeber zu Fotografien, die nach dem Abendessen gezeigt wurden. Jeder der Anwesenden interessierte sich dafür, denn die Eltern des Redakteurs waren historisch bedeutende Persönlichkeiten.

Auf einem der Fotos sah Marion eine Frau in den Dreißigern mit medusenhaften Locken, die mit Mühe von einer Hochsteckfrisur zusammengehalten wurden. Das Bild stammte aus dem Ende der sechziger Jahre. Die Frau rauchte eine Zigarette ohne Filter. Zwischen ihr und einer Glasvitrine voller Bücher konnte man einen mickrigen Weihnachtsbaum erkennen, und vor ihr stand ein kleines Mädchen in gerippter Strumpfhose. Das Kind wirkte geistesabwesend und müde vom weihnachtlichen Pflichtvergnügen, und auch die Mutter schien es kaum erwarten zu können, bis der Fotograf endlich seine Arbeit gemacht hatte. Heiligabend ohne Schönfärbereien.

Marion fragte, um wen es sich hier handelte. Der Redakteur sah sich das Bild lange an und sagte schließlich: »Ich weiß nicht, wer das ist. Ich kenne diese Frau nicht, keine Ahnung wie das Bild hierhergekommen ist.«

Auf Marion machte die Frau einen sehr egoistischen Eindruck, auch wenn sie etwas abgearbeitet wirkte. Es hätte genauso gut ihre eigene Mutter sein können, und sie das Kind – vor ihrer Emigration. Auch Sylva unterstellte ihrer Mutter Egoismus. Allein schon deshalb, weil die einzige Sorge der Mutter, als sie das erste Mal Weihnachten alleine verbrachten, sich darauf beschränkte, wo sie eine Flasche Bier auftreiben könne, um ihre Frisur in Form zu bringen. Das Kind auf dem Foto war tatsächlich Sylva.

Marion speicherte das Bild von Helena und Sylva ein für alle Mal in ihrem fotografischen Gedächtnis ab. Als sich Marion in Berlin (wieder in einer geliehenen Wohnung) niederließ, bekam sie ihre Post in einen nahe gelegenen Supermarkt zugestellt. Einmal bemerkte sie, dass das Personal gewechselt hatte. Plötzlich erkannte sie die Frau von der Fotografie in der Kassiererin wieder. Sie stritt laut und mit fremdem Akzent mit einem Kunden, es ging um einen Hundertmarkschein. Marion wartete, bis sich das Geschäft leerte, dann ging sie auf die Frau zu: »Ich kenne Sie«, sagte sie auf Tschechisch. »Ich habe Sie auf einem Foto gesehen.«

»Wie bitte?«, fragte die Frau verdutzt auf Deutsch.

Die Frau vom Foto tat so, als würde sie nicht verstehen, doch Marion merkte, dass sie sie von dem Zeitpunkt an misstrauisch beobachtete. Eines Abends, es war schon spät, sah Marion die Kassiererin das Geschäft verlassen. Sie blieb auf der gegenüberliegenden Straßenseite stehen. Sie müsste ja mindestens fünfundzwanzig Jahre älter sein, wurde ihr plötzlich bewusst. Doch es war die Frau vom Foto, ganz bestimmt. Gerade jetzt nahm sie ihr Seidentuch mit dem orientalischen Muster aus dem Haar, öffnete es und fuhr vorsichtig mit den Fingern entlang dem Labyrinth aus Blumen und Geäst.

Sylva wusste, dass Cyril ein paar Jahre im Gefängnis verbracht hatte, doch es fiel ihr anfangs schwer, sich das vorzustellen. Bereits als kleines Mädchen fing sie an, ihn vorsichtig auszufragen. Er erklärte ihr mit ruhiger Stimme die Tagesordnung im Gefängnis und beschrieb ihr einige Leute, die er dort kennengelernt hatte. Sie spürte, dass er ihr auswich, und versuchte, sich selbst in einem Gefängnis vorzustellen, aber es gelang ihr nicht. Sie bohrte also weiter: »Ist es wahr, dass man es besser erträgt, wenn man weiß, dass man die Wahrheit gesagt hat und damit eigentlich etwas Gutes getan hat?«

»Nein, mein Mädchen, da geht es nicht mehr um Wahrheit, aber das erfährt man erst später.«

Einmal erinnerte sie ihn daran, was er zu ihr gesagt hatte, doch er behauptete, nie über etwas in der Art gesprochen zu haben. Seit dem Zeitpunkt, als sie ihn zum zweiten Mal verhaftet hatten, leugnete er öfter seine ehemaligen Behauptungen. Sie schämte sich dafür, dass sein Schweigen ihre Phantasie statt ihr Mitleid anfachte. Seine Gefangenschaft wirkte ungeheuer anziehend auf sie. Cyril wurde dadurch viel interessanter, als wenn er zum Beispiel vom Nordpol zurückkäme. Sie wusste, dass man ihm einige Male einen Reisepass angeboten hatte. Damals hätte er die Wahl gehabt, ins Ausland zu gehen, statt ins Gefängnis. Wie hätte sich ihre Beziehung dann entwickelt? Wäre er eines Tages zurückgekehrt wie die meisten, im schwarzen Kaschmirmantel, mit graumeliertem Haar, ein abschätziges Lächeln um die Mundwinkel? Jedenfalls war er dageblieben und ins Gefängnis gewandert, in ein viel schlimmeres als die meisten seiner Bekannten. Sein Fall hatte nicht die Chance, sich zu einer internationalen Affäre zu entwickeln, da ihn relativ wenige Leute kannten. Aber er konnte ein abschreckendes Beispiel für die Intellektuellen seiner Liga abgeben. Er schaffte es, seine Leute von sinnlosen Mutproben und dem Versuch, ein unangepasstes Leben zu führen, abzuhalten. Drei Jahre lang saß er im berühmt-berüchtigten Walditz-Gefängnis für das, womit man sich in seinen Kreisen die Zeit vertrieb: Abtippen von Texten, Sammeln von geheimen Akten (die nicht einmal seine Person betrafen), Verfassen boshafter, antistaatlicher Artikel; vor ein paar Jahren wäre diese Art von Beschäftigung noch unvorstellbar gewesen. Cyrils Aufenthalt in Walditz erreichte bald eine größere Popularität als die Person Cyrils selbst.

Einmal plagte Sylva folgender Traum: Ein Fluss im Frühling, links und rechts davon sind Fichten, und Sylva läuft gegen den Strom. Diese Szene geht allmählich über in ein Bild, in dem man eine abgedunkelte Zelle mit vergitterten Fenstern sieht. Sylva liegt auf der Pritsche und neben ihr ein Mann, der laut schnarcht. Sie fasst ihn an und stellt fest, dass er tot ist, aber er schnarcht weiter. Doch es ist nicht der Mann, der schnarcht, es ist die Angst, die in Sylva scheppert. Sylva wacht auf, sie versucht, sich am Rand der Wirklichkeit festzuhalten, aber sie ist erstarrt, und der Schlaf zieht sie zurück ins Gefängnis. Dann weckt sie Cyril auf, sie bittet ihn, dass er mit ihr wach bleibt. Er nimmt sie bei der Hand, bringt ihr ein Glas Wasser, und Sylva erzählt ihm, was sie geträumt hat. Er streichelt sie auf dieselbe Art, als sie noch ein kleines Mädchen gewesen ist: »Nimm es nicht persönlich. Dadurch wird keinem geholfen.«

Sylva freute sich heimlich, wie nah sie ihm auf einmal sein konnte. Sie hörte aus dem Nebenzimmer, wie sich Cyril Kaffee kochte und sich dann an seine Arbeit setzte. Sie war außer Gefahr. Einen Augenblick lang glaubte sie, es würde sich nicht so ein Abgrund zwischen ihr und Cyril auftun, wenn da nicht das Gefängnis gewesen wäre.

Einmal bot sich ihnen in Prag die Gelegenheit, in einem Haus in Ruzyně zu wohnen. Aus dem Fenster konnte man direkt auf den Turm des gegenüberliegenden Gefängnisses blicken. Cyril behauptete, ihm gefiele die Wohnung. Sylva sträubte sich. Sie erwartete ein Kind und wollte nicht ständig mit dem Thema Gefängnis konfrontiert werden.

»Meinst du, Ruzyně existiert nicht, bloß weil du es nicht siehst?«, fragte er sie. »Hier ist es toll, hier kann man sicher gut leben.«

Sylva verstand, dass Cyril lieber seine Wunden direkt vor Augen hatte, als alles zu verdrängen. Genauso wie sie damals ein Heilmittel gegen ihre Alpträume gefunden hatte, indem sie vor dem Schlafengehen laut aufsagte, was passieren würde. Sie erklärte sich mit der Wohnung einverstanden und war schon innerlich dabei, ihr neues Heim einzurichten, als Cyril plötzlich seine Meinung änderte und sie das Haus fluchtartig verließen. Die ganze Fahrt zurück in die Stadtmitte sagte er kein Wort.

»Hab ich etwas falsch gemacht?«, fragte Sylva.

»Nein!«, blaffte Cyril sie an.

Sylva hatte niemals ein Gefängnis betreten, und doch hatte sie jedes Mal eine andere Meinung darüber, wie es dort sein könnte. Cyrils Bekannte versuchten ihr zu erklären, dass die dort gemachten Erfahrungen unter anderem auch deshalb so quälend waren, weil man so schwer davon erzählen konnte. Zwischen Sylvas Kindheit, in der das Gefängnis für sie genauso abstrakt war wie ein Haus auf einem Vogelbein, und ihrer Jugend – sie mochte so um die fünfzehn sein – war für sie das Gefängnis eine Quelle des Entsetzens: Menschen in Zellen gepfercht, winzige Toiletten in der Ecke; Blechschüsseln, Einheitskleidung, Entwürdigung und noch vieles mehr. Dabei war es nicht einmal die erzwungene Homosexualität, die Schikanen oder die gegenseitige Bespitzelung, die ihr den größten Schrecken einjagten. Es war vielmehr das Gefühl der Enge, das Sitzen auf Messers Schneide. Vielleicht lebte ja Cyril dort im Zustand des permanenten Entsetzens, das sie selbst einmal erfahren hatte, als sie einmal in der Bohnice-Siedlung im Fahrstuhl steckengeblieben war und dort acht Stunden auf Hilfe warten musste.

Sylva bekam das Gefühl der Beklommenheit bei der Geburt mitgeliefert, wie andere zum Beispiel einen tödlichen Virus bekommen. Die Angst vor dem Krieg, die Warteschlangen für Lebensmittelrationen in finsteren Läden und die offensichtliche gesellschaftliche Lüge gehörten genauso zu ihrem Leben wie Ferien oder das tägliche Brot. Jeden Tag begegnete sie Leuten, die all ihren Besitz verloren hatten, ihre Arbeit, ihr Selbstvertrauen. Sie wusste, wie arm sie dran waren, doch sie dachte nicht darüber nach, was das eigentlich zu bedeuten hatte. Diese Beklommenheit strahlte aus dem Unbekannten heraus. Es war eine Krankheit, nein, eher ein Tier. Ein geheimes Ungetüm wie Minotaurus. Laut Sylva T. war er in der Lage, Existenzen wie zum Beispiel den Grafen Schonbach zu erschaffen, der zurückgekehrt war aus Stalins Uranminen und bei ihren Großeltern im Souterrain eine Bleibe fand. Und Minotaurus schenkte der Welt einige besondere Exemplare wie jene alten Männer mit blechernen Stimmen, Großvaters Kunden, die tiefe Falten im Gesicht hatten und deren glühende Zigarettenspitzen immer ins Handinnere deuteten. Sie lachten laut (sehr zu Sylvas Entsetzen) und behaupteten, die Kommunisten wären alles Schweine, oder aber sie schwiegen starr und brachten einen in Verlegenheit. Dieses Tier Minotaurus produzierte solche Männer in Gefängnissen und Lagern, an deren Existenz Sylva im Grunde nicht glaubte, bis sie Cyril zum ersten Mal mit gefesselten Händen vor Gericht sah. Das Tier machte vor Sylva nicht halt, es überfiel sie in der Nacht und am Tage, immer wenn sie sich alleine wähnte. Aber auch schon viel früher, bevor sie Cyril begegnet war – und eben dieses Tier schweißte die beiden aneinander.

Einmal saß Cyril ihr am Küchentisch gegenüber, er hatte sich über seinen Skizzenblock gebeugt und schaute immer wieder hoch, als ob er sie zeichnen wollte. Dann überreichte er ihr ein Bild, auf dem ein davonfliegender schwarzer Vogel gemalt war. Darunter standen Worte, die sie erst sehr viel später übersetzt hatte: »Les oiseaux de ma tête.«

Was Cyril konkret machte und warum er immer wieder zu Verhören geladen wurde, das vertraute er ihr weder damals noch später an. Zu Hause in B. kam es zu immer heftigeren Auseinandersetzungen zwischen ihm und Helena.

»Was geht's euch an? Jetzt misch dich bloß nicht ein!«

»Entweder wir machen das alle zusammen durch, oder du lässt uns da raus!«

Den größten Ärger gab es mit den Manuskripten, die er verfasst hatte und überall in der Wohnung versteckte.

»Der Polizei ist die Ordnung hier in der Wohnung egal, sie kommt rein, bringt alles durcheinander, und zum Schluss findet sie alles!«, widersprach Helena seiner Überzeugung, man müsse für jede Seite ein gesondertes Versteck finden.

»Welche Ordnung? In diesem Chaos, das du hier hast, merkt man wenig davon!«

»Wenigstens ihr zuliebe«, sagte Helena manchmal.

Wem zuliebe? Wahrscheinlich wegen mir, dachte Sylva. Es kam ihr aber niemals in den Sinn, die Mutter würde irgendetwas ihr zuliebe tun, warum denn auch?

Die Dunkelheit brach herein. Sylva war gerade auf dem Nachhauseweg, und es muss Juni gewesen sein, denn das Gras duftete, und über ihrem Kopf schwirrten Schwalben. Sie ging die Kastanienallee entlang und erkannte schon aus der Ferne Cyrils zusammengekrümmten Körper in der Nähe des Hauses. Sie wusste nicht, ob es wieder einmal seine Nieren waren oder er bloß betrunken war.

Sie trat näher heran und sah, dass er nicht alleine war, ein Polizist drückte sich an der Hauswand herum. Ein zweiter kam eben aus dem Hauseingang, versetzte Cyril noch einen Schlag in die Magengrube, und beide zogen ihn anschließend in einen Wagen, der um die Ecke gebogen kam. Sylva wartete, bis sie davongefahren waren, dann bewegte sie sich langsam auf das Haus zu. Sie trat ein, schloss die Tür hinter sich zu und rannte die Treppe hoch. Sie wollte so gerne glauben, Cyril sei ein Held. Doch der Gedanke an seine zarte Gestalt, die sich auf die Fußmatte vor der Haustür übergibt, hinderte sie daran.

Die Tür zur Wohnung stand offen, und die Mutter saß auf der Badewanne mit weit gespreizten Beinen. Sie wandte ihren Kopf zu Sylva, doch ihr trüber Blick ging ins Leere.

»Hast du das irgendwo gelesen?«, fragte der König.

»Ja«, antwortete Scheherazade nach kurzem Schweigen. »Soll ich nach meiner Schwester rufen?«

»Das kannst du machen, es ist aber nicht nötig«, antwortete der König. »Du bist vielleicht doch eine Hexe«, brummte er halblaut. »Warum habe ich dich nicht hinrichten lassen? Oder warum habe ich dich nicht selbst gleich getötet? Vielleicht mache ich das noch.«

Tränen der Müdigkeit und Einsamkeit laufen mir das Gesicht herab, und plötzlich spüre ich die ersten Sonnenstrahlen auf meinem Scheitel. Ich blicke in den silbernen Spiegel und sehe zwei schwarze Rinnsale unter meinen Augen, mein Gesicht ist mir fremd, maskengleich. Dann sehe ich, wie das Tal erwacht. Auch jetzt darf ich Euren Garten nicht betreten, und doch werde ich zur einzigen Zeugin der Geschehnisse des frühen Morgens: Die Fontänen werden gesäubert, die Büsche zurechtgestutzt, und ich sehe, wie die Dienerinnen mit Wäschebergen zum Fluss eilen. Sie sind barfuß und wirken schwerelos. Ich will sie rufen, mit ihnen plaudern, doch ich darf nicht. Ich würde Euch aufwecken. Ich küsse Eure zarte Haut an den Schläfen, und endlich lächelt Ihr. Das stimmt mich ruhig, und ich kann mich für eine Weile schlafen legen.

In der indischen Ausgabe von *Tausendundeiner Nacht*, jener keuschen, von allen Unwesentlichkeiten bereinigten Fassung, hatte Marion Folgendes gelesen: Nachdem sie ihre Erzählungen beendet hatte, ließ Scheherazade in der tausendundzweiten Nacht nach ihren drei Söhnen rufen. Diese hatte sie dem König im Laufe der Jahre geschenkt, in denen sie ihm lehrreiche Geschichten erzählte, und nun wollte sie ihn um Gnade bitten. Das Leben der Kinder, die sie zu versorgen hatte, war ihr wichtiger als ihr eigenes, und Scheherazade bat den König inständig, er möge ihr den Tod erlassen.

Daraufhin brach Schahriyar in Tränen aus und sagte, er hätte ihr schon längst vergeben, auch ohne die Söhne, denn er sah, wie klug, keusch und edelmütig Scheherazade war. Er schenkte ihrem Vater, dem Wesir, ein feierliches Gewand und lebte mit Scheherazade glücklich bis an sein Lebensende. Gepriesen sei Allah. Es lohnt sich, um Gnade zu bitten, man braucht nicht viel zu tun.

Im Tiergarten wurde es kühler, und der Wind blies stärker. Wir standen auf und gingen zu mir ins Hotel. Was wir dort gemacht haben? Je länger ich Marion zugehört hatte, desto mehr entfernte ich mich von dem, was ich ursprünglich mit ihr vorhatte. Ich habe schon spannendere Geschichten gehört als ihre, doch sie hatten nie einen solchen überraschenden Verlauf wie bei Marion genommen. Sie führte mich durch eine alltägliche Landschaft, doch dann ließ sie mich plötzlich an einem unbekannten Ort zurück und gab mir reichlich Zeit, mich auf eigene Faust umzusehen. Wir legten uns, wie schon im Park, Kopf an Kopf auf den Teppich und tranken Wein. Irgendwann kamen wir auf das Eigentliche, unser Liebesleben, zu sprechen.

Einmal hatte Marion ein Verhältnis mit einem etwas älteren Mann, der genauso wie ich und sie durch die Welt fuhr und hie und da arbeitete. Sie trafen sich gerne, wenn auch nicht allzu oft. Die Berge, das Meer und die Dörfer wirkten dabei wie eine malerische Kulisse, und ihr Zusammensein erinnerte sie auch tatsächlich an Bilder aus Werbesendungen. Sie sind damals in einem entfernten Winkel der Alpen gewesen, als Marion plötzlich von einer Gallenkolik heimgesucht wurde. Ein Sanitätswagen fuhr lange und über unsicheres Gelände ins Krankenhaus, wo man bei Marion eine Schwangerschaft feststellte – sie war im zweiten Monat. Sie konnte sich nicht erklären, wie das geschehen konnte. Sie war sich nicht einmal sicher, ob ihr älterer Freund der Vater des Kindes sein konnte. Nachdem dieser aber hocherfreut und gleichermaßen bereit war, sein Leben komplett zu ändern, beschloss sie, sich ebenfalls zu freuen. Zwei Monate später stellte man bei Fruchtwasseruntersuchungen fest, dass das Kind einen genetischen Defekt haben könnte.

»Wie groß ist die Wahrscheinlichkeit?«, fragte Marion.

»Fünfzig zu fünfzig«, antworteten die Ärzte.

»Ihnen kann es ja egal sein, wie das Ergebnis ausfällt«, jammerte Marion.

»Die Entscheidung, liegt allein bei ihnen.«

Marion erbat sich eine Nacht Bedenkzeit. Dem werdenden Vater erzählte sie nichts und beschloss am nächsten Tag, das Kind nicht zu bekommen. Eine Nacht vor der Abtreibung weckte sie ein Schrei, der aus den Tiefen ihres Körpers zu kommen schien. Sie fuhr aus dem Bett hoch und kam daneben zum Stehen. Es hörte sich an wie ein langes und monotones i, wie ein Mantra der Machtlosigkeit. Marion stand noch eine Weile wie angewurzelt auf dem kalten Krankenhausboden und wartete, ob noch etwas passieren würde. Doch mehr war nicht geschehen.

»Wie ging es dann weiter?«, fragte ich.

Sie zuckte mit den Achseln.

»Kannst du es dir nicht vorstellen?«, erwiderte sie.

König Schahriyar schenkte Scheherazade noch ein Glas ein und sagte: »Schweig kurz und trink.«

»Die Geschichte gefällt Euch nicht«, sagte Scheherazade mit enttäuschter Miene.

»Dafür gefällst du mir«, sagte der König. Er schwieg eine Weile, und es sah so aus, als wolle er etwas sagen. Scheherazade kam plötzlich in den Sinn, dass auch er den Mund einmal aufmachen und ihr etwas erzählen könnte. Doch dann sagte er nur: »Fahr fort.«

»Der Tag bricht an«, deutete Scheherazade auf die Sonnenstrahlen hinter der Säule.

»Das ist doch Unsinn«, raunzte der König. »Es hat doch eben noch Mitternacht geschlagen.«

Und musste doch zugeben: »Wie die Zeit vergeht.«

Er stand mit Mühe auf und kleidete sich an. Dann küsste er Scheherazade zart am Ohrläppchen und flüsterte: »Erinnere mich am Abend, wo wir stehengeblieben waren.«

Ein Eunuch mit einem kaukasischen Schwert ging am Pavillon vorbei.

Der König war es nicht gewohnt, auch noch tagsüber an Scheherazade zu denken, war er doch schon nachts ganz von ihr eingenommen. Er befürchtete, sich auf nichts mehr konzentrieren zu können. Nur manchmal, bei einem Gastmahl zum Beispiel, wenn er eine schöne Melodie hörte oder den Wind in den Ästen, kam ihm jede ihrer Bewegungen oder jedes ihrer Worte in den Sinn, ohne dass er etwas dagegen tun konnte. In solchen Augenblicken hatte er große Lust, sich ein seidenes Tuch über sein Gesicht zu legen, alle um ihn herum hinauswerfen zu lassen und immer wieder zu sagen, er wäre müde, die Zeit verginge viel zu schnell, er könne nichts an sich oder an der Situation ändern und überhaupt, damit hätte er nicht gerechnet.

Der König weckte sie einmal mitten in der Nacht auf, in-

dem er an den goldenen Fransen ihres Kleides zog. »Warum erzählt Ihr nicht zur Abwechslung, verdammt nochmal?«, platzte es auf einmal aus Scheherazade heraus.

»Das geht nicht, du würdest alle meine Worte verdrehen«, lachte Schahriyar. »Und überhaupt, wo kämen wir da hin?«

Im Herbst 1979 stand Cyril T. wegen Verführung Minderjähriger vor Gericht. Sylva war entsetzt. Sie stellte sich vor, wie er junge Mädchen belästigte, und es kam ihr gar nicht in den Sinn, dass sie selbst das Opfer sein könnte. Helena bekam neuerdings immer häufiger Vorladungen zum Verhör.

»Was ist los?«, fragte Sylva jeden Tag.

»Nichts, alles in Ordnung«, antwortete Helena.

Sylva stellte sich daraufhin viele Dinge gleichzeitig vor, denn sie hatte nichts Konkretes erfahren, wie immer.

Eines Abends kam Helena sehr spät nach Hause und erklärte Sylva, wie die Dinge standen: Entweder sagte Sylva vor Gericht aus, dass Cyril sie im Alter von dreizehn Jahren missbraucht hatte, dass sie es über sich ergehen ließ und sich fürchtete, der Mutter davon zu erzählen, nachdem er ihr zuvor gedroht hatte. Oder Helena durfte zusammen mit Cyril hinter Gitter. Die Anklage lautete auf Landesverrat, Verbreitung verbotener Schriften und Aufbewahrung pornografischen Materials – Arnošts Bilder.

»Was soll ich tun?«, fragte Sylva aufgebracht.

Die Mutter zuckte mit den Achseln.

»Sie haben gesagt, sie würden dich wegbringen, wenn sie mich einsperren.«

»Wohin denn – weg?«

»Sie werden dich mir wegnehmen.«

»Wie, wegnehmen? Ich bin doch schon siebzehn.«

»Du müsstest für ein Jahr ins Jugendheim.«

»Wir könnten doch so tun, als wären wir krank.«

»Er ist doch der Kranke von uns, in der Zwischenzeit krepiert er dort im Loch.«

»Woher wissen die das überhaupt, Mama, von wem?«

»Was meinst du, was sollten sie wissen? Es ist doch überhaupt nichts passiert! Nichts wissen sie, sie haben eine blühende Phantasie. Und blöd sind sie auch nicht, sie wissen schon, wie sie einen drankriegen können.«

»Aber er hat doch nichts getan, oder?«

Einen Augenblick lang betrachtete Helena Sylva wie eine Fremde.

»Selbstverständlich hat er nichts getan, darum geht es ja.«

Nach seiner Verhaftung verschwand Cyril aus Sylvas Welt. Sein Einfluss ließ nach, und auch ein Teil seiner Bücher verschwand gewissermaßen, nachdem sie verkauft wurden. Sylva begann, sich mit Jungs in ihrem Alter zu treffen, ging zum Tanzen, und zum Lesen kam sie nur noch selten. Cyrils Abwesenheit war seltsam und doch irgendwie auch befreiend. Sein Name in der Zeitung oder auf dem Einband eines Buches wirkte fremd auf Sylva, zwei völlig unbekannte Wörter.

Doch dann war er mit einem Schlag wieder da. Sylva spürte seine Hände auf ihrem Bauch und weiter darunter. Hatte sie das damals alles nur geträumt? Und wenn nicht? Wenn man ihn wegen etwas bezichtigt, dann wird da schon ein Fünkchen Wahrheit dran sein!

Helena ging ungern hinaus, egal ob zur Arbeit, auf die Post oder zum Einkaufen, denn alle dachten, sie hätte von alledem gewusst. Sie hat weggeschaut, und jetzt deckt sie ihn. Man hätte es sich ja denken können! Von diesem Säufer, der in Mülltonnen wühlt, konnte man nichts anderes erwarten.

Man brachte Sylva in den Verhandlungssaal. Cyril trug Handschellen. Als er sie sah, lächelte er ihr kurz zu. Sylva stritt alles ab, während sie voller Scham zu Boden blickte. Nein, Cyril hab sie nicht angefasst, es käme ihr auch nie in den Sinn, dass er zu so etwas in der Lage gewesen wäre. Er sei wie ein Vater zu ihr, und für nichts anderes halte sie ihn.

Plötzlich rief eine hysterische Frauenstimme aus dem Saal, Cyril sei ein Schwein. Sylva sah, dass Cyril sich vor Angst und Scham duckte, dass er seine gefesselten Handgelenke zwischen den Knien verschwinden ließ. Sylva wurde gefragt, wie sie das Verhältnis zum Angeklagten sähe. Sie antwortete, das Verhältnis sei normal. Ach, mein Geliebter!

Einige Wochen später wurde er aus Mangel an Beweisen freigesprochen. Doch während er den Saal verließ und sich im Gehen die steifen Handgelenke massierte, hielten sie ihn gleich auf dem Korridor wieder fest und beschuldigten ihn auf der Grundlage von politischen Paragrafen erneut. Zu den Beweisen seiner antistaatlichen Aktivitäten gehörte (neben Arnošts Fotografien) auch ein auf der Schreibmaschine getippter Band mit Liebesgedichten an Helena sowie eine zerrissene Mütze, die einem Polizisten gehörte, mit dem sich Cyril vor der Kneipe geprügelt hatte. An dem Tag, als sie ihn für zweieinhalb Jahre verurteilt hatten, stand auf der Hausfront gegenüber dem Gerichtsgebäude mit Kalk gepinselt: »Cyril T. ist frei.«

Sylva saß auf dem Hauptplatz. Plötzlich hörte sie ein Pfeifen, und ihr war klar: Das ist Cyril. Das tat er immer, wenn er unten vor dem Fenster gestanden hatte und sich die Wohnungsschlüssel zuwerfen ließ. Sie drehte sich nach ihm um und sah, wie er immer näher kam, den Hut ihres Großvaters auf dem Kopf. Sein Haar war viel länger geworden, und unterhalb seiner Hosenbeine sah sie rote Socken hervorblitzen. Das war das erste und letzte Mal, dass er zwei gleiche Socken trug.

»Danke«, sagte er.

In diesem Augenblick war es gleichgültig, was sich vor Jahren tatsächlich ereignet hatte oder hätte ereignen sollen. Cyrils Verweilen neben ihr auf dem harten Sofa und der Blick voll glühenden Verlangens, diese Nähe – ihnen beiden war alles klar, der Mutter auch, genauso wie dem Staatsanwalt.

Trotz des Freispruchs blieb Cyril das Brandmal des Pädophilen auf ewig erhalten. Die Leute von B. stellten sich gerne vor, wie er das kleine Mädchen in den Arm nimmt, sie anfasst und sie mit seinem alkoholisierten Atem betäubt. Das war doch sehr erregend. Da ist was dran, wir haben es ja immer gesagt. Das sieht man dem doch an.

Endlich betrete ich die Bühne des Geschehens. Sylva war damals achtzehn. Hauptsache, du verschwindest, sagte Helena. Die Scheinehe mit einem Ausländer war zu jener Zeit für junge Damen ihres Alters genauso gang und gäbe, wie sich die Jungs vor dem Militärdienst hinter den Mauern psychiatrischer Anstalten versteckten.

Zum ersten Mal sah ich sie durch das Fenster des Caféhauses *Hlavovka* in Vinohrady, wie sie die Straße hinaufschlenderte, eine Schachtel mit Zuckerwerk in der Hand. Sie war mit ihrer Mutter auf Verwandtschaftsbesuch in Prag. Ich saß dort mit ein paar Leuten, die nach Prag gekommen waren, um Abenteuer jenseits des Eisernen Vorhangs zu erleben, um ein wenig Milan Kundera zu spielen. Wir waren alle fest davon überzeugt, die Tschechinnen besäßen ein geheimnisvolles Feuer, und waren dann doch enttäuscht, als wir sahen, dass sie wie Lokomotiven an uns vorbeirauschten. Mit Ausnahme von Sylva: Ihre Bewegungen schienen manchmal sogar wie festgefroren.

Wir sahen uns durch das große Fenster an, und ich dachte, ich gefiele ihr. Also lächelte ich und winkte sie herein. Später erzählte mir Sylva, sie sei sehr angetan gewesen von unserer südländischen Ausstrahlung, den dunklen Haaren und dem warmen Lächeln. Vielleicht war es auch das Halstuch von meiner Mutter, das ich damals trug. Dazu die Lederjacke und dann noch die dunkle Brille, obwohl es Februar war, der Monat, in dem Sylva Geburtstag hat: ein ständiges Grau in Grau, Nebel, nackte Äste und immer wieder der Geruch von Braunkohle. Sie fand mich interessant, sie dachte, ich sei Franzose. Dass ich aus dem Maghreb stammte, wusste sie nicht.

Sie hatte an unserem Tisch Platz genommen und auf Englisch gefragt, ob nicht einer von uns Lust habe, sie zu heiraten, der Papiere wegen. Wir hatten bereits von diesem Sport, den die Mädchen hier trieben, gehört, und wir wussten auch, dass unsere Jungs da öfter mitmachten. Und bei einigen hatte es auch mit der Liebe funktioniert. Wer weiß, was sich aus solch einer Liaison ergibt. Einer von uns aber durfte nicht nach Amerika reisen und bereute die Scheinheirat. Auf einmal fürchteten wir alle, bespitzelt zu werden, Unannehmlichkeiten zu bekommen. Wir sagten zu Sylva: Tut uns leid, mein liebes Fräulein, aber das geht uns zu weit. Sie wandte ein, wir könnten jederzeit einen Rückzieher machen. Die Mädels bezahlten auch dafür, in der Regel waren es tausend Dollar. Sie jedoch besitze kein Geld, das sage sie frei heraus. Sie schrieb uns ihre Telefonnummer auf, rauchte noch eine schwarze Zigarette, die wir ihr angeboten hatten, und zog mit ihren Süßigkeiten davon.

Während sie mit uns dasaß, fiel mir auf, wie sehr ihre Hand zitterte. Das überzeugte mich. Dann sagte ich mir, der Mensch sollte gelegentlich eine gute Tat vollbringen, und rief sie an. Sie brachte mir Dinge bei wie »*Vom sowjetischen Bruder lernen, heißt siegen lernen*«. Nie wieder im Leben habe ich so gelacht.

Wir verabredeten uns am nächsten Tag, suchten einige Ämter auf, nahmen Formulare mit und krochen dann, berauscht von abenteuerlichen Gefühlen, in meiner eiskalten Mietwohnung ins Bett. Das taten wir jedes Mal, wenn wir die Schwelle all der Formalitäten, Ämter und Behörden hinter uns gelassen hatten.

»Meine Süße«, sagte ich in der Nacht zu ihr.

Wir besuchten auch Helena, ihre Mutter. Ich brachte eine Blume mit und versicherte ihr, dass ich mich um Sylva kümmern würde. Doch Sylva protestierte, nein, gerade das käme nicht infrage. Sie wollte in irgendeine französische Großstadt zum Studieren, ein Stipendium beantragen. Ich fragte sie wie? Und was willst du bis dahin machen? Sie hatte doch keine Ahnung, hatte noch nie gearbeitet, war niemals ohne Geld gewesen, ohne Wohnung, ohne Freunde. Also, wer von uns war nun draußen und wer drinnen?

Das alles kam mir vor wie der Versuch, eine Seele aus der Unterwelt zu entführen, die niemals die Erde betreten hatte und von deren Schönheiten sie nur aus Erzählungen wusste. Ich sah, dass die Seelen hier in der Unterwelt es nicht nötig hatten, in Kneipen Gläser zu spülen oder im Laden zu stehen und zu verkaufen oder Geld für Steuern und Versicherungen beiseitezulegen. Sie genossen es, in Trauer vor sich hin zu vegetieren und auf ein Wunder zu warten. Ich versuchte Sylva klarzumachen, mein Leben wäre eigentlich unwürdiger als das ihre. Die Fallstricke bei ihr zu Hause wären vorteilhafter, denn sie waren offensichtlich, und sie sagte zu allem nur »Ja, ja, ich weiß« und wollte fort.

Ich war überrascht von ihrer Zärtlichkeit, Fröhlichkeit, von ihrer zarten Haut und davon, dass sie nicht von meiner Seite wich. Wir waren achtzehn, zwanzig und so naiv. Es war für uns selbstverständlich, dass unentwegt etwas passierte und dass noch viel mehr und viel Größeres passieren sollte.

Wir schrieben einander viel. Ich sagte zu ihr, es dürfe keinen Zweifel daran geben, dass wir es ernst meinten vor allem den Spitzeln gegenüber, die unsere Briefe lasen. Und so schrieben wir einander Worte der Liebe, und wenn sie Fehler machte, korrigierte ich sie mit einem roten Stift, damit die Wächter des Eisernen Vorhangs darauf aufmerksam wurden.

In der Zwischenzeit besuchte die Fremdenpolizei von Poitou-Charente meine Mutter und fragte sie, was ich mit dieser Aktion bezwecken wolle. Bis zu diesem Zeitpunkt dachte meine Mutter, ich sei verrückt geworden und solle mich um meinen eigenen Kram kümmern, doch dann fing sie an, die Beamten anzuschreien, das Leben ihres Sohnes ginge keinen etwas an. Hinterher erzählte sie mir, dass sie sich endlich zum ersten Mal, seitdem wir Algerien verlassen hatten, in Frankreich heimisch fühlte.

Ich aber gab Vollgas und wünschte mir fast, es ginge doch jemanden etwas an und die Sache würde zum Stillstand kommen. Denn ich schrieb diese Unwahrheiten an Sylva mit einer solchen Verbissenheit, dass ich zum Schluss selbst daran glaubte und Sehnsucht nach ihr hatte. Als ich sie Ostern besuchte, hielten wir uns auf der Straße fest umschlungen, unfähig, einander zu küssen. Und plötzlich klebte sie an mir fest, hörte auf, meine Privatsphäre zu achten. Ich bekam es mit der Angst zu tun und versuchte, alles wieder ins rechte Lot zu bringen.

»Ich heirate dich zwar, aber erwarte nichts von mir. Es muss eine klare Grenze geben«, sagte ich zu ihr.

Sie stimmte mir ohne jeglichen Einwand oder Vorwurf zu, und seit diesem Tag schlief ich auf dem Sofa. Eine Woche später fuhr ich erleichtert wieder nach Hause.

Das war im April. Im Juni bekam ich auf einmal einen Brief, in dem sie sich entschuldigte und erklärte, sie würde eigentlich etwas völlig anderes suchen als das, was ihr damals im Kopf herumgeschwirrt war, als sie ihr Gebäck am Café *Hlavovka* vorbeitrug. Es ginge ihr vielleicht gar nicht um das Ausland, sondern vielmehr um etwas Größeres. Das hätte sie nun gefunden. Ihr wurde klar, dass sie »in einer solchen Zeit« das Land nicht verlassen konnte. Es wäre nicht einfach zu erklären, doch sie wolle damit erst gar nicht anfangen, denn es beträfe mich schon gar nicht mehr.

Es ging mir nicht in den Kopf. Ich schrieb ihr, ich fände es schwachsinnig, nach all den Stempeln und Gebühren, nach den ganzen eidesstattlichen Erklärungen »etwas völlig anderes« suchen zu wollen. Damit hätte die Geschichte für mich beendet sein können. Doch die wenigen Male, die ich Prag besucht hatte, reichten aus, um dort Bekannte zu finden, so dass ich mich dort irgendwie daheim fühlte. Ich kehrte immer wieder dorthin zurück. Aber nur nach Prag, niemals in die Kleinstadt B., in der Sylva wohnte. Sie sollte nicht den Eindruck haben, ich würde mich allzu sehr um sie bemühen.

Ich bin der Meinung, auch eine auf echten Gefühlen basierende Ehe ist schön, wenn auch ohne jeglichen Nutzen, ähnlich einem Königreich oder einem Möbelstück aus dem Rokoko. Was konnten mir also die Papierberge anhaben, die wir zusammen ausgefüllt hatten? Ich fluchte zwar, auf der anderen Seite erfuhr ich viel über Sylva. Wer ihre Großeltern gewesen waren, wohin sie zur Schule ging, ihre Vorlieben – Sachen, nach denen ich nie gefragt hatte, mit denen ich aber unfreiwillig konfrontiert wurde. Nachdem ich so viel über sie erfahren hatte, interessierte mich plötzlich ihr Leben, und so malte ich mir die Geschichte jeder einzelnen Person aus Sylvas Umfeld aus.

Sylva bezahlte die Mittelschule, die sie nie zu Ende besuchte. Ich musste mich verpflichten, für sie aufzukommen. Die Behörden spielten uns finanziell gesehen gegeneinander aus. Es war ein erniedrigender Akt, der uns die Sache erschweren sollte, und er hatte mehr an ritueller Ernsthaftigkeit als die Gewohnheit, zusammenzuleben, oder als das Heiraten selbst. Ahnst du schon, worauf ich hinauswill, Marion? Sylva ist meine einzige Frau. Von einem Tag auf den anderen hörte ich auf, nach Prag zu fahren, und die ganzen Jahre habe ich nichts von ihr gehört.

Meine Mutter brachte ein seidenes Tuch aus Algier mit. Ich hatte es Sylva geschenkt, und sie gab es mir später zurück. Ich sagte ihr nicht, welchen Wert dieses Tuch besaß. Meine Mutter hatte es bei einer ihrer Fahrten nach Israel auf einem Markt in Jaffa gekauft. Es erschien ihr merkwürdig in seiner auffälligen Farbigkeit, und das Muster darauf erinnerte an die Architektur eines seltsamen Gartens, irgendeines Labyrinths. Ich hatte es oft verloren, doch immer wieder kam es zu mir zurück.

Einen Monat vor unserer unechten Hochzeit, für die Helena echten Wein gekauft hatte, tauchte Cyril auf. Er trug eine alte Einkaufstüte in der Hand und pfiff unter dem Fenster seine gewohnte Erkennungsmelodie.

Er kam zwei Tage nach Sylvas neunzehntem Geburtstag raus, im Jahre 1981. Er wurde vorzeitig entlassen, just zu jener Zeit, als es zu Massenverhaftungen von Dissidenten kam, als Folge eines Spionageaktes, der unter dem Namen »Lkw-Affäre« in die tschechische Geschichte einging. Es wurde nie geklärt, wer die Grenzpolizei auf den französischen Transporter, der randvoll mit illegalen Zeitungen und Zeitschriften war, aufmerksam gemacht hatte. Zufällig entdeckt wurde er jedenfalls nicht. Es folgte ein Polizeieingriff, der fast die vollständige tschechische Dissidentenschaft für kurz oder lang hinter Gitter brachte. Das Ganze roch nach einer lange und sorgfältig geplanten Provokation. Auf der Suche nach dem Schuldigen führten aber alle Spuren zu vertrauenswürdigen und patenten Männern und Frauen. Einige von ihnen lebten im Ausland, andere waren da geblieben. Einige wiederum lebten in Saus und Braus, während manche wie Cyril im Gefängnis saßen. An dem Tag also, als die Dissidenten verhaftet wurden, wurde niemand entlassen, nur Cyril.

Das war für alle ein Rätsel. Allerdings wurde Cyril erst sehr viel später darauf angesprochen, worauf er mit einem Seufzer zu verstehen gab: »Ach ja, ich hätte lieber dort bleiben sollen. So haben sie die Möglichkeit, mich morgen wieder einzulochen.«

Sylva versuchte damals, jedes einzelne Wort, das aus seinem Mund kam, zu analysieren. Wie wirkte es auf ihn, dass alle anderen verhaftet wurden und er als Einziger freikam? Sie hatte den Eindruck, Cyril wollte keine emotionalen Regungen nach außen dringen lassen, um sich nicht in irgendeiner Form verdächtig zu machen. Gleichzeitig kam sich Sylva wie der Großinquisitor vor und ärgerte sich. Du willst nicht gestehen, also bist du schuldig. Wie in dem berühmten Gerichtsfall in Algier. Der Mann, der nicht auf der Beerdigung seiner Mutter geweint hatte, war schuldig.

Cyril war nicht aufgefallen, dass Sylva seine Bücher sorgfältig im Regal angeordnet hatte. Er setzte sich auf den Küchenstuhl, und das einfallende Nachmittagslicht bedeckte genau eine Hälfte seines aufgedunsenen Gesichtes. Sie brachte ihm Essen und blieb vor ihm stehen wie ein Kellner, der ungeduldig darauf wartet, dass der Gast endlich zahlt. Er senkte seinen Blick, nahm ihren roten Seidenrock in die Hand und gurrte leise vor sich hin, während er einen Rockzipfel zwischen seinen Fingern rieb.

Es rasselte im Schloss, und Helena trat ein. Sie setzte sich ihm gegenüber und legte ihre Hände, die jetzt unentwegt zitterten, auf die seinen. Sylva stellte fest, dass beide ein aufgedunsenes Gesicht hatten, als ob sie die zwei Jahre zusammen in einer Zelle verlebt hätten. Dann verließ Sylva die Wohnung. Als sie zurückkehrte, fand sie die beiden in der altbewährten, liegenden Position vor dem Fernseher. Sie setzte sich auf die

Seite, auf der Cyril lag. Er drehte sich für einen Augenblick zu ihr hin, was die Mutter mit einer Schnelligkeit registrierte, als könnte sie abgefeuerte Projektile im Flug fangen. Sie machte den Fernseher aus und half Cyril beim Aufstehen, denn seine Knie taten weh.

»Du brauchst Schlaf. Am besten im Bett«, sagte sie.

Sie ist obszön, dachte Sylva.

Es gehörte zu Cyrils Eigenschaften, sich Leute vom Leib zu halten. Auf der anderen Seite ließ er diejenigen, die sich ihm treu angeschlossen hatten, nicht mehr los. So nahm er Sylva regelmäßig nach Prag mit, wenn er Konzerte oder geheime Vorlesungen besuchte. Er wollte um jeden Preis verhindern, dass sie mich heiratet und nach Frankreich zieht.

»Wo willst du das Glück suchen? Glaubst du, du findest es dort? Es ist doch schon in dir.«

Er schwang feurige Reden über Freiheit und ihre Grenzen. Das, was Sylva mit mir zu tun gedachte, war seiner Ansicht nach keine Wahl, sondern ein Irrtum. Er sprach davon, wie die Leute sie hier brauchen würden, und das wirkte. Ich glaube, damals hatte sie hauptsächlich Veränderung gebraucht, einen Impuls, eine neue Kulisse in ihrem Leben. Sie wollte sich einer neuen Situation stellen. Diese Veränderung brachte dann Cyril mit sich, er war besser als der Westen, besser als ich. Den Satz »Die Leute hier brauchen dich« übersetzte sie für sich in »*Ich* brauche dich«.

An die erste Zeit mit ihm erinnerte sie sich ungern. Sie war gekennzeichnet von seiner ablehnenden Art, mit der er alles von sich wies und seine Umgebung verletzte. Es war ihr lieber, ihn von der Ferne aus zu bewundern und es ihm im Stillen recht zu machen. So brachte sie seine Bücher in Ordnung, löste das Aufgebot auf und kaufte sich ein Kleid in seiner Lieblingsfarbe, in einer Farbe, die seine Augen schonte. In den letzten zwei Jahren ging es mit Helena bergab. Sie fing an zu trinken und ließ sich zu Hause kaum noch blicken. Sylva hoffte, sie hätte jemand anderen gefunden. Auf alle Fälle wollte Sylva bis zum Abitur bei einer Freundin wohnen. Keiner hielt sie davon ab. Jeden Tag ging sie mit ihren Lehrbüchern auf den Hauptplatz, dorthin, wo die Mutter vor Jahren Cyril gesehen hatte, wie er auf dem Eis ausrutschte. Sie wartete, bis er aus dem Lagerhaus kam, in dem er arbeitete, oder aus der Polizeistation, wo er sich immer wieder melden musste.

Sie lud ihn zum Kino ein und brachte ihm Bücher mit. Meistens gingen sie auf ein oder zwei Bier in die Kneipe. Doch er saß nicht mit Sylva zusammen, sondern mit Bekannten hinter der Theke.

»Danke«, sagte er dann immer – sie stand ein wenig abseits – und berührte manchmal ihre Hand oder ihr Gesicht. Daraufhin ging er hinaus, noch bevor Sylva es schaffte, ihn irgendetwas zu fragen. Sie wünschte sich in dieser blitzartigen Vereinigung zu erstarren. Das konnte doch nicht alles gewesen sein. Ihre Liebe wurde aus Langeweile, aus Verlegenheit geboren und wuchs zu einer Krankheit heran, ohne die sie sich keinen einzigen Schritt mehr vorstellen konnte.

Nach dem Abitur arbeitete Sylva auf einem Landgut mit dazugehörigem Schloss. Ein paar Monate später kehrte sie nach B. zurück. Sie wollte Helena besuchen, doch die Tür öffnete ihr Cyril. Er trug ein Flanellhemd und Pantoffeln, und hinter seinem Ohr steckte ein Bleistift. Er ging ihr voraus, und seine Bewegungen hatten etwas von einem Seebär. Musik aus dem Radio beschallte die Wohnung. Er war bestens gelaunt und umarmte sie freundschaftlich. Dann fragte sie ihn, ob er Lust hätte, mit ihr auszugehen.

Das kostete sie fast ihr sämtliches Erspartes. In der Kneipe redete die ganze Zeit nur sie, lauter Belanglosigkeiten, während er schwieg oder Bekannte grüßte. Danach begleitete er sie nach Hause, ließ sie allerdings an der Tür stehen und verschwand. War das peinlich! Zwei Tage später, als sie sich endlich klarmachen konnte, dass das Ganze keinen Sinn hatte, und sich schwor, ihn nie wieder zu besuchen oder gar an ihn zu denken, erhielt sie einen Brief:

Meine über alles Geliebte,

eine Beziehung lässt sich auf zwei Arten führen: Auf der einen Seite beruht sie auf Verständnis oder auf dem Interesse daran, was der andere macht oder was er ist. Solch eine Beziehung ist gewiss von Dauer, solange man sie aushält. Die zweite Art beruht auf dem »Davor«: Alles ist schon passiert, noch bevor wir uns kennenlernten. Es existiert kein Einverständnis oder eine sogenannte »Zuneigung«, die ja ein gegenseitiges Geben und Nehmen impliziert und daher unmoralisch ist.

Wenn du mich berührst, wenn ich dich berühre, dann wird alles, was bereits passiert ist, wieder da sein. Man könnte einwenden, solche Sachen würden sich abnutzen. Ich aber denke, man sollte das »Davor« wiederbeleben, denn es ist eine unerschöpfliche Quelle.

Das, was uns eint, lässt sich nicht ändern, selbst wenn wir wollten – es liegt nicht in unseren Händen, die Ewigkeit zu richten.

Die andere Sache ist die, dass ich mich nicht traue, auch nur einen Schritt auf dich zuzugehen. Ich überlasse alles dir.

Sylva läuft ziellos durch die verregnete Kleinstadt mit Cyrils Brief in der Hand. Sie kommt an das Viadukt und würde gerne die Schläge der Wrangen und das Rauschen der Züge hören. Hauptsache irgendein Donnern oder ein anderes mächtiges Geräusch. Doch es ist still ringsum. Was soll ich denn jetzt tun, jetzt, wo es passiert ist, überlegt Sylva. Wie soll es weitergehen? Vielleicht ist gerade jetzt der richtige Zeitpunkt, es zu beenden.

Sie sieht vor sich das Gesicht der Mutter, die Augen starr auf ein imaginäres Haus gerichtet, in das niemand Helena begleiten darf, ihre aschfahle Haut und das stumpfe Haar, durchwirkt von silbernen Strähnen. Zum ersten Mal sieht sie die Folgen des Lebens im Gesicht ihrer Mutter. Dann schmink dich doch wenigstens, sagte sie unlängst zu ihr. Was willst du, entgegnete Helena darauf. So sieht man hinterher aus, so läuft das eben. Wonach denn, schießt es Sylva blitzartig durch den Kopf.

Bis zum Abend geht sie Cyril aus dem Weg, sie fürchtet sich und hofft, dass er in einer plötzlichen Anwandlung die Flucht ergriffen hat. Doch als sie in der Abenddämmerung nach Hause läuft, wartet Cyril schon an den ersten Arkadenbogen und nimmt sie schweigend am Arm.

»Vorhang auf«, flüstert er ihr ins Ohr und muss dabei auf die Zehenspitzen steigen, denn Sylva ist größer als er.

In diesem Augenblick gehen alle Lampen am Hauptplatz an, und Cyril führt Sylva durch die Lichtkegel am Denkmal vorbei bis zum Haus, wo es wieder dunkel ist. Sylva fängt hysterisch an zu lachen, und Cyril streichelt ihre Wange. Dann zieht er ihr den Kopf an seine Schulter. Sein Unterhemd ist gebügelt, es riecht wie ein Fluss im Sommer, und Sylva sieht aus dem Augenwinkel weiße Laken, die sich in der Sommerbrise heben, und eine Wäscheleine voller bunter Kleidung.

Die Frau auf dem ebenen Dach des weißen Hauses streckt die Hand nach meinem Seidentuch aus.

Seit jener Zeit wurde Cyril zudringlich. Immer wieder forderte er Sylva auf, mit ihm zu schlafen.

»Tue es«, sprach er ihr zu, während sie sich in der Kneipe

beim Bier gegenübersaßen oder wenn sie aus dem Kino kamen. Er ging sowieso nur ihr zuliebe hin.

»Mach es, Liebling, es wird dir guttun.«

Und obwohl es ihr die Jahre über um nichts anderes gegangen war, Cyril so nah wie möglich zu sein, widerte Sylva auf einmal sein Körper – samt seiner Stimme und dem fliehenden Kinn – an. Man konnte es als das Schamgefühl eines jungen Mädchens auslegen, und eigentlich war es auch ein Schamgefühl, allerdings ein unerwartet störendes. Sylva betrachtete die Jungfernschaft als einen Ausdruck von Rücksichtslosigkeit gegenüber Männern, die sich einen gefälligeren Umgang verdient hätten. Ich will keine Jungfrau, ich bin doch kein Metzger, sagten die Männer oft zu ihr. Und so wurde das Schamgefühl erst viel später Bestandteil ihrer Erotik, erst als sie ausschließlich Cyril gehörte und es nicht mehr natürlich war, sich vor anderen auszuziehen. Je älter sie wurde, desto mehr schämte sie sich, umso mehr gewann ihr Körper an Bedeutung.

Eines schönen Sonntagnachmittags wurde sie allerdings schwach. Es war ein Spiel mit dem Feuer, das wusste sie und auch, dass sie nie wieder damit aufhören konnte. Danach fragte er sie: »Hast du Angst? Soll ich gehen?«

»Ja.«

Er sagte ihr, er werde nach Hause gehen und Helena erzählen, was geschehen war. Sie saß damals mit Cyril auf alten Holzbrettern in einem verlassenen Garten, der sich hinter einem der Bürgerhäuser am Hauptplatz befand. Dann stand er auf und entfernte sich leise, während Sylva ihre von Mücken zerstochenen Knie betrachtete. Sie stand auf, kletterte mühelos über den Zaun des angrenzenden Schwimmbads und schwamm ein paar Bahnen. Sie war ganz allein.

Bedeutet es, dass ich von heute an auf niemanden mehr werde warten müssen? Dass wir jetzt für immer zusammen sind? Erst dann versuchte sie sich das Gespräch vorzustellen, das Cyril gerade mit Helena führte. Was habe ich da bloß getan?, fragte sie sich laut.

Er kam am späten Nachmittag in ihr Zimmer, und kaum hatte er die Tür hinter sich zugemacht, umarmte er sie. Schweigend lagen sie sich in den Armen. Nach einer halben Ewigkeit wand sich Cyril aus ihrer Umarmung, lehnte sich an die Wand und sprach mit geschlossenen Augen: »Ich habe ihr nichts von uns erzählt, es ging nicht.«

»Wie können wir uns denn lieben, wenn sie nichts weiß«, entgegnete Sylva aufgebracht.

Er kniete nieder, umarmte ihre Knie und drückte seinen Kopf dagegen.

Danach trafen sie sich noch ein paar Male im Wald oder in einer fremden Wohnung. Doch dann fing Cyrils Körper plötzlich an, sich gegen die unklaren Verhältnisse aufzulehnen, seine Haut juckte, und er sträubte sich gegen Sylvas Berührungen. Sylvas Haut wiederum war mit roten Pusteln übersät, die sie in der Nacht quälten und sie zwangen, sich bis aufs Blut zu kratzen. Einmal schliefen sie kurz nebeneinander ein. Sylva wachte auf und sah Cyril neben sich sitzen, er schlief, aber er schrie laut auf: »Und ich dich nicht? Ich vielleicht nicht?«

Als sie ihn berührte, kam er zu sich und sagte sanft: »Ich hörte dich sagen, dass du mich liebst. Aber das habe ich nur geträumt.« Sylva kann sich nicht mehr erinnern, ob sie damals zusammen weggingen oder jeder für sich.

Eine Woche später fuhr Sylva nach Prag. In den folgenden Jahren traf sie Cyril nur selten, und wenn sie sich mit ihm unterhielt, dann nur in Gesellschaft. Zu guter Letzt traf sie ihn überhaupt nicht mehr, weil es wegen ihr mit Helena Streit gab. Der eine hatte dem anderen noch eine Chance gegeben.

Dann begegneten sie einander auf einer politischen Versammlung im Frühling 1989. Er drückte ihr irgendwelche Flugblätter in die Hand und wies sie an, diese zu verteilen. Sie musste lachen: Er hatte sich überhaupt nicht verändert!

Von nun an wurde ihr Verhältnis ruhig und unverbindlich. Cyril verbrachte die Werktage mit Sylva, und am Wochenende fuhr er zu Helena. Sylva bestand nicht mehr darauf, alles von ihm zu erfahren. Es ist sowieso bald zu Ende, sagte sie sich. Wenn sie an die Zukunft dachte, dann wusste sie, dass es nicht so weitergehen konnte: dieses verrückte Leben, das sie mit ihm führte, die ständigen Besäufnisse, die Bücher, Streitereien, die Verhaftung von Bekannten und diese konspirativen Abende, die immer erst morgens zu Ende waren, wenn man in verrauchten Wohnungen aufwachte.

Es war Anfang November 1989, mitten in der Nacht in einer Bar in Brünn. Der Barkeeper drehte das Radio lauter, denn in den Nachrichten war die Rede vom Fall der Berliner Mauer.

»Was wird jetzt aus uns?«, wandte sich Sylva an Cyril.

Die Leute drehten die Köpfe wie in Trance zum Radio und hörten mitten im Satz zum Sprechen auf.

»Ich weiß es nicht«, sagte er sanft.

Sie blickten noch eine Weile zusammen mit den anderen in Richtung des Rundfunkgeräts, dessen Lautsprecher mit dunklem Stoff überzogen war.

»Vielleicht sind jetzt schon viele Leute verloren. Und ich weiß genau, dass wenn ich noch nicht verloren bin, so bin ich nur einen hundertstel Millimeter davon entfernt … Auf das, was kommen wird, auf die Freiheit.« Cyril hob sein Glas.

Wie kann er wissen, dass das gut ausgehen wird, dachte Sylva.

Und überhaupt, was heißt das, gut ausgehen.

Zwei Monate später kam heraus, dass Sylva schwanger war. Sie hatte genügend Zeit, sich zu entscheiden, aber all die Ereignisse um sie herum lähmten sie. Sie war überhaupt nicht in der Lage, sich gegen diesen Ansturm an Veränderungen zu wehren. Sie konnte gar nichts tun. Als sie dann Cyril von der Schwangerschaft erzählte, sah sie, dass er endlich glücklich war und dass sich alle Probleme wie durch Zauberhand auflösten.

»Ich werde mich um alles kümmern«, sagte er zu ihr.

»Was ist los?«, fragte Schahriyar. »Warum schweigst du, Scheherazade?«

Sie blickte über seine Schulter hinweg in die Dunkelheit des Gartens, und ihre Augen malten matte Lichtkegel, die sich wie Schneeflocken auf Büschen und Wegen niederließen. Beide hörten das Knistern von Sandalen im Sand, doch der nächtliche Wanderer versank in der Dunkelheit, und Scheherazades Augen suchten ihn vergeblich.

Helena saß auf einer Bank im Innenhof des Klosters, und obwohl es schneite, trug sie eine Sonnenbrille. Ihre Augen waren vom ständigen Weinen entzündet, und eine Besserung ihres Zustandes war nicht in Sicht.

Cyril hatte ihr geschrieben. Er wollte sie am Samstag an diesem Ort treffen, um mit ihr »alles, wie es sich gehört, zu klären«. Der Brief war vom 14. November datiert, und heute war der 27. Wenn Cyril den letzten Samstag gemeint hatte, so kam sie zu spät. Meinte er allerdings diesen, so konnte sie sich sicher sein, dass niemand auf der Welt an diesem Tag private Probleme löste. Am Abend vorher wurde das Politbüro aufgelöst und die KP gestürzt. Eigentlich erwartete sie ihn gar nicht mehr hier, vor der Dorfkirche unweit seines Heimatdorfes. Sie sah ihn ja jetzt jeden Tag im Fernsehen, wie er als einer der wichtigsten Persönlichkeiten des Umbruchs dort oben auf der Tribüne stand.

Seit Jahren sprach Helena nicht mehr von Sylva, die zu jener Zeit nicht von seiner Seite wich. Es langweilte sie. Andererseits machte sie sich Sorgen um ihre Tochter und wollte ihr sagen, sie solle sich vor Cyril in Acht nehmen. Nun sah sie ihn durch das Barocktor schreiten, wie sie einst Sylvas Katze (oder besser gesagt deren Geist) in die Wohnung treten sah und nach ihrem Tod (sie war vom Auto überfahren worden) noch monatelang darin umherlaufen. Helena wollte ihm lediglich einige seiner Unterlagen wiedergeben, die sie für ihn jahrelang bei Freunden vor der Polizei versteckt gehalten hatte. Sie wollte sich gar nicht weiter mit ihm abgeben. Und weil er nicht kam, hätte sie die Sachen genauso gut in den Papierkorb werfen können. Obwohl Cyril alles, was ihm unter die Finger kam, wie ein Besessener archivierte, kehrte er nicht zu abgehakten Dingen zurück.

Ringsum konnte Helena kilometerweit nichts als zugeschneite Felder sehen, während die Menschen, ergriffen von den politischen Ereignissen, daheim vor dem Fernseher saßen oder sich vor den Leinwänden auf den Stadtplätzen die Füße abfroren. Helena hätte gerne einen Schluck getrunken, allerdings hatte sie nichts bei sich, und so versuchte sie das neu aufkommende Gefühl zu benennen, das sich unterhalb ihres Zwerchfells nach oben auszubreiten begann.

Sie würde nicht länger auf ihn warten, sie wollte ihn nie wieder sehen. Selbst wenn er noch käme, sie hätte ihm nichts zu sagen gehabt. Er war für sie ein Abklatsch der Person aus dem Fernsehen, jeden Tag sah sie sich seine Show im Parlament an. Er war nicht mehr der alte Cyril.

Endlich war sie in der Lage, das in ihr aufkeimende Gefühl zu beschreiben. Es war eigentlich nicht so, dass sie etwas Neues spürte, eher andersherum, als ob etwas verschwunden wäre – eine Last, ohne die sie sich nicht vorstellen konnte zu leben, mit der sie so eng verwachsen war. Es war die Angst, die langsam von ihr wich. Auf einmal hörte sie auf, sich zu ängstigen.

Helenas Erinnerung an Angst reichte bis in die Kriegszeiten, früher noch, bis zum Tod der Tante und zum Traum vom reißenden Fluss in den Bergen. Sie wusste nicht, wie man in einem Land wie diesem angstfrei leben konnte. Schließlich durfte man es nicht einmal als Erwachsener verlassen, geschweige denn in den Urlaub fahren. Die Angst aus der Kindheit, ausgelöst vom Luftangriff der Deutschen, wandelte sich allmählich und trat in mannigfaltigen Erscheinungen ans Tageslicht: So war zum Beispiel die Angst da, man könnte den Vater einsperren oder sie bekäme keine Arbeit oder Arnošt würde plötzlich sterben und sie könnte sich dann nicht mehr alleine um Sylva kümmern. Und dann war da noch die Angst, Cyril könnte weggehen oder jemand könnte ihm Leid zufügen. Die Angst vor der Polizei war eine ihrer vertrautesten Ängste. Jetzt sind schon einige Stunden vergangen, und keiner ist gekommen, um sie nach Cyril und Sylva auszufragen, ihre Schubladen zu durchforsten oder um sie gewaltsam in eine Zelle einzusperren oder in diese Stadt, dieses Land.

Sie war sechsundfünfzig Jahre alt, und niemand erwartete noch irgendetwas von ihr. Es kam nicht mehr darauf an, wie sie aussah, ob sie freundlich war, arbeiten konnte oder sich um den Haushalt kümmerte. Sie drehte sich um und betrachtete das Netzgewölbe des Kreuzgangs, dann den unnötig groß gebauten Dom, den sie niemals von innen zu Gesicht bekam, weil die Kirche unter den Kommunisten immer geschlossen war. Der Dom erinnerte sie an ein Bild der Kathedrale von Toledo. Cyril liebte das Toledo von El Greco. Die frostigen Temperaturen brachten Helena schließlich aus ihrer neu erworbenen Freiheit auf den wahrhaft eiskalten Boden der Tatsachen.

Sie kam nach Hause, packte ein paar Sachen in ihren Koffer und verließ mit erhobenem Haupt die extra unaufgeräumt gelassene Wohnung. Nachdem sie all ihre Ersparnisse abgehoben hatte, nahm sie den ersten Zug über die Grenze. Sie fuhr zunächst nach Wien und dann weiter in den Südwesten. Die Züge in die andere Richtung waren voller Menschen, die ihr fröhlich zuwinkten. Sie hatte ein Abteil ganz alleine für sich.

Sie erinnerte sich an ihre letzte Fahrt ohne ein bestimmtes Ziel. Das war vor über fünfzig Jahren. Damals schien es ihr, ihre Eltern und ihr Bruder würden immer weiter, immer höher hinaus wollen. Als ob es nicht schon gereicht hätte, mit einem vollgepackten Auto durch Italien zu tingeln! Nein, es musste noch ein Museum und noch eine Burg besucht werden. Ihr kam plötzlich jene Stelle in den Bergen in den Sinn, wo der Wildbach über Steine und Moos hinwegrauschte und an dem sie viele bunte Tücher sah.

Sie machte sich furcht- und planlos auf den Weg, ungefähr in die Richtung, wo sie Toledo vermutete. Dabei verfolgte sie keineswegs die Absicht, dort ankommen zu wollen. Wenn ihr in der Zwischenzeit etwas Interessanteres in den Sinn kommen sollte, würde sie nicht zögern. Die ersten Tage ihrer Reise überlegte sie, wie ihr Leben hätte anders laufen können, wenn die alles betäubende Angst sie nicht so fest umklammert hätte. Doch ihr fiel nichts ein. Sie hatte es damals gescheut, sich an der Uni anzumelden, da sie dachte, eine Ablehnung wegen ihrer Eltern wäre ihr sicher. Dann hatte sie Arnošt geheiratet, weil sie auf eine Wohnung im Grenzgebiet hoffte. Dabei wusste sie genau, er würde niemals weggehen wollen. Sie hatte Abtreibungen vornehmen lassen, weil sie Angst hatte, »in diesen Zeiten« ein Kind großzuziehen. Und als Arnošt gestorben war, flüchtete sie aus Prag, um nie wieder über ihn reden zu müssen. Alles kam, wie es kommen musste.

Sie fragte sich immer: Aber was kann ich denn sonst noch

tun? Erst jetzt kam ihr in den Sinn, dass nur die Angst sie gelähmt hatte, dass sie im Grunde immer hätte entscheiden können. Nun war sie erleichtert. Sylva zum Beispiel war ihr schon lange Zeit egal. Und warum denn auch nicht? Jetzt musste Helena ihre Tochter nicht mehr lieben!

In Mailand nahm sie den Zug nach Bordeaux. Sie hatte zwei Stunden Aufenthalt und ging zum Dom. Während ihr die Bahnhofshalle riesig vorkam, wirkte der Stadtkern auf sie wie die Altstadt von Olmütz. Der Dom war erstaunlich klein, die Scala provinziell und zwischen zwei mächtige Häuser gepfercht, genauso wie das Theater von B.

Die Fahrt von Genua nach Bordeaux ging am Meer entlang, die ganze Zeit regnete oder schneite es. Der Zug war fast leer. Ich habe Glück, sagte sich Helena, im Sommer muss es unerträglich sein.

An der französisch-spanischen Grenze stieg ein Mann mit einem dunklen, vornehm aussehenden Gesicht und zusammengewachsenen Augenbrauen zu. War es ein Araber? An seiner Seite war ein etwa zwölfjähriger Junge, und beide unterhielten sich in einer fremden Sprache: »Hast du an Ostern frei?«, fragte der Mann.

»Ich würde dich gerne in die Bretagne mitnehmen.«

»In die Bretagne? Hm, nein, ich habe keine Ferien.« Der Junge antwortete auf Französisch, dabei hielt er aber ein Abenteuerbuch in spanischer Sprache in den Händen.

Hinter den Fenstern des Zugs ging Frankreich in Nordspanien über. Auf dem Felsen auf der gegenüberliegenden Seite standen drei mit weißer Farbe aufgemalte und fünf Meter hohe Buchstaben. ETA, las Helena.

»Schau.« Der Mann deutete aus dem Fenster auf den aufgeschäumten Ozean. »Wie unruhig das Meer ist.«

Der Zug kam irgendwo im Landesinneren zum Stehen.

»Saint-Jean-de-Luz«, sagte der Mann.

»Ich will schlafen«, sagte der Junge. »San Juan de Luz.«

Als der Mann merkte, dass Helena zugehört hatte, lächelte er ihr zu: »Legen Sie sich ruhig hin und machen Sie es sich bequem.« Er bot ihr seinen Platz an und setzte sich auf die andere Seite zum Jungen.

»Fahren wir über Madrid?«, fragte der Kleine.

Der Mann nickte.

»Über Sevilla?«

»Ja.«

»Huelva?«

Wohin zum Kuckuck fahren sie denn? Helena hatte Hunger, und ihre Augen schmerzten. Das war nichts mehr für sie. Der Zug fuhr schon richtig, es war schon spät. Sie hätte lieber zu Hause bleiben und warten sollen, bis Sylva anruft und irgendetwas braucht. Vielleicht erwartet sie ein Kind. Im Grunde ist sie Sylva dankbar, denn Cyril ist ihr zu anstrengend geworden, sie braucht jetzt Ruhe. Wie Nina zu sagen pflegte: Das ist doch wohl nicht zu viel verlangt.

Aus dem Sausen der Züge von den anderen Gleisen hörte Helena eine Stimme. Sie gehörte einem Mann mit einem altertümlich aussehenden maurischen Gesicht.

»Darf ich Ihnen ein Rätsel aufgeben, Madame? Welche Kultur sah das menschliche Leben als wertvollstes Gut an, was meinen Sie?«

»Unsere«, antwortete Helena im Halbschlaf. »Oder Ihre, ich weiß nicht, wie ich das ausdrücken soll.«

»Genauso ist es. Wenn ihr Weißen das Leben nicht über alles stellen würdet, dann gäbe es keine Terroranschläge, Flugzeugentführungen oder biologische Waffen. Es geht nicht um Politik, es sind Angriffe auf eure verdammte Schwäche. Oder eure stupide Humanität, die euch noch ins Grab bringt.«

»Ich hol dir ein Bier«, sagte der Junge.

»Bleib sitzen, mein Junge, bleib sitzen«, sagte der Araber.

Seine Stimme klang verändert. Der Zug bewegte sich ein paar Meter vorwärts, und Helena sah, wie ein Mädchen in der Bahnhofsbude bunte Seidentücher verkaufte. Wie kann das sein, dass es in einem solchen Loch so wunderschöne, originelle Tücher zu kaufen gibt. Sie sahen aus wie große Papageien, und Helena wollte sie anfassen.

Am Bahnsteig ging ein Polizistenpaar auf und ab und kontrollierte das Gepäck der Reisenden. Schon wieder! Da hätte ich genauso gut in B. bleiben können!

»Komm schon, wir steigen aus«, sagte der Mann zum Jungen und winkte gleichzeitig der Frau mit den Tüchern zu.

»Wohin denn? Was ist passiert?«, fragte der Junge. Der Maure zog den Jungen am Ärmel hinter sich her. Helena sah, wie beide mit der Verkäuferin sprachen, wie sie sich durch die Tücher wühlten und schließlich eines kauften. Die Wache kam vorbei und verlangte den Ausweis des Mannes. Der Junge zog die Männer am Mantel und zeigte aufgeregt auf Helena hinter dem Zugfenster. Die Polizisten hörten ihm aufmerksam zu, während ihm der Maure liebevoll übers Haar strich. In dem Augenblick fuhr der Zug los, und Helena sah, wie die Menschen am Bahnsteig immer kleiner wurden. Unter dem Sitz lag ein Rucksack, der Junge hatte ihn vergessen. Kurz darauf versank Helena irgendwo in der Tiefe.

Ein großer Knall und das Klirren von Glas weckten sie auf. Sie hatte keine Zeit, sich zu erschrecken, und verspürte auch keinen Schmerz. Nach einer unbestimmt langen Zeit sah sie sich, wie sie aus einem beleuchteten Tunnel direkt in einem Bett landete. Sie befand sich in einem Zimmer, dessen Fenster hinaus ins Grüne gingen. Von unten hörte man Stimmen. Irgendwelche Leute unterhielten sich angeregt in einer fremden Sprache. Es war eine neue Sprache, die noch niemand kannte. Helena konnte sich nicht an ihren Namen erinnern und blickte sich neugierig um.

(Notizen zur Vorlesung II)

König Schapur I. lieferte sich mit den Römern drei Schlachten. Wahrscheinlich traf er im Jahre 242 im Verlauf des Feldzuges gegen Gordanius, auf Plotin, von dessen Werk er nur wenige Informationen hatte. Plotin begleitete damals die römische Armee. Er interessierte sich lebhaft für die zoroastrische Lehre, die, ohne dass sie Persien jemals verlassen hatte, die Welt so bereicherte. Was war der Zauber des Zoroastrismus?

Nachdem Gordanius in Mesopotamien ermordet wurde, flüchtete Plotin über Antiochia nach Rom. Ob es jemals zu einem Treffen zwischen ihm und Schapur gekommen war, ist bis heute nicht bekannt.

Die folgenden Jahre bekriegten sich Römer und Perser bis aufs Blut, wobei unklar ist, wer den Krieg gewonnen hatte, denn beide Völker verkündeten daheim den Sieg.

Ist es möglich, dass ein Mann wie Schapur sich von ganzem Herzen einer Religion wie der zoroastrischen verschrieb? Wie konnte er Mazda unterwürfig sein, wenn er sich selbst als göttliches Wesen betrachtete? Und geriet er nicht in Konflikt mit der griechischen Auffassung von Freiheit des eigenen Denkens und der Notwendigkeit des Staates? Vielleicht war Ahura Mazda hier vonnöten, damit Schapur seine Autorität aufrechterhalten und die moralische Verantwortlichkeit für sein Volk übernehmen konnte.

So war wohl nicht Schapur der Stellvertreter Ahura Mazdas, sondern es verhielt sich genau umgekehrt.

Cyril befand sich auf dem rechten Weg und hatte seine Prinzipien. Sie machten ihm das Leben zwar nicht leichter, aber er war stolz darauf. Wer hatte heutzutage schon Prinzipien? Sollte er sie verlieren, bliebe vielleicht nichts von ihm übrig.

Vielleicht wäre er nur eine gesprungene Feder, feuchter Schnee. Cyril sagte sich: Ich lasse mir mein Nest nicht beschmutzen. Er verurteilte das Unrecht, verteidigte die Wahrheit und riss das Übel samt der Wurzel aus. Bei diesen schweren Aufgaben half ihm oft nur seine Verspieltheit, sicherlich nicht Sylva. Sie kannte keine Regeln, genauso wenig wie sie Cyril kannte. Die beiden waren sich fremd.

Unlängst bedrängte sie ihn, er möge doch mit ihr einige Tage verbringen, zu zweit, nur sie allein. Das Kind könnten sie in der Zwischenzeit irgendwo abgeben. Cyril sträubte sich zunächst, doch dann willigte er ein, ließ sich aber nicht weiter als zwanzig, dreißig Kilometer wegbewegen. Sylva fuhr ihn mit dem Auto hinter die Grenze, an die Donau. Dort verbrachten sie vierundzwanzig Stunden. Sie kaufte ihm Wein und konnte ihm dann dabei zusehen, wie er im Gartenlokal am Fluss saß, eine Virginia rauchte und las. An jenem Abend nahm er sich Charles Burneys *Tagebuch einer musikalischen Reise* aus dem 18. Jahrhundert vor. Als Lesezeichen diente Cyril eine alte Postkarte, die er irgendwo in einem Antiquariat aufgestöbert hatte.

»Die Dame mit dem Floh! Kennst du das?«, fragte er Sylva.

Er wartete nicht auf eine Antwort und zeigte ihr die Reproduktion eines üppigen Frauenakts. Die Person mit dem grobschlächtigen Gesicht zerdrückte einen unsichtbaren Feind zwischen den Fingern.

»Der Floh, das bin ich!«, erklärte er ihr.

»Die Frau, das soll wohl ich sein.«

»Schau mal«, sagte Sylva, um auf ein anderes Thema zu kommen, und zeigte auf den Fluss: »Hier entlang machte sich Burney nach Wien auf.«

»Ich kann nicht mehr lesen, und schlafen will ich auch nicht«, sagte Cyril.

»Dann erzähl mir von Burney.«

Charles Burney reiste durch Europa mit dem Ziel, eine Geschichte der europäischen Musik zu verfassen. Das war im Jahre 1783.

Er war bereits sieben Monate unterwegs und hatte mehr Erkenntnisse gesammelt, als er ursprünglich erwartete. Allerdings hatte er immer wieder mit folgender Schwierigkeit zu kämpfen: Um sich seine Bemerkungen zur Musik, zu den Gesichtern und Namen, zum Gesehenen und Gehörten machen zu können, musste er oft bis in den Abend warten, denn tagsüber war er zu überwältigt von seinen Eindrücken. Dadurch entfiel ihm natürlich das eine oder andere. Einmal saß er in einer unwirtlichen Gaststätte im Herzen »einer deutschen Länderei«, wie er Böhmen nannte, und wollte sich eine hübsche kleine Komposition notieren, die er nachmittags in der hiesigen Schule gehört hatte. Doch er konnte sich auf Teufel komm raus nicht mehr daran erinnern, und stattdessen kehrte hartnäckig der Gedanke an eine der letzten Nächte wieder, die er in einer improvisierten Kajüte auf einer Fähre verbracht hatte, irgendwo zwischen München und Wien.

Die Fahrt auf dem Floß hatte ihn gelockt, denn im Gegensatz zur Kutsche bot sich seinen Knochen eine angenehme Abwechslung an, und als er hörte, dass man sich für ein paar Gulden eine eigene Kajüte bauen lassen konnte, war er sehr angetan gewesen. Nach seinen strikten Anweisungen wurde ihm also als Einzigem von fünfzig Passagieren eine eigene Kabine gebaut. Sie hatte ein kleines Fenster, durch das permanent der Geruch von Harz nach innen drang. Burney hatte voller Freude gedacht, dass er so dem schlechten Wetter und der schlechten Gesellschaft trotzen könne, doch er irrte in beiden Fällen.

Noch am selben Nachmittag des 22. August war er in seiner Kajüte am bockbeinigen Tisch gesessen und versuchte, mit seinen Tagebuchaufzeichnungen fortzufahren. Weil ihm von der

Hitze und dem Geruch der Kopf schwirrte, trat er hinaus und betrachtete die eintönige Landschaft, die die Isar säumte. Eine Floßfahrt – das klingt immer aufregend, doch der Mensch vergisst jedes Mal, dass es auch Ungutes gibt. Man kann zum Beispiel nicht einfach das Boot verlassen. Auf einmal fühlte sich Charles wie ein Gefangener.

In seinen Aufzeichnungen findet sich eine Stelle, an der er von einer kleinen Wolke am Himmel berichtet, die sich eine halbe Stunde später in einem solch gewaltigen Gewitter entladen sollte, wie er es noch niemals erlebt hatte. Der Wind schlug seine Kabinentür auf, und Charles sah, wie sich seine fünfzig Mitreisenden in der gegenüberliegenden Gemeinschaftskabine zusammenquetschten. Sie sahen aus wie ein Tier mit dutzenden von Augen, das sich vor Schreck duckte. Charles nahm seine Armbanduhr ab sowie alle seine Schnallen und legte sie möglichst weit von sich ab. Er wusste, was passieren konnte, sollte der Blitz einschlagen. Er war zwar von Elektrizität genauso fasziniert wie von Musik, aber er wollte ihr um keinen Preis zum Opfer fallen. Gelegentlich trat eine Welle über das Floß, und die Kabine füllte sich mit Wasser. Trotzdem gelang es ihm, ein paar Kleidungsstücke und eine Wolldecke in Sicherheit zu bringen. Als der Sturm vorbei war, nickte er für eine Weile ein.

Es war kein erholsamer Schlaf, denn Charles träumte so lebhaft, dass er den Traum später noch als die Fortsetzung der Wirklichkeit betrachtete.

Im Traum befand er sich mitten in der schnell strömenden Isar, die so flach war, dass das Floß zu kentern drohte. Um ihn herum trieben bunt gekleidete Ertrunkene vorbei. Auf den Steinblöcken und an den beiden Ufern standen Gondoliere mit Hüten und langen, mit Haken versehenen Stangen, mit denen sie die Ertrunkenen aus dem Wasser zogen. Charles wusste, dass sie immer früh morgens hierherkamen, um einen guten

Platz zu ergattern, denn für das Fangen von Ertrunkenen wurden sie sehr gut entlohnt. Dann sah er plötzlich eine Frau auf sich zutreiben, die noch nicht tot war. Sie hatte weiße, ungepuderte Schultern und reckte ihre mit goldenen Armreifen geschmückten Arme nach oben wie die Göttin Niobe, die er unlängst auf einem Gemälde gesehen hatte. Sie öffnete ihre sinnlichen, vollen Lippen zum Schrei, der jedoch vom Tosen des Wassers verschluckt wurde.

»Sie lebt!«, rief Charles, doch die Männer schenkten ihm keine Aufmerksamkeit. Für sie lohnten sich nur die Toten.

So sprang Charles ins Wasser und trug die Frau zum Ufer, obwohl er sich erstaunlicherweise schon vorher sicher war, dass etwas mit ihr nicht stimmte. Ihre Haare wurden hinten lose zusammengehalten und erinnerten ihn an Medusa. Sie war sehr schwer, wie aus Eisen. Plötzlich herrschte Ruhe, und Charles sah sich neben dieser Frau durch einen Nadelwald gehen.

»Ich bin froh, dass wir uns endlich begegnet sind«, hörte er ihre peinlich berührte Stimme, die so laut war, dass er davon aufwachte. Es war kalt, feucht und dunkel. Die Wellen schlugen sachte gegen das Floß.

»Wie heißen Sie, meine Dame?«, fragte Burney in Richtung des Traumes.

»Helena«, kam es zurück.

Charles erwachte nun endgültig und richtete sich im Bett auf. Das war so außergewöhnlich, dass er der Sache auf den Grund gehen musste. Es gelang ihm, Licht zu machen und sein Heft zu finden, das er neulich in Italien vollgeschrieben hatte.

Er kannte die Frau, wusste ihren Vor- und Nachnamen, aber er konnte sich nicht entsinnen woher. Er konnte sich ein bezauberndes, warmes Lächeln in ihrem schönen Gesicht vorstellen. Wenn sie im Traum doch auch so wunderbar gelächelt hätte! Sie hatte bestimmt weiche Hände.

»Ich wäre glücklich mit ihr«, sagte er laut und erschrak vor seiner eigenen Stimme.

Er legte seinen Kopf auf den Tisch und versank langsam in einen Schlummer, während er auf seinen Wangen die Berührung von Seide wahrnahm.

Es dämmert schon, doch der König kommt nicht. Aus dem entfernten Tal hört Scheherazade das Geräusch von Axthieben. So hört es sich an, wenn jemand im Bergwald Bäume fällt, doch unten im Tal gibt es nur einen Garten. Scheherazade fühlt sich heute fiebrig und schwach, als ob sie Haomasaft getrunken oder den Tag in der prallen Sonne am Strand verbracht hätte. Sie sieht hinunter. Tatsächlich werden unten Bäume gefällt, sie sind noch jung und in voller Blüte. Dann sieht sie diesen seltsamen Schneider die verwinkelten Wege entlanglaufen. Er ist häufig hier, dieser einsame Mensch – ein Fremder.

Scheherazade nimmt ein farbiges Seidentuch aus dem Haufen und tupft sich damit die Stirn ab. Doch plötzlich kommt Wind auf und trägt den bunten Stoff in die Gärten hinab. Der Fremde fängt es auf und vergräbt sein Gesicht darin. Dann blickt er auf und versucht herauszufinden, aus welcher Richtung das Tuch gekommen war. Er winkt, obwohl er Scheherazade nicht sehen kann. Man hört immer noch die Schläge der Axt. Es ist ein Stakkato, als ob eine Zeremonie stattfände, in der den Göttern ein Menschenopfer gereicht wird. Im Paradiesgarten fallen die blühenden Baumkronen der Axt zum Opfer. Ein Schafott für Prinzessin Scheherazade. In dem Augenblick tritt der König leise heran, um sie zu überraschen. Er hat ihr Geschenke mitgebracht. Er nimmt sie in die Arme, und weil er kleiner ist als sie, zieht er ihren Kopf an seine Schulter hinunter.

»Meine Liebe, heute schweigst du«, sagt er zu ihr.

Scheherazade deutet es auf ihre Art und hasst ihn dafür, dass er sie so viel Angst verspüren lässt.

Cyril wurde von politischen Ambitionen getrieben. Er wollte alles auf einmal. Er verhielt sich wie jemand, der ein Konzentrationslager überlebt hatte und sich dann unkontrollierten Fressattacken hingab, die ihn schließlich dahinrafften: Er wollte studieren, Vorträge halten, er freute sich auf Sylvas Baby, wollte im Parlament sitzen, Geschichte schreiben und den anderen sagen, was sie zu tun hätten. Sylva war der Meinung, dass er den anderen schon das Richtige sagte, allerdings klang seine Stimme immer etwas unnatürlich und überspitzt. Er konnte überdies nie zuhören, woraufhin ihn die anderen bald satt hatten und zusahen, wie sie ihn loswerden konnten.

Seine Anwandlungen von Messianismus trieben nach dem entscheidenden November seltsame Blüten und waren noch verheerender als sein Alkoholkonsum. Solange Cyrils Kopf die nötigen Impulse in Kneipen, Büchern oder in Grenzerfahrungen suchte, war klar, dass er von sich aus auf keine umstürzlerischen Gedanken kommen würde. Doch seine Fähigkeit, bei anderen Funken von Interesse zu zünden, war Gold wert. Sobald er sich jedoch in Kreisen von Leuten bewegte, deren Identität sich im Text ihrer Visitenkarte widerspiegelte, flirrte Cyril wie ein Häufchen Asche im Wind und sah lächerlich aus.

Sylvas Mutter war verschwunden. Sie verließ ihre Wohnung im November 1989 und gab niemandem Bescheid. Sylva rief oft aus Prag in B. an, doch die Nachbarn sagten ihr jedes Mal, ihre Mutter wäre nicht da und die Wohnung würde leer stehen. Schließlich ging sie zur Polizei. Und die schien ernsthaftes Interesse an der Sache zu haben.

»Ist sie freiwillig gegangen?«

»Ich weiß es nicht«, antwortete Sylva. »Sie war sonst nie weg.«

»Hatte sie Feinde?«

Sylva wusste es nicht.

»Hatte sie Ihnen jemals gesagt, dass sie das Land gerne verlassen würde?«

»Sie hat mir nie etwas anvertraut.«

»Wissen Sie, heutzutage verschwinden Leute ...«

Unten auf der Straße zog eben eine Demonstration vorbei, doch ihr schien, der Polizist würde in Wirklichkeit denken: Heutzutage, mein liebes Fräulein, denkt sowieso niemand mehr an den anderen.

Cyrils Biografie wurde herausgebracht: Cyril T., die Kriegswaise, von der Familie eines Großgrundbesitzers aufgenommen, die im Jahre 1949 enteignet wurde; der Vater saß über ein Jahrzehnt im Gefängnis; im Jahre 1966 Beginn des Studiums der Nuklearphysik, 1968 Studium der Philosophie; im Jahre 1969 exkommuniziert, seit dieser Zeit Hilfsarbeiter; einer der ersten Unterzeichner der Charta 77.

Cyril rasierte sich, fuhr nach Paris und kaufte dort einige Maßhemden und Brokatwesten. Er las Oscar Wildes Aufsätze zum Dandytum und fing an, schmale Zigarren zu rauchen.

In den Jahren 1990 bis 1992 saß er im Parlament. Es kam Sylva unglaublich vor, dass er dieses Angebot bekam und dass er es annahm und dass er sogar zwei Jahre später zum zweiten Mal kandidierte. Jemand muss es ja machen, ist nur für kurze Zeit, sagte er sich wie alle seine Mitstreiter auch.

Mit Begeisterung stürzte er sich auf die Spielwiese der Gesetzgebung. In den Ausschusssitzungen glänzte er mit innovativen Gedanken und Vorschlägen. Wäre Cyril ein König, der bei der Durchsetzung seiner Ideen dabei sein könnte, wäre das sicherlich eine gute Sache. Im postrevolutionären Parlament war es allerdings ein Debakel, wenn es ihm tatsächlich gelang, ein Projekt in die Praxis umzusetzen. Seine Ideen durchliefen dann mehrere Instanzen, und Cyril konnte nicht mehr mit seiner charismatischen Ausstrahlung auftrumpfen. Seine Fähigkeit, dem Zuhörer mittels einiger weniger einfacher Fragen einen möglichst breiten Horizont vor den Füßen auszubreiten, wirkte nicht mehr. Sie verlor sich in der Anonymität der Beamten und Abgeordneten. Die hatten keinen blassen Schimmer, worum es Cyril ging, doch da er eine gesellschaftlich anerkannte Autorität war und die Herren Abgeordneten oft ein schlechtes Gewissen plagte, protestierten sie nicht, sondern ließen seine Spinnereien durchgehen. Es ist gut möglich, dass sich Cyril oft nur amüsieren wollte und sich Unsinnigkeiten ausdachte. Auf jeden Fall lösen Juristen heute immer noch gesetzgeberische Verwirrungen, die man getrost Cyril zuschreiben konnte.

Er behauptete, die Arbeit würde ihm keinen Spaß bereiten und sie wäre eine Bürde, doch Sylva glaubte ihm nicht. Im Übrigen wusste sie nur aus dem Fernsehen, was er eigentlich im Parlament machte, denn in der Zeit seiner politischen Höhenflüge war sie zu Hause und kümmerte sich ums Kind.

Sylva war fest davon überzeugt, ihr Vater Arnošt hätte sich folgende Legende nur ausgedacht:

Der heilige Christophorus trägt das Christuskind durch einen Fluss, doch das Kind wird zunehmend schwerer, bis Christophorus unter dem Gewicht zu sinken beginnt. Das Kind wird immer größer, und schließlich steht es als der fertige Christus da. Sylva hatte mit Gott nicht viel am Hut, und der Erlöser war zu weit weg, doch die Theorie der aufgelasteten Bürde begleitete sie auf Schritt und Tritt. Selbst ein erfüllter Wunsch scheint manchmal unerträglich.

Sylva bekam das, was sie wollte: ein Kind. Sie hatte auch Cyril bekommen, sie konnte ihn anfassen, wann immer ihr danach war. Es war nicht ungefährlich, aber es war gut so. Da beide an Schlaflosigkeit litten, verbrachten sie ihre Nächte mit Gesprächen. Kaum hatten sie sich an den visionenträchtigen Wachzustand gewöhnt, wischte der aufkommende Tag mit einem Mal den Inhalt ihrer Gespräche weg. Oder verwandelte zumindest ihren zauberhaften Tenor in tausendmal schon gehörte Banalitäten. Die Vorhänge blieben immer zu, so dass sie nach dem Aufwachen oft gar nicht wussten, ob Tag oder Nacht war. Auch das Kind passte sich an den Rhythmus der Eltern an. Manchmal saß es weit nach Mitternacht hellwach in seinem Bettchen, kaute an einem Apfelstück herum und starrte seine Eltern an, während diese nackt im Bett lagen, die Beine überkreuz oder Rücken an Rücken, die Köpfe leicht aneinander geneigt und flüsterleise unverständliche Laute von sich gaben. Und dann wiederum sah man das Kind tagsüber im Park, wie es neben Sylva in der Wiese lag und felsenfest schlief.

Sie wollten kein weiteres Kind mehr. Cyril fühlte sich zu alt und Sylva zu jung, und außerdem sei vieles in ihrer Beziehung kaputt gegangen, schrieb Sylva einer Freundin in B. Cyril stöberte freilich nicht mehr so oft in Mülltonnen herum, höchstens auf dem Weg von seinen Sauftouren, doch das passierte vielleicht einmal im Monat.

Die Welt stand ihm plötzlich offen. Er kümmerte sich tatsächlich um alles, besaß Geld und bekam im Zuge der Restitution das Anwesen seiner Eltern wieder. Er wollte sich dort niederlassen, alles renovieren, stellte sich ein Leben auf dem Lande vor, mit einem üppigen Buchregal, in dem die Bücher vor Feuchtigkeit Wellen warfen. Doch dafür war jetzt keine Zeit, später vielleicht. Den Gutshof wollte er aber nicht vermieten. Er hatte keine Lust auf fremde Leute, und überhaupt, wer würde solch einen Trümmerhof schon haben wollen.

Es war ein wirklicher Gutshof mit Ställen und einigen Hektar Feldern und Sümpfen. Die Genossenschaft zeigte großes

Interesse am Grundstück, aber nicht an dem halb verfallenen Haus. Die Interessenten waren ein paar Nachbarn aus dem Dorf, und Cyril beschimpfte sie als Schweine. Er beschloss, wenigstens die Ferien mit Sylva dort zu verbringen. Doch mit wem sollten sie sich dann unterhalten, und wie wollten sie es überhaupt schaffen, das Haus wieder herzurichten, ohne die Hilfe der Nachbarn?

Die Schweine zeigten keine Anzeichen von Scham, als wüssten sie nicht mehr, was sie Cyril vor vierzig Jahren angetan hatten. Sie begrüßten ihn sogar mit einem aufrichtigen Lächeln. Doch dann verschwanden sie im Haus und machten die Türen hinter sich zu. Selbst die Kinder sammelten sie vom Dorfplatz auf, sobald sie Cyril sahen. Sylva fragte sich, wer hier eigentlich wen um alles gebracht hatte.

Der Hof stand auf einem weitläufigen Platz eines südböhmischen Ortes. Von den Dächern der Gebäude lösten sich Ziegel, und von den Wänden bröckelte der Putz. Die Fassade des bewohnbaren Teils des Gutshauses trotzte mit allerletzter Kraft den herausgeputzten umstehenden Häusern. Sie neigte sich zur Seite wie der Turm von Pisa.

Innen fand Cyril neben Allzweckordnern und frivolen Zeichnungen an den Wänden auch Teile von zerstückelten Möbeln, die seinen Eltern gehörten. In der Badewanne hatte es sich eine brütende Henne auf ihren Eiern bequem gemacht, und auf dem Hof lagen Traktorreifen herum.

»Fühlst du dich diesem Haus irgendwie verbunden?«, fragte Sylva.

»Nein«, sagte Cyril. »Es ist wohl das Beste, das Haus und ich stehen den anderen nur im Weg herum. Etwas anderes können wir vielleicht auch gar nicht mehr tun.«

In Prag ging Sylva auf Empfänge und bewegte sich in einer Gesellschaft, die aus Ministern, Abgeordneten, Professoren und

Direktoren bestand. Es kam ihr ganz natürlich vor, schließlich handelte es sich um Cyrils alte Freunde oder Mitgefangene. Gleiches Blut, gleiche Samizdat-Bibliothek, gleiche Krankheiten: Diabetes, Bluthochdruck, schlechte Leberwerte und eine chronische Bronchitis. Alle hatten nach der Wende zugenommen. Der Außenminister trank Bier aus der Flasche.

Niemand saß mehr alleine zu Hause, die Bevölkerung war der Geselligkeit verfallen. Wenn Sylva morgens Brötchen holen ging, stand da statt der Bäckerei eine Bank. Jeder Tag war ein Feiertag, in den Straßen spielte Musik, und Cyrils Sohn winkte den Menschen aus dem Kinderwagen zu. Jetzt war alles klar, die Startlinie wurde neu gezogen. Wie es so schnell dazu kommen konnte, muss noch untersucht werden. Die ganze Welt blickte auf uns mit angehaltenem Atem, doch die dunklen Kräfte und alten Strukturen waren immer noch da.

Viele Leute wunderten sich, dass Cyril Arnošts Kleine geheiratet hatte. Sie wollten wissen, wo Helena abgeblieben wäre, doch sie trauten sich nicht zu fragen, es war ihnen peinlich. Sylva wusste es sowieso nicht, und sie schämte sich dafür, dass sie sich nach Cyril sehnte wie noch nie zuvor. Sie biss sich auf die Zunge, um ihn nicht anzuschreien und ihm vorzuwerfen, er würde sich nicht genug um sie kümmern. Stattdessen schwieg sie und wartete geduldig, bis er all seine Verpflichtungen abgehakt hatte und sie an der Reihe war. Sie vermied es, ihre Unzufriedenheit an ihm auszulassen. Er wird bald fünfzig und grämt sich dann unnötig, dachte sie.

In letzter Zeit war sein Bauch gewachsen, als ob er schwanger wäre. Er zeigte mehr Interesse an seinem Sohn als an Sylva und redete dauernd von ihm. Er sei überglücklich und könne sein Glück gar nicht fassen, sagte er. Im Grunde genommen war Sylva hier überflüssig – nach alledem, was passiert war!

Sylva wurde jetzt doch weinerlich und jammerte die ganze Zeit. Cyril nahm keine Rücksicht darauf, er hatte genug Sorgen, und schließlich würde er ja jede freie Minute zu Hause verbringen! Jeder trägt sein eigenes Päckchen. Und zum ersten Mal in seinem Leben war aus ihm ein ordentlicher Mensch geworden. Er war der Meinung, es immer schon gewesen zu sein, es fehlten nur die Bedingungen. Im Eilschritt machte er eine moralische Phase durch: Untreue, Promiskuität, Homosexualität, Spiel- und Trinksucht waren ihm jetzt zuwider, und die Huren von der Skořepka-Straße beleidigten sein Auge ebenso wie die nackten Frauen auf Streichholz-Etiketten.

»Ich habe einen alttestamentarischen Begriff von der Ehe«, sagte er zu Sylva. »Ich habe es nie für möglich gehalten, doch jetzt bin ich von der Heiligkeit der ehelichen Treue überzeugt.«

Er bereute es, Sylva nicht kirchlich geheiratet haben.

»Ich hätte auch nicht gedacht, mich so schnell zu verändern«, gestand er Sylva. Allerdings schätzte sie seinen Wandel nicht, denn sie war müde und langweilte sich. Ein wenig Spiel- und Trinksucht, und auch das andere würde mir gar nicht so sehr schaden, dachte sie sich. Sylva war verzweifelt, sie hatte niemanden, dem sie sich anvertrauen konnte. Als sie Cyril einmal mit einem Einkaufsnetz voller Sprudelwasser und leichtem Bier zur Tür hereinkommen sah, dachte sie: War das etwa schon alles, was mir das Leben zu bieten hat?

Sie fühlte sich wie eine Schiffbrüchige. Dabei ging es ihnen immer besser, sie zogen jetzt in ein Haus mit wunderschöner Aussicht, oben auf dem Berg. Sylva saß mit dem Kind auf dem Balkon und wollte öfter gerne hinunter in die Stadt, dort, wo die Trambahn fuhr und tolle Dinge passierten. Manchmal ging sie wirklich, doch sie schaffte es nicht, durch das Menschengetümmel durchzudringen. Die Masse der Straßenverkäufer und Werbetafeln versperrte ihr den Weg. Und so schob sie, völlig entnervt von der Alltagshetze, den Kinderwagen wieder den Berg hinauf. Sie sagte zu Cyril, sie fühle sich so schrecklich einsam und niemand außer ihrem Großvater hätte sie jemals liebgehabt und sie würde gerne sterben. Cyril hörte ihr aufmerksam zu, lächelt sie an und küsste sie auf die Stirn.

Eines Abends trank Sylva sein Bier weg und vergaß das Kind zu füttern. Sie schrie ihn an: »Ich langweile mich tödlich!«

Und er antwortete darauf: »Du verdienst all das hier gar nicht.«

Sylva war tief beschämt.

»Du kannst es nicht schätzen und bist auch nicht in der Lage, dich verbindlich zu entscheiden«, fügte er hinzu.

Das wiederum fand sie etwas übertrieben.

Scheherazade hätte gerne einen Gott gehabt, doch sie fand keinen, der zu ihr passte. Sie fühlte sich verlassen. Für sie war nichts mehr da, die guten Götter gehörten schon dem König oder dem, der ihm ebenbürtig war. Sie besaß keinen eigenen hellen Fleck, weder auf Erden noch im Himmel, den sie von den hoch gelegten Terrassen anbeten dürfte. Wozu braucht sie überhaupt einen Gott, wenn sie nur über Schahriyar zu ihm gelangen kann, und ausgerechnet der will ihr den Kopf abhacken.

Dabei war es nicht schwer, ohne einen Gott zu leben. Sie brauchte ihn nicht, er brauchte sie nicht, das war klar. Scheherazade versuchte es dem König einmal zu erklären, doch er war eingeschlafen. Genauer gesagt, hatte sie es in eine ihrer Erzählungen eingewoben, und der König war auch amüsiert, doch er ging nicht weiter darauf ein. Das Motiv war ihm nicht aufgefallen, also konnte er es niemandem weitererzählen und beerdigte es auf diese Weise. Es gibt einfach Dinge, die der König nicht hört, auch wenn sie ihm diese Dinge jeden Tag wiederholen würde.

Später griff sie dieses Motiv wieder auf und flocht es in die

Geschichte vom verfluchten Engel ein: Die Frau, die von Gott nicht deshalb verstoßen wurde, weil sie ihn nicht gebührend geehrt hätte, sondern weil er schlicht keinen Platz in dem eigens für sie erbauten Palast fand.

Scheherazade ist bei Tageslicht einsam, doch sie kann sich nicht selbst töten, weil sie ständig Kinder gebiert. Sie kann sie nicht so lieben, wie sie es gerne hätte, denn wegen der durchwachten Nächte lebt sie wie in ständiger Trance. Es hat auch keinen Wert, sich zu sehr auf die Kinder einzulassen, falls der König sich doch noch entschließen sollte, sie umzubringen. Sie ist sicher, Schahriyar wird ihr niemals verzeihen.

Trotz alledem fließt ein Vertrauensfluss zwischen den beiden paradiesischen Ufern. Es gibt kein Jetzt oder Später, nur einen ewigen Augenblick auf der Terrasse. Manchmal spricht Scheherazade auch nicht mehr, sie schnurrt wie eine Katze, lässt ganze Passagen weg und spinnt sie in Gedanken weiter. Der König ist trotzdem in der Lage, diese Geschichten noch Jahre später den Söhnen zu erzählen. Manchmal schläft Scheherazade ein und spricht im Traum: »Wo ist mein Gott?«

Der König drückt ihre Hand, streicht mit seiner Wange über ihre und flüstert ihr zu: »Ich bin bei dir, meine Teure.«

Die Liebe zum Kind würde sich von selbst einstellen, hatte man zu Sylva damals im Krankenhaus gesagt, und wie immer hatte man sie angelogen. Manchmal gelang es ihr zwar, sich dem Jungen nahe zu fühlen, doch Cyril war ihr wichtiger. Schließlich wird der Kleine auch mal groß, dann wird er ihre Liebe nicht mehr brauchen.

Sie kann sich daran erinnern, wie er gar nicht zur Welt kommen wollte.

»Wir werden jetzt die Geburt einleiten«, sagte eines Morgens die Hebamme zu ihr.

Die Ärzte versuchten auf viele Arten, den Jungen aus ihrem

Unterleib zu treiben. Sylva wusste nicht, warum sie sich so beeilten, vielleicht sollte sie noch ein weiteres Jahr schwanger bleiben. Draußen gewitterte es, und im Kreißsaal stöhnten die Frauen. Sie lagen in einer Reihe, und einige Ärzte gingen von einer zur nächsten. Sylvas Kind kam schließlich um elf Uhr abends zu Welt. Man brachte es weg, sie selbst wurde in Decken gebettet und allein gelassen. Sylva hörte das Rauschen der Blätter im Hof und fühlte sich auf einmal bedroht. Sie fragte laut, ob es regnete, aber sie bekam keine Antwort. Es war vielleicht doch der Wind, der draußen im Garten tobte, oder aber jemand duschte gerade. Sylva glaubte, sterben zu müssen und schlief allmählich ein.

Morgens streichelte ihr eine fremde Frau im grünen Krankenhauskittel übers Gesicht und sagte: »Viel Glück, Frau T., Gott segne Sie.«

»Wo ist meine Mama?!«, schluchzte Sylva.

Aber die Frau war bereits am Ende des Korridors verschwunden.

Sie brachten ihr den Jungen am nächsten Morgen. Er ähnelte Cyril und ihrem Großvater gleichermaßen. Was sollte sie bloß mit ihm? Es hatte doch keinen Sinn, vielleicht sollte sie sich umbringen. Dem Kind ginge es ohne sie bestimmt besser und ihr ohne das Kind sowieso, das war klar.

Cyril hatte eine alte Bekannte eingeladen, die schon lange im Ausland lebte. Sie ging Sylva unbeholfen zur Hand und ärgerte sich, dass man in diesem Land nichts kaufen konnte.

»Es wird zehn Jahre dauern, bis es hier für Touristen angenehm sein wird«, sagte sie. Sylva zerbrach sich inzwischen den Kopf, wer das sein konnte.

Cyril besuchte Sylva und den Kleinen am Wochenende auf dem Land. Er kam mit dem Kind besser klar als sie und übernahm ungefragt und mit Freude jede Verantwortung, die das

Kind betraf. Er stand nachts auf, denn bereits ein leises Wimmern weckte ihn auf. Sylva sah ihn im Halbschlaf im Sessel sitzen, wie er das Kind in den Armen hielt und wie er sein Gesicht in dessen Bäuchlein vergrub. Ihr fiel auf, dass seine Augen so grün leuchteten wie Scheinwerfer.

Sie las ein Gedicht von Vladimír Holan, das im Grunde ziemlich ungeeignet für Wöchnerinnen war:

Herbstfall, Blätterwald –
Durch den du in das Nichts blickst.

Dieses Nichts, im kleinen Spalt zwischen Materie und Ewigkeit angesiedelt, hatte es ihr angetan. Sie hätte früher nie gedacht, der Tod könnte so schmeichelhaft sein. Wie die vertraute Berührung einer lieben Person kam er ihr vor. Er war so schön. Sie erzählte es Cyril.

»Spiel nicht damit«, ermahnte er sie. »Du weißt nichts von solchen Sachen. Der Weg dorthin ist einfach, doch das Zurückkommen ist schwer.«

Es kam der Sommer in der Ferienanlage, in der sie sich ein Häuschen gemietet hatten, und er war wie gewohnt verregnet. Sylva wollte Blumen um sich sehen, doch ringsherum gab es nur Schlamm und den Gestank von übergelaufenen Kloaken. Die einzige schöne Stelle des Grundstücks war eine kleine, aber gepflegte Rasenfläche. Sylva träumte immer wieder denselben Traum: Sie tritt morgens vor die Tür, es regnet, und statt des saftig grünen Grases sieht sie verbrannte Erde.

Warum hatten die Mutter oder die Großmutter ihr nie etwas darüber erzählt, wie es ist, ein Kind zu haben? Sylva trat in die Welt der Erwachsenen ein, doch sie bewegte sich darin ungeschickt wie ein kleines Mädchen, das die Stöckelschuhe der Mutter trägt. Viele kannten Sylva so, aber es störte, schlimmer noch, es interessierte niemanden besonders.

Schließlich gelangten das Leben und der Tod wieder auf ihre angewiesenen Plätze zurück.

Als Cyril die Bühne der Politik betrat, übernahm er Verantwortung für etwas, das sich im Moment noch ziemlich unscharf abzeichnete und das noch keiner zu benennen vermochte. Sobald spürbar wurde, dass Cyril den Leuten bloß etwas vormachte, begannen sich seine Kollegen und die Öffentlichkeit über Dinge zu empören, an denen sich schon die Leute in B. gestört hatten. Sylva hörte gerne, dass dies vom schlechten Gewissen kam und dass alle in Wirklichkeit ein bisschen so sein wollten wie er. Aber man konnte immer weniger daran glauben. Es schien, als ob es Cyril gar nicht mehr ärgerte, wenn die Leute seinen Ansichten nicht mehr folgten. Sylva zog auf einmal in Erwägung, er könnte selbst daran schuld sein, wenn man ihn nicht verstand. Und wenn Sylva selbst nicht in der Lage war, seine Thesen zu erklären, so hieß es noch lange nicht, dass sie zu dumm dafür war.

Cyrils Gesicht und seine geringschätzigen Kommentare in der Öffentlichkeit waren eine Provokation. Einmal saßen sie in einer Bar, und der Kellner verschüttete Wein. Cyril war gerade bester Laune und machte den Kellner darauf aufmerksam: »Sehen Sie her, Herr Ober, Sie haben mich besudelt.«

Der Kellner feuerte daraufhin eine Kanonade an Beschimpfungen ab und beschuldigte Cyril, dass dieser ihm die Flasche absichtlich aus der Hand stoßen wollte. Vom Nebentisch stand plötzlich ein Mann auf und begann seinerseits den Kellner anzuschreien: »Wissen Sie denn überhaupt, wen Sie vor sich haben?«

Er deutete dabei mit dem Finger auf Cyril.

»Gäbe es nicht Leute wie ihn, dann hätten wir hier immer noch die Kommunisten!«

Der Kellner wandte sich an den Mann.

»Das ist mir herzlichst egal, ich kann hier tun und lassen, was ich will, mein lieber Herr. Ich bin ein freier Mann, und dies hier ist mein Lokal.«

Dieser Begriff von Freiheit war zermürbend, und Sylva wollte gehen, doch Cyril hielt sie fest an der Hand und bestand auf einer Klärung der Sache. Aber der Kellner kam nicht mehr, und so mussten sie schließlich gehen, ohne zu bezahlen. Der Mann kam noch zu ihnen hinausgelaufen und sagte zu Cyril: »Es tut mir leid, was Ihnen soeben widerfahren ist, Herr Doktor.«

»Warum nennt er dich Herr Doktor?« fragte Sylva.

»Weil ich einer bin«, sagte Cyril.

Sie fragte ihn, warum er ihr das nie erzählt hatte. Er antwortete, dazu habe er keine Lust gehabt; mehr war aus ihm nicht herauszukriegen.

»Geben Sie nicht auf, Cyril«, rief ihm der neue Freund hinterher.

Einmal schaltete Sylva den Fernseher ein und sah ihn im Parlament sitzen. Sie sah, wie er die Hand hob oder in seinen Unterlagen blätterte. Hie und da legte er ein Nickerchen ein wie die anderen Abgeordneten auch.

»Ich habe gar nichts davon verstanden«, sagte sie am Abend zu ihm.

»Ich schon, aber ich will dort nicht mehr hin«, sagte er auf einmal.

Doch einfach zu gehen, war allein schon des Geldes wegen nicht möglich. Dann aber dachte Sylva, es wäre für alle besser gewesen, wenn er schon viel früher gegangen wäre, und zwar als er gemerkt hatte, dass das nichts für ihn war. Sie wollte doch nicht, dass er nur arbeitete, um Rechnungen bezahlen zu können. Sie hatte es doch so nicht gewollt!

Wenn er am Rednerpult stand, war er immer gegen etwas. In seinen Anträgen forderte er, dass etwas nicht passiert oder etwas abgeschafft wird. Manchmal sprach er sich auch gar nicht mit seinen Parteigenossen ab und war grundsätzlich gegen alles. Er war auch gegen alle Gesetzesänderungen, und er fühlte sich verpflichtet, sie nicht durchgehen zu lassen. Er hatte keine Vorstellung, wie man die Welt neu ordnen könnte, doch er wusste genau, was man nicht tun sollte und wer kein Recht auf seinen Platz oder gar auf das Leben selbst hatte. Cyril war ungeduldig, er stand oft nur deshalb auf und ergriff das Wort, um entweder die Kollegen aus der Fassung zu bringen oder eine langweilige Debatte zu beenden. So passierte es häufig, dass er zunächst für etwas eintrat, wovon er später Abstand nahm. Grundsätzlich versuchte er aber, dagegen zu sein.

»Die Leute sagen, du wärst verrückt geworden, immer behauptest du etwas anderes«, sagte Sylva.

»Ich sage doch immer dasselbe«, seufzte Cyril.

Seine Sekretärin nahm an ihn gerichtete Briefe entgegen und legte sie ihm geöffnet auf den Schreibtisch. Einige waren mit Bleistift verfasst oder absichtlich durch eine krakelige Handschrift verfremdet, andere wirkten ganz normal. Es hieß in einigen Briefen, Cyril wäre ein »Rowdy« und »Dreckskerl«, in anderen stand, er würde sich »inadäquat« verhalten. In einem Brief stand Folgendes:

»Du hast den Verstand verloren, doch du brauchst dich nicht dafür zu schämen, du bist nicht allein. Jetzt kannst du es dir nicht mehr aussuchen, geh nach Hause zurück und lebe, wie du es die letzten zwanzig Jahre gemacht hast. Wir sind nicht dazu geboren, Licht und Hoffnung zu bringen. Überlassen wir aber die Hoffnung den anderen, indem wir langsam von der Bildfläche verschwinden.«

Der Verfasser des Briefes war Cyrils ehemaliger Mithäftling, einer der Letzten, über den man in Cyrils Kreisen nur Gutes sprach. Sylva vernichtete den Brief, noch bevor er in die Hände seines Adressaten gelangen konnte. Am nächsten Tag konnte ihn allerdings jeder in der Zeitung lesen. Cyril war außer sich vor Wut.

»Wenn du in der Zeitung schreibst, dann lass es mich vorher wenigstens lesen, du Schwein«, fiel Cyril seinen Häftlingskollegen an, als er ihm zufällig auf der Straße begegnete.

»Mit dem Fernsehen ist es dasselbe. Wenn ich einen Fehler begehe, zeigen sie es dreimal täglich«, beschwerte sich Cyril, während ihm der von Passanten herbeigewunkene Wachmann seinen Delegiertenausweis wieder in die Hand drückte.

Es dauerte Monate, bis ihm und Sylva klar wurde, dass jemand versuchte, Cyril fertigzumachen, ihn wieder auf die schiefe Bahn zu manövrieren, dorthin zu den Exzentrikern, Rowdys und Saufköpfen, an den Rand der Gesellschaft, jenseits des Gutbürgertums. Sie fanden heraus, dass dahinter weder eine Gruppierung noch ein Einzelner steckte. Die Leute wollten einfach nur Dinge hören, die sie schon längst kannten. (Ich denke, die Leute wollen immer nur das Altbekannte hören). Cyrils Existenz störte sie, und sein Verhalten machte ihnen Angst.

Zunächst erschienen ein paar Artikel darüber, dass der Abgeordnete Cyril T. eine Limousine vor einem Nachtklub vorfahren lässt. Dies entsprach der Wahrheit. Die Verwandlung der Radikalen in grünen Jacken in gedrungene Amtsschimmel mit gespreizten Attitüden dauerte kaum ein Jahr, und Cyril bildete gewiss keine Ausnahme. Wie viele andere besaß er nicht genug Kraft, sich den Bequemlichkeiten entgegenzustellen, die sich ihm anboten. Und überhaupt, er hatte sich doch einen gewissen Komfort verdient!

Danach hörte man in den Nachrichten, Cyril wäre einige Male an Tagungen betrunken gewesen. Dies entsprach allerdings nicht der Wahrheit, auch wenn es oft den Anschein hatte. Bei Cyrils Auftreten war das nicht immer gut zu erkennen.

Und zum Schluss kamen die unvermeidlichen Berichte darüber, Cyril hätte damals nicht wegen illegaler Tätigkeiten eingesessen, sondern wegen Verführung Minderjähriger. Sylva war empört und wollte einen Brief an die Redaktion des Blattes schicken, die dieses Gerücht in die Welt gesetzt hatte. Die besagte Meldung wäre eine Lüge gewesen, denn es ginge um sie, seine Frau, und sie wäre bereit, zusammen mit ihm öffentlich Stellung zu beziehen. Doch Cyril lehnte entschieden ab: »Misch dich da nicht ein.«

Sie konnte ja verstehen, dass ihr keiner glaubte. Egal was sie schreiben oder sagen würde, es wäre sofort gegen Cyril verwendet worden. Doch darum ging es ihr nicht. Cyril sollte wissen, dass sie hinter ihm stand.

»Alles geht schief, wo auch immer du deine Nase hineinsteckst. Ich möchte nicht darüber reden oder davon hören«, sagte er zu ihr. »Es wird Gras über die Sache wachsen.«

»Es ist doch nichts passiert, es ist nicht wahr, also worüber soll Gras wachsen?«, wandte Sylva ein.

Er schwieg. Und weil sie nicht mehr davon sprachen, lebte die Geschichte von Cyrils Händen unter ihrem sommerlichen Pullover wieder auf und begann in ihr zu arbeiten. Sie erinnerte sich plötzlich an viele Blicke und Zweideutigkeiten aus der Zeit ihres Heranwachsens, an ihr gemeinsames Lesen von der reizvollen Liebe zu dritt, an sein ausdauerndes Flirten, das sich nicht mehr auf andere bezog, sondern ausschließlich auf sie, Sylva. Wie er einmal unter Seufzern zu ihr gesagt hatte, eine Zwölfjährige, das wäre ein teuflisches Ding. Es waren viele Anzeichen, über die man nicht mit Gewissheit sagen konnte, ob sie wahr oder falsch waren, denn sie waren mehrdeutig, man konnte sie genauso einfach bestätigen wie widerlegen.

Sie selbst fühlte sich all die Jahre schuldig. Wegen der Mutter, aber vor allem wegen der Lust, die Cyrils Hände unter ihrem Kleid auslösten. Sie empfand Befriedigung, als die Mutter ihnen zuschauen musste. Sylva fühlte sich schuldig, dass sie damals so jung war. Wodurch hat sie sich denn schuldig gemacht, wo doch jetzt alles in bester Ordnung war, alles so, wie es sich gehörte? Es war im Grunde Cyril, der ihr eine Kugel aus Blei ans Bein kettete, indem er jahrelang behauptete, es wäre nichts passiert, sie hätte sich alles nur ausgedacht.

Sylva kam zu dem Schluss, Cyril hätte sie missbraucht. Auch wenn »nichts gewesen war«, hatte er sie verletzt, sie würde heute ein anderer Mensch sein, wenn sie sich zum ersten Mal einem Mann hingegeben hätte, der besser war als Cyril. Wenn doch diese nächtlichen Lesungen nicht gewesen wären, dieses zarte Profil mit der hohen Stirn und dem weichen Kinn, das von der Schreibtischlampe beleuchtet wurde. In einem gewissen Sinne wurde er nicht zu Unrecht verdächtigt. Wenn er damals verurteilt worden wäre, so hätte er ihrer beider Schuld auf sich genommen und gesühnt. Sie hatte Angst, er könnte ihre Gedanken lesen, doch wie sie später feststellen musste, war er gar nicht mehr an ihr interessiert.

Im Zuge der sogenannten »Aktenöffnung« erschien Cyrils Name auf einer Liste der Geheimagenten. Sylva und er waren entsetzt und verlangten die Löschung des Namens aus der Liste. Dies ging ohne Probleme, und Cyrils Weste konnte rein bleiben. Das bedeutete also, die Tür in die Politik stand ihm genauso offen wie jenen Banditen, die sich ihr »Führungszeugnis« teuer erkauft hatten. Cyril äußerte sich nicht darüber, wie es zur Löschung kam, und Sylva fragte auch nicht nach. Zwischen ihnen spannte sich aber ein Wissen, dass es so oder so gewesen sein konnte. Böse Absicht oder Mut, Versagen oder Pech. Wie bei Marie Máčelová.

Sylva verabschiedete sich allmählich von dem Gedanken, sie könnte Cyrils Landhaus als Sommer- und Feriensitz für sich und das Kind nutzen. Er veranstaltete dort Wochenendtreffen mit Künstlern, vorwiegend Malern und Musikern, die eine Heerschar an jungen Höflingen hinter sich herzogen. Einmal kam sie spätabends an und hörte laute Musik aus der Scheune. Davor taumelten Betrunkene mit Bierflaschen im Schlamm, und eine Gruppe von Leuten war gerade dabei, sich nackt auszuziehen. So mochte es in der Hölle aussehen. Sylva bahnte sich den Weg durch die Massen, das Kind fest an sich gedrückt. Plötzlich fuhr sie zusammen. Sie bemerkte, dass dem Kleinen Blut von der Stirn tropfte. Nachdem sie es weggewischt hatte, fiel ihr auf, dass sie mit dem Kopf an einem Kirschzweig hängengeblieben war, woraufhin die überreifen Früchte dem armen Kleinen zur Begrüßung auf den Kopf zu prasseln begannen.

Damals war ihr in den Sinn gekommen, dass es nicht der Teufel war, der Cyril über die Schulter blickte und ihn zu zerstörten versuchte. Der Teufel war er selbst! Cyril, der Teufel. Sie fand ihn alleine im Badezimmer auf dem Boden sitzend, die Flasche in der Hand. Er weinte. Sylva ging auf Zehenspitzen weiter, damit er sie nicht hörte und verlangte, den Sohn in den Arm zu nehmen.

Cyril hat eine Affäre, sagte sie sich. Eines Abends stand oberhalb vom Bett zwischen den Büchern ein hohes Sektglas. Sie wollte es wegräumen, doch Cyril bat sie, sie möge es vorerst dort stehen lassen.

»Fass es nicht an«, sagte er. »Ich mache es selbst weg.«

Sie spürte seinen Imperativ selbst dort, wo er ihn gar nicht einfügte. Es konnte viele Gründe geben, warum er das leere Glas betrachten wollte. Nachdem es vierzehn Tage lang im Bücherregal gestanden hatte, räumte es Sylva schließlich weg. Cyril reagierte überhaupt nicht darauf, und sie war wie erstarrt. Der leere Platz im Regal lag eine Weile auch zwischen ihnen, bis Sylva schließlich sagte: »Ich habe das Glas weggeräumt.«

»Das ist gut so«, nickte er ihr zu.

Es war verdächtig, wie einfach er sich auf solch ein unnatürliches Gespräch einließ, sagte sie sich später.

Ansonsten hatte sie keine Beweise. Einige Monate später waren sie im Theater, und plötzlich sah sie Cyril und sich selbst von hinten. Er saß zwei Reihen vor ihr, und die junge Frau an seiner Seite hatte die gleiche Haarfarbe wie sie. Sylva hatte etwas anderes erwartet, war auf geheime Sexorgien gefasst gewesen oder ein Geplänkel mit einer minderjährigen Schülerin, doch hier besetzte eindeutig jemand, der ihr sehr ähnlich war, ihren Platz. Wahrscheinlich kennt sie ihn noch nicht so gut wie ich, dachte sie.

Cyril bekam von ihr einen Pelzmantel zu Weihnachten geschenkt. Er spazierte darin gerne nackt durch die Wohnung, als wieder einmal das Geld für die Heizung ausging. Sylva opferte all ihre Ersparnisse für den Pelz, aber das war es ihr wert, denn Cyril sah in ihm blendend aus. Sie überlegte sich Folgendes: Eines Abends, wenn sie gemeinsam nach Hause gehen, wird sie ihn an der Palacký-Brücke bitten, sich kurz mit ihr auf das steinerne Geländer zu setzen. Sie werden sich die Sterne anschauen, und Sylva wird sich noch einmal einen schönen astronomischen Vortrag anhören. Dann wird sie Cyril von der Brücke stoßen, und der Pelzmantel wird ihn tief nach unten ziehen.

Sie bezweifelte, dass die Kriminalpolizei diesem Vorfall besonders gründlich nachgehen würde. So viele Leute wurden in kürzester Zeit reich und plötzlich wieder arm wie eine Kirchenmaus, so viele verschwanden spurlos oder wurden erschossen. Viele Menschen besaßen eine Waffe, und viele Betrunkene übergaben sich in die Moldau, nachdem sie aus einer Flasche getrunken hatten, deren Etikett gefälscht war. Die Stadt war voll von Taschendieben, Heimkehrern, Leuten, die sich als »Enteignete« ausgaben. Überall Hoffnungslose, Enttäuschte, und niemand wusste, wie es weitergehen sollte. Es herrschte ein Durcheinander, und ein Ende war nicht in Sicht.

Zu jener Zeit erlebte Cyril, der bei jeder politischen Aktion dabei war, eine Art Entmystifizierung. Zwar war Sylva T. noch weiterhin der Meinung, ohne ihn sei sie nichts oder nicht gut genug, doch es fiel auch ihr langsam schwer zu glauben, dass Cyril zu etwas Höherem berufen war. Jedes Mal, wenn sich die Möglichkeit bot, eine Stufe aufzusteigen, machte Cyril einen Rückzieher. Er machte jede sich ihm bietende Gelegenheit zunichte und sich jene zum Feind, die ihn mochten und schätzten. Überdies war er nach wie vor davon überzeugt, abgehört und bespitzelt zu werden. Allerdings konnte er nicht genau sagen von wem und warum, und schließlich zog er alles Gesagte durch den Kakao, so dass Sylva nicht mehr wusste, wann er etwas ernst meinte und wann nicht. Sein Ansehen in der Öffentlichkeit sank etappenweise. Einige Zeit hörten die Leute Cyril interessiert zu, dann ging er ihnen auf die Nerven, und zum Schluss blickten sie über ihn hinweg wie über einen unbekannten Gast.

Nachdem Cyril als Politiker zurückgetreten war, hielt er an der Uni noch einige Zeit Vorlesungen über Ethik. Die Studenten liebten ihn, und man munkelte, Cyril könnte den Lehrstuhl für Philosophie übernehmen. Das freute ihn insgeheim sehr, doch wie gewohnt sagte er nur: »Einer muss es ja machen.«

Er hätte wohl tatsächlich berufen werden können, wäre er nicht der Idee aufgesessen, seine Kollegen in der Öffentlichkeit (in der Fakultät, ja sogar in der Zeitung) lächerlich zu machen. Zielscheibe seines Spottes waren zunächst die nicht besonders hellen Köpfe des Instituts. Dann mokierte er sich über die Mittelmäßigen und zum Schluss über diejenigen, die auf Cyrils Seite standen. Letztendlich musste er die Fakultät verlassen.

Auf gleichem Weg verbaute er sich die Möglichkeit, in einer Reihe von Zeitschriften zu publizieren. Er sprach nur noch mit jenen, die bildungs- oder altersmäßig meilenweit von ihm entfernt waren. Er wollte nichts Neues hören, zumal es ihm ohnehin nicht neu vorkam. Einmal traf Sylva auf einen Menschen, der jahrelang zu Cyril gehalten und der sich immer schützend vor ihn gestellt hatte.

»Entschuldigen Sie«, sagte er zu Sylva, »aber im Gegensatz zu ihm war ich mein ganzes Leben lang feige gewesen. Ich war niemals beim Verhör und tat immer das, was man von mir verlangte. Sagen Sie mir bitte, was wird nach ihm kommen, nach seiner Niederlage?«

»Ich«, sagte Sylva.

Genauso antwortete sie, als Cyril einmal seinen Blick auf das Bild von Marie Máčelová warf, das auf ihrem Schreibtisch stand. Als ob er es zum ersten Mal sehen würde, als ob sie nie darüber geredet hätten: »Wer ist das denn?«

»Ich.«

Er legte seine Hand auf Sylvas Kopf. In den letzten Jahren hatte er noch etwas zugenommen, und Sylva spürte, wie schlaff seine Hand war. Als ob irgendwo hinter ihrem Rücken ein Heißluftballon zerschellt wäre und auf ihr landete.

Ich meinte, dass durch sie der Himmel zu mir herabsteigt. Alles Gute, die Wahrheit und Schönheit, Gerechtigkeit und Ewigkeit sind nah, dachte ich. Dass der Liebesschmerz mich zum Göttlichen erhebt, wie es dem König gebührt. Doch zu spät, nun sehe ich der Wahrheit ins Gesicht! Ich habe ihr den Schleier weggezogen, der bunt war wie meine Papageien, alles hätte ich ihr gegeben. Nun sage mir, was der Preis dafür ist. Sie weiß nicht einmal, wie enttäuscht ich bin, was sie mir raubt, wenn sie sich mir opfert! Dafür verdient sie es, bestraft zu werden! Was meinst du dazu?

Es ist spät, im Garten irren lange Schatten umher, und die Bienen summen noch, von den Bäumen fällt reifes Obst herab. Alles, was ich je vollbracht hatte, schien nur den Dämonen gedient zu haben, ich tappte ihnen in die Falle. Ich kann nur darüber schweigen, wie ich alle ins Verderben brachte, indem ich ihnen das Paradies versprach, indem ich sagte, das Paradies sei eine von mir selbst erschaffene Ordnung, denn ich selbst bin die Ordnung.

Die letzten Jahre habe ich an Kraft und Beständigkeit verloren, und je näher ich dem Ziel bin, umso unklarer wird es. Mein Land ist karg, grausam und barbarisch die Verhältnisse. Die Leute sind hochnäsig, auch wenn sie keinen Grund dazu haben. Pharisäische oder verschreckte Blicke begegnen mir auf Schritt und Tritt. Die Ungeheuer warten, bis ich etwas entscheide oder einen Fehler mache, und kriechen dann aus ihren Löchern. Das Beste ist, wenn ich gar nichts entscheide und den Dingen ihren natürlichen Lauf lasse, dann ernte ich noch am meisten Lob. Man erwartet von mir, dass ich keinen Widerspruch dulde. Egal was ich sage, die Leute sind begeistert. Es ist einfach widerlich. Sollte es jemanden geben, der stolz, gebildet und redegewandt ist, dann wird er das Weite suchen, sobald sich mein Besuch ankündigt. Ich bin schrecklich einsam. Ich würde gerne meine Seele in der Handfläche halten und sie anhauchen, um sie zu erwärmen.

Ich habe viele Kinder gezeugt. Jede, die du hier siehst, habe ich beglückt. Doch einige sagten mir nichts davon und verhungerten lieber oder ließen sich wie Huren zu Tode steinigen.

Ich sagte einmal zu all den Söhnen, die ich kenne: Lest Bücher! Das, was ihr im Kopf habt, kann euch keiner mehr nehmen. Sie meinten, ich sei wohl verrückt geworden. Ich wüsste wohl nicht, wie einfach es hier ist, seinen Kopf zu verlieren, sei er noch so voll von großartigen Gedanken! Bei uns findest du alle Völker: Ägypter, Griechen, Juden, Chinesen, Araber,

Inder. Ein Labyrinth von unterschiedlichen Gedanken. Erst wenn ich alle Gedanken der Welt in etwas Heiliges verwandelt habe, werden sie weitergereicht. Ich mache es heimlich und allein, und sie darf nichts davon erfahren.

Eine der schlimmsten Strafen, die man der persischen Seele antun kann, ist die Einsamkeit. Wahrscheinlich bin ich schon längst tot.

Sylva lief jahrelang hinter Cyril her und sammelte vollgekritzelte Zettel, die er zerriss und wegwarf. Sie konnten später noch wertvoll sein!

Sie begann sich zu fragen: Warum will Cyril immer alles wissen, wenn er nichts damit anzufangen weiß? Ist das Wissen nicht nur eine Ansammlung von unzusammenhängenden Erkenntnissen, deren Wesen sich jeden Augenblick ändert, und ist die Sehnsucht nach Wissen nicht eine Krankheit, die sich noch nicht richtig benennen lässt?

Brauchte Cyril vielleicht eine Therapie? Konnte sie ihm irgendwie helfen? Die Berge an Büchern, mit denen er sich umgab, waren sie vielleicht ein Hilferuf? Sylva dachte, sie würde ihn besser verstehen, wenn sie alle Bücher selbst las. Dann würde sie möglicherweise auch verstehen, warum Cyril seinen Kopf nur ruckartig bewegte wie ein Raubtier, dem die fließenden, runden Bewegungen des Menschen fremd sind. Sie könnte verstehen, warum er so zornig ablehnend auf das Fernsehen oder auf gebildete Frauen reagierte. Oder darauf, dass sich Dinge anders entwickeln, als er es sich vorgestellt hatte. Und die Bücher wurden immer mehr.

Cyril saß wie immer am Schreibtisch und versuchte sich auf das Lesen oder Schreiben zu konzentrieren. Doch ständig klingelte das Telefon, oder es störten ihn Leute, die zu Besuch waren, oder Sylva oder irgendwelche Geräusche oder allerlei Wehwehchen, die vom Mangel an Bewegung oder von einem

Überschuss an Galle herrührten. Er beschwerte sich, nicht in Ruhe arbeiten zu können. Und wenn er diese Ruhe einmal tatsächlich hatte, starrte er aus dem Fenster und sah dem Herbstregen dabei zu, wie er auf die bunten Blätter fiel. Doch die Ideen kamen nicht, sie versteckten sich vor ihm wie scheue Fische im Aquarium.

Am Vorabend der Parlamentswahlen, bei denen Cyril kandidierte, fand eine weitere Feier auf seinem Gutshof statt. Cyril kam mit seinen Studenten und ein paar Freaks dort an, um dem Umfeld zu entkommen, in dem er sich sonst bewegte. Am Sonntagmorgen stieß Sylva dazu. Sie fand ihn auf einer Bank vor dem Haus, ein Schaffell um die Schultern geworfen, die Arme verschränkt. Er schaute mit einer solchen Andacht dem Sonnenaufgang zu, als ob er selbst der Regisseur dieses Geschehens wäre. In der Scheune schliefen noch einige Nackte. Sylva half Cyril auf die Beine und brauchte nicht lange auf ihn einzureden, damit er sie zurück nach Prag begleitete.

Am Montagmorgen fanden Nachbarn im hohen Gras vor dem Haus einen achtzehnjährigen Jungen. Es war der Sohn eines Kollegen aus dem Parlament. Er war schon seit etwa dreißig Stunden tot. Es hieß, er starb an einer Überdosis Ecstasy. Cyril selbst nahm keine Drogen, und es kam ihm nie in den Sinn, jemand aus seinem Umfeld würde damit experimentieren.

Die Leute aus dem Dorf hatten nicht bei Cyril selbst angerufen, sondern bei der Polizei und der Zeitung. Cyril trat von seiner Kandidatur zurück und saß seitdem den ganzen Tag zu Hause wie damals in B. Er ging nur noch vor die Tür, um in Antiquariaten nach Büchern zu stöbern. Hin und wieder schrieb er, handschriftlich natürlich, und mit winzig kleinen Buchstaben.

»Was schreibst du da?«, fragte Sylva. »Darf ich es lesen?«

Er stand auf und las laut vor, was er gerade aus einem Buch abgeschrieben hatte:

Und ich sah das gefräßige Maul der Hölle, einen widerlichen Abgrund, einen schauderlichen und engen Ort, von einer solchen Dunkelheit, in der man sich nur mit ausgestreckten Armen vorwärtsbewegen kann, und von einem solchen Gestank, dass jeder, der diesen aufsaugt, sich aufbäumen muss, taumelt und zu Boden stürzt. Keiner wird es dort aushalten können, so eng und klamm ist es. Und ich sah die dunkelste Hölle, ein Höchstmaß an Verdorbenheit und Grauen, Entsetzen, Leid und üblen Gestank…, und die verdammten Seelen standen dort in solch einer Anzahl, wie ein Pferd Haare in der Mähne hat. Doch die einen Seelen konnten die anderen nicht sehen, nicht hören, und jede dachte für sich: Ich bin allein.

(Das Buch von Artak Viraz)

»Das ist alles, mehr habe ich nicht zu erzählen«, sagte Scheherazade eines Morgens. »Nun könnt Ihr mich töten. Ich wollte Euch erzählen, was ich denke, doch es funktioniert nicht. Jetzt denke ich nichts mehr.«

»Zerbrich dir nicht den Kopf«, erwiderte Schahriyar. »Die Menschen wollen keine neuen und unbekannten Geschichten hören, deine reichen ihnen vollkommen. Bloß nichts Neues mehr, es gäbe nur ein Durcheinander.«

Der König fing an, wie ein Wahnsinniger zu lachen, und seitdem wiederholt sich alles immer wieder.

Marion glaubte nicht, dass ein Mann in der Lage war, drei Jahre lang, jede Nacht, stundenlang einer Frau zuzuhören. Was konnte schon aus einem solchen König werden?

Konnte er denn nach so langer Zeit noch seine Macht würdig repräsentieren? Konnte er seiner eigenen Gerechtigkeit trauen? Wenn sich *Schahriyar* wirklich all die Märchen, die er von Kindheit an kannte, angehört hatte, dann brachte Scheherazade das gesamte persische Reich dadurch in Gefahr, als sie den König in den Augen seiner Untergebenen lächerlich gemacht hatte. Sie stellte das Wesen des Königs infrage.

Doch es konnte auch ganz anders gewesen sein, fuhr Marion fort. Vielleicht war der König bloß dankbar, dass er für kurze Zeit ein kleiner Junge sein durfte, der seinen Kopf in ihren Schoß legen und glauben konnte, sie hätte keine Angst vor ihm. Doch es war ein Irrglaube. Scheherazade spielte um ihr Leben, und ihre Liebe nahm destruktive Formen an. Und der König bekam Angst, die Leute um ihn herum könnten merken, wie müde und gelangweilt er von allem war.

Marion fragte mich, was ich von ihrer Theorie halten würde. Ich wusste, was sie hören wollte, war aber nicht bereit, ihr entgegenzukommen: »Du liegst ganz falsch«, sagte ich. »Das ist der falsche Weg, um zu begreifen, wie das zwischen Männern und Frauen so läuft. Der König regierte einfach, so gut er konnte. Das bedeutet, er bemühte sich, möglichst perfekt zu sein, doch das Gegenteil trat ein, als ob er verkehrt herum in ein Fernglas geblickt hätte.«

Ich konnte ihr auf der quälenden Suche nach der Wahrheit nicht behilflich sein. Es interessierte mich zu wenig. Ich brauchte nur meine Antennen auszustrecken, und schon empfing ich Wellen, die Menschen aussenden, mit denen ich mich zufällig und nur für kurze Zeit umgebe. In letzter Zeit kam es mir aber so vor, dass jeder noch so klar formulierte Gedanke oder jede ideale Lösung unbedingt noch einen Haufen anderer Aspekte zur Erläuterung brauchte.

Doch ich hörte Marion gerne zu, hörte ihr zu, wie sie fabulierte. Sie saß mir nackt im Bett gegenüber, die Beine überkreuz, den Pullover um die Schultern geworfen, und während sie sprach, drehte sie sich mit einer kleinen Drehmaschine Zigaretten.

Sylva fing eine Arbeit an – diese bestand darin, sich interaktive Spiele auszudenken. Ein Bekannter wurde auf sie aufmerksam, als er sie ein Märchen erzählen hörte. Er war fasziniert von der Art, wie sie eine altbekannte Geschichte erzählte, diese aber mehrfach und überraschend enden ließ. Er bat sie, ihm die Geschichte aufzuschreiben, aufzumalen, auszurechnen, wie auch immer. Das Spiel trug dann den Namen »Die sieben ungeborenen Könige« und verkaufte sich gut. Ich machte Sylva darauf aufmerksam, der Hersteller hätte die schönste Stelle (der König nimmt immer eine andere Gestalt an, wenn er sich um die Prinzessin bemüht) vermurkst, doch es war ihr egal.

Den letzten gemeinsamen Sommer verbrachten Cyril und sie auf einem Landgut bei Freunden, unweit ihres eigenen Guts, auf dem er seit der Geschichte mit dem toten Jungen nicht mehr gewesen waren. Im letzten Jahr hackte Cyril in eines der Zimmer ein Loch und behauptete, er würde dort einen Schatz suchen.

Der Junge ging bereits zur Schule. Ende August saß Cyril mit ihm im Garten, und sie spielten das Morra-Spiel. Er regte sich jedes Mal auf, wenn der Kleine verlor: »Kannst du denn nicht wenigstens eine Sache ordentlich zu Ende bringen?«

Cyril war fahl im Gesicht, die Zirrhose machte ihm zu schaffen. Wenn Sylva abends nicht nach Hause kam, war er unglücklich, saß sie aber daheim am Schreibtisch und dachte sich ein Spiel aus, ärgerte er sich. Er fand es unsinnig, doch manchmal setzte er sich dazu und dachte sich Details für ein Spiel aus.

Von Zeit zu Zeit gab ihm Sylva Geld. Er kam mit wenig aus, und was er nicht von ihr bekam, zog er jemand anderem in der Kneipe aus der Tasche, als Obulus für den unterhaltsamen Vortrag oder ein paar Verse von Vladimír Holan. Er arbeitete nicht mehr, und Sylva hörte auf, ihn dazu zu zwingen.

Im Juni wurde er aus einer Redaktion entlassen. Zuvor war er wie immer mit offenen Armen empfangen worden, bis die Kollegen ein paar Monate später merkten, dass er sich nicht konzentrieren konnte und seinen Pflichten nicht nachkam. Die meiste Zeit aber war er krankgeschrieben. Sie schämten sich dafür, ihn hinausschmeißen zu müssen, es war ihnen sehr peinlich. Also riefen sie bei Sylva an. Als sie ihm zu erklären versuchte, was passiert war, blickte er sie nur mit großen unschuldigen Augen an und sagte im Ton eines kleinen Jungen: »Und ich muss da nicht mehr hin?«

Und nun saßen sie im spätsommerlichen Garten, der randvoll mit Sonnenlicht war und voll von überreifen Pflaumen und Wespen, da sagte Cyril plötzlich: »Der Hermann aus der Redaktion hatte mir sein grünes Fahrrad geliehen. Als ich gehen musste, wollte er es zurückhaben. Mit mir wird es das Gleiche sein. Wenn ich gehen muss, wollt ihr mich vielleicht wiederhaben.«

»Es schickt dich keiner fort«, sagte Sylva. »Wohin solltest du auch?«

Er nahm ihre Hand und zwang sie, ihn anzusehen. »Er hat schon nach mir gerufen. Lass mich gehen.«

»Wer hat nach dir gerufen?«

Cyril blickte ihr auf die Schulter und lächelte.

»Der Herr Staněk aus der Apotheke.«

»Bist du verrückt geworden?« Sie bekam es mit der Angst zu tun. Nun schien sich das Blatt zu wenden, die Geschichte neigte sich ihrem Ende zu. Wie soll es weitergehen?

»Überleg dir, wonach du mich gefragt hast«, sagte Cyril und fing an zu kichern.

»Staněk hat mich am Mittwoch, den fünfzehnten Januar fünfundsiebzig gesehen, und da hatte ich nur eine Unterhose an. Wie viele Minuten waren das nochmal?«

Sie erinnerte sich, den alten Nachbarn aus B. gesehen zu

haben. In letzter Zeit saß er häufiger im Café gegenüber ihrer Prager Wohnung. Aber im Grunde war sie sich nicht sicher, ob er es wirklich war. Damals in den Siebzigern war der Herr Staněk sehr angetan von Cyrils Bibliothek gewesen.

»Er kreist schon wie ein Geier herum und wartet nur darauf, meine Bücher zu bekommen. Gib ihm bloß nichts.«

Was soll aus Sylva werden? Wird sie wie ein vom Herrchen in der leeren Wohnung zurückgelassenes Haustier heulen oder wird sie endlich frei sein? Sie nickte Cyril zu und drückte ihm die Hand.

An diesem Tag aßen sie alle drei zusammen gemütlich zu Abend und sprachen sogar über kleine, alltägliche Dinge. Es fiel kein einziges Wort im Futur, nichts, was man tun konnte, was nach den Ferien passieren sollte.

Nachdem sie den Jungen ins Bett gebracht hatten, kramte Cyril einen roten Rucksack aus dem Schrank hervor. Sylva fragte ihn, woher er ihn hätte.

»Den habe ich gefunden«, sagte er zu ihr. »Am Neujahrstag, auf der Straße.« Sylva stellte sich vor, wie er vorwärtsschritt, klein, rund, einen abgenudelten Hut auf dem Kopf, den roten Rucksack am Rücken und musste lachen. Währenddessen packte Cyril andächtig seine Sachen.

»Wann holst du deine Bücher und alles andere?«, fragte sie.

»Ich werde nichts abholen, und ich werde nichts mitnehmen!«

»Du musst immer alles anders machen«, seufzte Sylva.

In der Nacht wachte Sylva auf, tastete um sich, bis sie die Seitentasche am roten Rucksack fassen konnte, machte sie auf und zog eine Brieftasche hervor. Im Mondlicht betrachtete sie die Dokumente eines fremden Mannes. Der Mann auf dem Foto sah Cyril ein wenig ähnlich – er kam aus Kanada.

Als Sylva am nächsten Tag aufwachte, war Cyril schon weg,

und auch der Rucksack sowie die Brieftasche mit den Dokumenten.

Seit damals, es sind schon einige Jahre vergangen, hatte sie ihn nicht mehr gesehen. Zunächst lebte sie aus Gewohnheit inmitten seiner Sachen, doch mit der Zeit verspürte sie den Drang, sie loszuwerden. Sie suchte nicht nach ihm. Irgendwo würde er schon untergekommen sein. Konnte denn überhaupt jemand spurlos verschwinden? Es wäre nichts einfacher, als nach ihm zu suchen – wäre sie dazu bereit gewesen.

Neulich fand Sylva in einer Buchhandlung eine Neuauflage seines Essays über Maulwürfe und Quantenphysik. Das Buch war auf einem Papier von erbärmlicher Qualität gedruckt und so preiswert, dass es gestohlen sein musste. Die jungen Verleger, die zufällig da waren, sagten ihr, sie hätten den Titel von den ehemaligen Rechteinhabern erworben. Sie ließen das Buch dann versehentlich drucken, weil sie dachten, es würde sich um ein Märchen handeln.

Scharen von Mücken tummelten sich auf der Abendterrasse, und dennoch war bereits die Kälte des nahenden Herbstes im Garten zu spüren. Scheherazade fasste unter das Kopfkissen und zog ein großes Seidentuch hervor, mit dem sie das Gesicht des Königs und ihr eigenes bedeckte. Es war genauso bunt wie der Papagei aus der »Großen Erzählung«.

Cyrils Abwesenheit sickerte augenblicklich und wohltuend in Sylva T. und das Kind ein. Der Vater ist irgendwo da draußen, er wird bald zurückkommen, und alles wird wie früher sein. Oder hoffen wir lieber, dass es anders sein wird als früher, dass er nicht so viel schreien und damit aufhören wird, das Prinzip des Goldenen Schnitts zu erklären, sobald der Junge seine Stifte in die Hand nimmt.

Es wurde viel geredet. Ich habe gehört, sie hätten ihn auf seinem Landsitz in Hořovice tot aufgefunden. Er soll in einer Badewanne mit bereits kaltem Wasser gelegen haben, gestorben an einer Kombination aus Barbituraten und Rum. Dann hörte ich noch, er solle jetzt in den USA an einer Fernuniversität unterrichten. Sylva bekam noch andere Geschichten zu Ohren.

Diese ließen sie kalt, denke ich. Sie hatte keine Mutter mehr, keinen Mann, keine Brüder oder Schwestern, keinen Großvater, doch Cyril, den hatte sie, irgendwo zumindest. In seiner Abwesenheit konnte Sylva sein Wesen in der Phantasie konservieren und sich daran ergötzen, wenn schon alle realen Möglichkeiten versagten. Nun kann ihn ihr keiner mehr wegnehmen.

Aus der Distanz sah sie, wie sie mit ihm verbunden war: teils durch ein abgestorbenes, teils durch ein eitriges Geflecht aus Angst, Schmerz und dem, was mit Arnošt zusammenhing und mit dem Gefängnis, ein dunkles Wirrwarr, das sie sich niemals zu berühren traute. Cyril hatte das kränkliche Gespinst auf seine Art entwirrt und hinterließ dabei Spuren. Er hatte sich darauf verlassen, Sylva könnte ihn bei der Hand nehmen und wieder aus der Dunkelheit hinausführen. Nur ihr langsames Denken machte ihm zu schaffen. Sie ist doch dazu da, ihn zu retten, warum tut sie es dann nicht endlich? Würde sie ihn lieben, wüsste sie Bescheid und auch wie sie es anstellen sollte.

Ohne ein Foto kann sich Sylva allmählich sein Gesicht nicht mehr vorstellen. Wenn sie verliebt ist, kann sie das auch nie. Dazu müsste es sich im Alltag abschleifen. Sie ist davon überzeugt, dass Cyril eines Tages zurückkehren, dass er bleiben wird oder aber seine Sachen mitnimmt und dass endlich Schluss sein wird mit dem Provisorium. Sie hat Angst davor, und gleichzeitig lebt sie diese Vorstellung regelrecht. Sie wäre sonst nicht die Gleiche.

Manchmal legt Sylva einem Fremden, den sie von hinten auf der Straße sieht, fast ihre Hand auf die Schulter.

Sie sieht Cyril überall. Noch viele Jahre, vielleicht auch bis ins hohe Alter, wird sie sich bewegen, sprechen und Kaffee trinken wie er. In ihrem Sprechen werden sich seine Wortspiele wiederfinden, und diejenigen, die sie sich ausdenkt, werden dieselben sein wie die von Cyril. Die Vorliebe für orientalische Motive sowohl im Erzählen als auch in Form von Stoffmustern wird ihr erhalten bleiben, wie auch die Fähigkeit, schlau und einfach Probleme zu lösen, die eigentlich gar keine sind, weil sie niemanden plagen. Ihr werden immer andere Dinge ins Auge fallen als den anderen. Beim Lesen wird sie mit einem Auge blinzeln.

Mich stört das alles nicht. Ich sehe sie ein paarmal im Jahr und tue nicht mehr so, als wäre sie mir egal. Komme was wolle, sie gehört zu mir und ich zu ihr. Wir können uns ganze Nächte lang lieben.

»Sprich mit mir«, sagt sie manchmal dabei. »Erzähl mir etwas.«

Doch die meiste Zeit schweige ich.

Manchmal ärgert sie sich, dass ich so lange nichts von mir hören lasse. Und dann sage ich zu ihr: »Ist es so wichtig, ob ich mich aus Berlin oder aus Alaska oder ob ich mich überhaupt melde?«

Manchmal fahren wir tagsüber aufs Land und kehren abends zurück, jeder zu sich. Es kommt vor, dass ich nach Prag komme und sie nur anrufe, sie frage, ob sie nicht etwas braucht. Ich vermute, sie ist dann enttäuscht. Doch was soll ich machen? Uns kann doch sowieso nichts trennen!

Prag hat sein Gleichgewicht wiedergefunden, es schimmert kaum noch etwas durch die Fassade. Die Häuser, die ich von früher her kenne, sind von den neuen Eigentümern renoviert worden. Doch diese Leute wissen nicht, dass sich so etwas rächen kann: Nichts verschwindet einfach so, geschweige denn eine Seele.

Über Sylvas Schreibtisch hängt ein Foto ihrer Großeltern. Es stammt aus den späten dreißiger Jahren, als die Großeltern in der Blüte ihres Lebens standen. Nina trägt ein schwarzes Seidenkleid und eine Perlenkette um den Hals. Sie ist wunderschön, und in ihren Augen spiegelt sich der Beginn der zweiten Lebenshälfte wider. František blickt verwegen, er hat sein Haar sorgfältig nach hinten gekämmt und trägt eine schmucke Nadel in seiner Krawatte. Seine Linke stützt sich so auf die geschnitzte Lehne, dass man den großen goldenen Ring mit dem Opal gut sehen kann. Ich mag dieses Bild. Einmal saß Sylva im Zug von B. nach Prag und überlegte, was sie alles vergessen oder kaputt gemacht hatte. Da bildete sie sich plötzlich ein, sie hätte das Foto versehentlich zum Altpapier gelegt, das sie noch vor ihrer Fahrt nach B. wegbrachte. Ihr wurde schwarz vor Augen, und sie wollte sofort raus aus dem Zug – wie ein böser Dschinn aus seiner Flasche. Wie konnte ihr so etwas nur passieren? Sie eilte wie eine Irre vom Bahnhof nach Hause, doch das Foto hing an seinem gewohnten Platz über dem Schreibtisch.

Sie möchte zwar nicht mit mir darüber reden, aber ich weiß, worauf es ihr ankommt. Františeks Ring ist nicht verlorengegangen. Man kann ihn auf der Fotografie sehen, ein schwacher Abglanz, ein Schlüssel, eine Möglichkeit. Solange Sylva dieses Bild bei sich hat, ist ihr der Zugang zu den Gärten offen. Ich würde ihr gerne sagen, sie braucht sich nicht zu fürchten, das Bild zu verlieren, denn sie trägt es ja in ihrem Kopf, und das reicht völlig. Doch ich weiß es nicht sicher.

Die Scheu vor Cyrils Bibliothek währte am längsten. Seine Bücher vermischten sich im Bücherregal mit denen, die Sylvas Vater ihr hinterlassen hatte. Doch sie musste nicht mehr lesen, um Cyril oder ihren Vater zu verstehen. Damals, auf dem

Sofa in B., da lebten die Gedanken aus den Büchern in Cyrils Gegenwart auf, doch sie schwiegen in der Zeit, in der er nicht zu Hause war. Jetzt ist es anders: Die Bücher sprechen, und Cyril schweigt. Sylva streicht sich andere Stellen an und hört andere Musik.

Es liegt kein Hindernis mehr zwischen ihnen. Es ist kein Abgrund mehr, sondern ein grünes Tal, ein Garten unterhalb des Palastes, voller verworrener, mit Sand aufgeschütteter Wege, schattiger Büsche, in dem bunte Papageien schreien und in edle Seide gekleidete Menschen umherspazieren. Sylva möchte einen von ihnen anhalten, doch das ist unmöglich. Sie sieht das Funkeln von kohlschwarzen Augen, sieht eine Locke ins dunkle Gesicht fallen, und wenn sie durch die Schichten von Seide greift, spürt sie keinen Körper, sondern nur Luft, als ob jemand gerade verschwunden ist.

Es geht um mehr als um die Frage des Seins, der Zeit und des Bewusstseins. Damit beschäftigte sich hauptsächlich Cyril, also musste sich auch Sylva damit beschäftigen. Sie ist erleichtert, dass das nun vorbei ist. Erst wenn sie begreift, dass niemand sie retten kann, auch ich nicht, kann sie sich wieder für diese Fragen interessieren. Jetzt blickt sie von oben herab in den Abgrund, in das grüne Tal und vergräbt ihr Gesicht in ein Tuch aus Seide.

Sie fing an, Cyrils Bücher zu verschenken. Zunächst hatte sie große Mühe. Es war, als würde sie seine abgehackten Arme und Beine unter die Leute bringen. Später jedoch tat sie es voller Schadenfreude. Cyril sollte wissen, dass sie nicht mehr mit seiner Rückkehr rechnete. Schließlich gab sie jedem ein Buch, der eins brauchte oder wollte. Cyril, der in einer Bücherwand von fünftausend Bänden, die niemand außer ihm benutzte und die er eifrig aus Papiertonnen und Nachlässen zusammengetragen hatte, vollkommen vertreten war, versank allmählich in einer Masse von fremden, gleichgültigen Menschen.

Sylva leiht sich heute Bücher aus. Sie will sie nicht besitzen, denn sie kann nicht beurteilen, welche wichtiger sind und ob sie sie am nächsten Tag überhaupt noch haben will. Sie würde es nicht übers Herz bringen, ein zweites Mal Bücher zu verschenken. Sie weiß nicht, warum sie heute noch liest und wohin das alles führen soll, doch sie kann fühlen, dass es nicht vergeblich ist.

Sie sitzt alleine am offenen Fenster. Es ist eine laue Sommernacht, Sterne und Kometen durchkreuzen den Himmel, stoßen gegeneinander und verfolgen anschließend ihre eigene Bahn. Es fliegt auch die erkaltete Erde, auf der Sylva T. in ihrem Bett sitzt. Sie nickt ein, und es ist kein Schlaf, eher das Aufsteigen auf eine andere Ebene. Ein leises Klopfen an die Tür weckt sie auf. Sie kann sich nicht vom Fleck rühren, und auch die Tür befindet sich in Wirklichkeit an einer anderen Stelle, von wo sie das Klopfen wahrnimmt.

»Ja«, stöhnt sie leise.

Hinter der Tür hört man die Stimme ihrer Großmutter:

»Arnošt! Arnošt! Es ist ein Mädchen!«

Ende

1996–1999

Inhalt